Editora Charme

FREEDOM

DE LA VEGA
é uma série spin-off do livro Namorado Por Acaso

NOIVO POR Acaso

DE LA VEGA - Livro 2

ALINE SANT'ANA

1ª Edição 2023.

Produção Editorial: Editora Charme
Capa e diagramação: Verônica Góes
Imagens: Adobe Stock e Freepik
Preparação de texto: Alline Salles
Revisão: Equipe Charme

CIP-BRASIL. CATALOGAÇÃO NA PUBLICAÇÃO
SINDICATO NACIONAL DOS EDITORES DE LIVROS, RJ

S223n

Sant'ana, Aline
Noivo por acaso / Aline Sant'ana. - 1. ed. - Campinas [SP] : Charme, 2023.
288 p. (De La Vega ; 2)

ISBN 978-65-5933-118-5

1. Romance brasileiro. I. Título. II. Série.

23-83795 CDD: 869.3
CDU: 82-31(73)

Meri Gleice Rodrigues de Souza - Bibliotecária - CRB-7/6439

Editora Charme

loja.editoracharme.com.br
www.editoracharme.com.br

Editora Charme

DE LA VEGA
é uma série spin-off do livro Namorado Por Acaso

NOIVO POR Acaso

DE LA VEGA - Livro 2

ALINE SANT'ANA

Capítulo 01

Você sempre foi imaturo, vem crescer
Eu já vi isso chegando, eu deveria saber
Você sempre faz o que quer.

Ana Mancebo — Poco @ Poco

Laura

Se você acredita que atração sexual se transforma em amor, é porque não conhece a minha relação com Esteban De La Vega.

Comecei meu relacionamento com esse homem admirando seu cérebro e seu corpinho gostoso. Sim, por um lapso momentâneo de tempo, eu quis transar com um De La Vega. Foi um surto breve, durou algumas semanas. Acredite, não sei o que deu em mim.

Graças a Deus, nunca aconteceu.

Bem, então, Esteban veio para os Estados Unidos, importado da Espanha por ser o primo do marido da minha melhor amiga e sócia. Eu me tornei oficialmente sua chefe, e ele, o funcionário da Freedom, minha empresa que presta consultoria para hotéis e pessoas que querem encontrar a viagem dos sonhos.

Por meio da convivência, passei a *conhecer* Esteban.

Sério, experimente. Pode tentar. Eu deixo você ficar vinte e quatro horas para ver se é capaz de suportá-lo.

Não, espere.

Trabalhe com ele.

Pesadelo Importado da Espanha: *O que você está fazendo que não atende minha ligação?*

Eu: *Ah, que fofo, Esteban. Não sabia que você precisava de acesso a minha agenda pessoal. É uma hora da manhã! Vá dormir!*

Pesadelo Importado da Espanha: *O cliente da China está me ligando.*

Exalei com força.

Eu: *Atenda e faça sua mágica.*

Pesadelo Importado da Espanha: *Esteja perto do telefone se eu precisar falar com você. Não seja infantil, mujer.*

— Laura, aceita uma taça de champanhe?

— Não, lindinho. Obrigada. — Respirei fundo, saindo da cama completamente nua.

Meu interfone tocou, quase me causando um ataque cardíaco. Se fosse Esteban, eu encomendaria a sua morte com um assassino de aluguel para dali a dois dias.

— Está esperando visita?

Lancei um olhar para o cara que estava na minha casa — o sorriso impecável, o cabelo em corte militar. Eu ainda estava tonta dos drinques da boate.

— Não. Como combinamos, seria uma noite e nada mais. E acho melhor você ir. Pode se vestir?

— Ah! — Ele abriu a boca e fechou. — Ok, realmente tínhamos conversado, mas...

— Então, pode começar a se arrumar para ir? Obrigada. — Atendi o interfone. — Sim?

— Srta. Hathaway, há uma moça aqui chamada Tara Parker. Ela disse que precisa conversar com você, veio de muito longe e é urgente.

— Tara? — Pisquei, confusa.

— Sim. Posso mandar subir?

— Eu não a conheço.

— O que faço, senhorita? Ela está esperando.

Respirei fundo.

— Vou descer, sr. Kepler.

— Tudo bem.

Peguei o vestido de festa do chão e a minha calcinha, ainda tonta das bebidas e do sexo alucinante. Não conseguia ficar com o mesmo homem mais de uma noite. Era uma regra minha, e o lindinho, bem, ele precisava ir embora.

Vi que ele estava pegando suas coisas e vestindo a calça. Era aquele momento delicado em que você não sabe o que dizer e não há nada que faria sentido dizer. Ele se aproximou e me deu um beijo suave na bochecha.

— Se quiser me ligar… — Me entregou seu cartão.

Ah, certo. Seu nome. Jonas.

— Obrigada pela noite, lindinho.

— Ok. — Ele deu um sorriso incerto, bem consciente de que eu nunca mais o veria.

Era isso. Fim da história.

Desci com ele pelo elevador e fomos até a entrada do meu prédio. Jonas foi embora e eu fiquei parada na frente da portaria, com uma garota que não deveria ter mais de vinte e poucos anos. Cabelos loiros, rosto pálido e um pedaço de papel na mão.

— Oi, srta. Hathaway. Sei que não me conhece. Eu, na verdade, também não te conheço. Mas precisamos conversar. Se tiver um momento… me desculpe aparecer tão tarde. É que cheguei em Nova York agora.

— Deus, tudo bem. Sobre o que precisa conversar? — perguntei. — Desculpe, mas é meio estranho eu receber uma pessoa aqui. Ainda mais alguém que não conheço.

— Eu sei, eu sei. — Ela balançou a cabeça. — Vou tentar ser breve. Há dois meses, vim a Nova York com algumas amigas. Nós fomos para algumas festas e eu bebi consideravelmente. Ãh… — Tara fez uma pausa. — Passei a noite com um homem lindo, bronzeado e de olhos claros. O problema é que não me lembro do nome dele. A única coisa que ficou comigo foi esse pedaço de papel.

> *Laura Hathaway*
> *Entregar neste endereço.*

Era a letra de Esteban e o meu endereço.

— Certo, e você se apaixonou? — Lancei um olhar para a garota, bem consciente de que Tara havia encontrado um homem que era a minha versão masculina na arte dos relacionamentos. Esteban não repetia os encontros; ele terminava depois de três horas, no máximo, de envolvimento. Acredite, durante todo o tempo que trabalhamos juntos, já vi centenas de garotas aparecendo na Freedom com o coração partido.

Tara engoliu em seco.

— Bem, não. Não me apaixonei.

— Então, por que viajou de tão longe...

— Los Angeles.

Meu Deus, ela atravessou o país.

— Por que veio de Los Angeles para cá só por causa de um cara?

— Vim na esperança de que esse endereço me fizesse encontrar o pai do bebê que estou esperando. — Os olhos de Tara brilharam. — Você o conhece? Acha que pode me ajudar a contatá-lo? Não tenho o telefone nem o nome dele...

Parei de ouvi-la. Em algum momento, meu cérebro apagou. Não sei o que aconteceu. Acho que eu estava respirando e talvez piscando, uma espécie de tique nervoso, mas não conseguia sentir meu corpo.

— Espera, ele é o *pai* do seu bebê? O homem que escreveu o bilhete?

— Foi como eu disse. Nós dançamos a noite inteira e dormimos juntos. A única coisa que sobrou dele foi esse papel. Só preciso contatá-lo. Não transei com mais ninguém. Na verdade, fazia anos que...

Parei de escutá-la de novo porque minha mente estava processando as informações. Esteban ia a boates o tempo todo, era o rei das festas de Nova York e, mesmo que fosse com alguns colegas do trabalho, eu reconheceria aquela letra em qualquer lugar. Senti meu coração ficar angustiado por um problema que não era meu. Eu deveria ficar *feliz* pelo Esteban?

— Tara, me dê um segundo, por favor?

— Você está tão abalada. — Ela arregalou os olhos — Vocês têm alguma coisa?

— *Alguma* coisa?

— Um relacionamento.

— Esteban é meu funcionário.

Os olhos de Tara se semicerraram.

— Ah, claro. Claro. Faz sentido. Eu não quis...

O celular vibrou na minha mão, o apelido idiota que dei para o Esteban evidente na tela. Olhei para Tara, que ainda estava contando alguma coisa, mas simplesmente levei o telefone à orelha e pedi um segundo para ela com a mão.

— Poderosa Chefinha, Zhao Yang quer fechar o contrato, mas ele quer uma reunião presencial. Já que Victoria está viajando, quer que eu encaminhe para ela a proposta?

— Esteban...

— O que foi? — Ele pareceu preocupado. — Que voz é essa?

— Você foi a uma boate dois meses atrás e beijou uma garota chamada Tara? Quer dizer, dormiu com ela?

Esteban respirou fundo.

— Como *carajos* vou me lembrar disso?

Observei Tara.

— Acho bom você se lembrar, porque ela está na porta da minha casa dizendo que está esperando um filho seu.

Escutei algo se quebrando do outro lado da ligação. Um copo ou o seu coração, eu nunca saberia dizer.

— De que porra você está falando, Laura?

Capítulo 02

Eu acho que estou perdendo a cabeça por causa de você
Meu coração está trabalhando duas horas extras por causa de você.
Sal Houdini — Tranquilo

Esteban

Pai? Eu ia ser pai?

Se fosse uma pegadinha da Laura, uma das que ela adorava aprontar comigo para me foder, juro que não ia conseguir me controlar.

A raiva estava correndo pelo meu sangue. *Dios*, trabalhar com Laura Hathaway era um inferno em vida; conviver com ela, ainda mais impossível. Por mais que eu tentasse remediar as coisas, falar profissionalmente, Laura sempre me levava ao limite.

Minha mãe dizia que nosso santo não batia, mas poderia ser outra coisa. Algo que eu não sabia bem o quê. A gente simplesmente não se suportava. E embora ela fosse linda o suficiente para eu querer colar minha boca na dela e calá-la, isso nunca ia acontecer. Eu e Laura? Nem fodendo. Seríamos presos logo depois da foda porque íamos nos matar.

Liguei para o Andrés, pensando que ele me daria um norte, mas o cara estava apaixonado demais para pensar na tragédia que estava acontecendo na minha vida.

Era brincadeira da Laura, só poderia ser.

Esperei que ela aparecesse na porta do meu apartamento e, quando ouvi seus saltos altos batendo no piso do corredor, eu soube, pelo jeito que a diaba caminhava, que era ela.

Abri a porta.

— Você não toma vergonha nessa sua cara? — Laura me empurrou porta adentro, o que me fez rir pela surpresa. Atrás de Laura, vi uma garota com os olhos arregalados me encarando. Ergui os braços, enquanto minha chefe continuava empurrando meu peito nu. Caí de bunda no sofá.

— Vai me bater? — Pisquei várias vezes, chocado.

— Como você transa sem camisinha? — me ignorou. — Está louco? Quer pegar uma doença? E o pior, por que todas as merdas que você faz sempre sobram para eu resolver?

— Laura, eu não transo sem...

— Não quero ouvir, Esteban! Ai, juro por tudo o que é mais sagrado que ainda vou cometer um crime por sua causa. Você ao menos sabe se essa garota tem mais de vinte e um anos?

— Eu tenho vinte e três... — a garota disse.

— Não importa, você sai transando com todo mundo que aparece na sua frente. Não tem responsabilidade! Quantas mulheres apareceram na empresa este ano? Foram mais de cinquenta atrás de você, porque passou o número do telefone errado ou qualquer coisa parecida. Acha bom para a minha empresa, para *nós,* essa sua imagem de Don Juan?

— E esse vestido de festa, Poderosa Chefinha?

Laura piscou.

— Sim, eu estava aproveitando a noite. É um crime agora?

Me levantei, rindo.

— *Mierda, mujer!* E ainda vem jogar na minha cara? Quando não está iludindo os homens, está fazendo o quê? — Respirei fundo. — Como é o apelido que você dá para todos eles mesmo? *Lindinho*?

— Isso é totalmente antiprofissional.

— Ah, e é profissional você vir na minha casa falando que sou irresponsável? — Abri um sorriso, mordendo o lábio inferior. Eu me divertia um pouco ao vê-la nervosa, *confiesso.* — Então pare de jogar o meu comportamento na minha cara se você faz igual ou ainda pior, *hermosa.*

Ela bufou.

— Tenho o direito de jogar na sua cara a partir do momento em que aparece uma garota na minha porta dizendo que está grávida de você! E não me chame de *hermosa*!

Laura estava *muy linda,* mas parecia uma fera indomável. Inclusive seus cabelos pretos e cacheados pareciam prontos para briga, e seus olhos verdes, no mesmo tom dos meus, estavam vertendo uma fúria sexy. Bianca, consultora da Freedom, disse uma vez que pessoas do signo de Áries, que faziam aniversário no mesmo dia, só poderiam se tornar inimigos mortais. Eu não acreditei, ri das loucuras da Bianca, mas a verdade é que Laura...

— Desculpe interromper a discussão, Laura, mas este não foi o homem com quem dormi. Acho que é um mal-entendido.

Ah, é. A coisa do bebê.

Laura ficou em silêncio, e eu encarei a garota pela primeira vez com atenção. Não, eu nunca teria dormido com ela. Muito nova para mim. E também jamais ia foder alguém sem camisinha, *carajo*. Eu bebia e curtia a vida, mas não a ponto de esquecer que *mierda* estava fazendo.

Laura estava com as mãos na cintura, o peito subindo e descendo depressa. Tão irada e tão gostosa naquele vestido curto de festa que me forcei a não olhar. Quer dizer, não, *mierda*, eu desci meus olhos. Vi o vestido colado na bunda perfeita e redondinha, mas subi novamente para o seu rosto.

— Você está secando a minha bunda?

— Sim. — Sorri.

— Deus, preciso de uma bebida.

— Tem na cozinha — avisei, apontando para a bancada. — Vinho, certo?

— Tinto.

— É o que eu bebo — respondi a Laura e olhei para a garota. Joguei meu cabelo, que tinha crescido, para longe do rosto e estendi a mão. — Oi, *cariño*, sou Esteban. Vamos tentar te ajudar. Pode me explicar o que aconteceu? Porque minha chefe é louca.

— Ah, sim. — Ela pareceu desconfortável. — Deus, sinto que caí de paraquedas na vida de vocês.

— Não se preocupe. Tudo o que envolve Laura e eu é um caos. Relaxe, sente aí. Quer beber algo? — Me lembrei de que ela estava grávida. — Água, suco?

— Não, só quero encontrar o pai do meu bebê.

— Comece a contar do início.

Laura abriu o vinho na força do ódio. Pude ouvir o *bop*, o que me fez soltar uma risada. Ela odiava estar errada, mas talvez odiasse ainda mais o fato de que eu não era o culpado nessa situação.

Olhei para a barriga da garota.

Enfim.

A garota se apresentou para mim e contou toda a história. Me entregou o bilhete, que foi a única coisa que sobrou dele. No mesmo segundo, eu soube que Laura pirou porque era a minha letra, mas eu me lembrava exatamente para quem delegava algumas tarefas, como levar coisas para a casa dela quando eu não conseguia ir pessoalmente ou a sua secretária. Era para o Thales.

— Moreno, olhos claros e bronzeado? É o Thales.

— Thales? — Tara pareceu emocionada. — Acho que era... esse o nome dele!

Mostrei uma foto dele para Tara, e ela confirmou, era realmente o *cabrón*.

— Vou te passar o telefone dele. Você está hospedada em algum hotel?

— Sim, é meio afastado daqui, mas consigo chegar lá. Não tenho como agradecer a vocês dois por me ajudarem.

Lancei um olhar para Laura. Metade da garrafa de vinho já tinha ido embora.

— Eu vou te levar para o hotel, Tara.

— Não, posso pegar um táxi. Vou tentar falar com ele amanhã de manhã.

Thales teria uma surpresa e tanto. Mas se eu conhecia bem quem dividia parte do setor financeiro comigo, o *hombre* ia ficar feliz pra *carajo*, ia apoiar Tara e tentar conhecê-la, ao menos um pouco. Era solteiro, sem passados complicados e, desde que trabalhamos juntos, no começo da Freedom, parecia ser uma boa pessoa.

Sorri para Tara.

— Vou chamar o táxi, então.

Minutos mais tarde, Tara, o furacão que invadiu minha madrugada, foi embora. Quando voltei para minha casa depois de acompanhar a garota até a porta do meu prédio, vi minha chefe sentada no sofá da sala, agarrada na garrafa vazia e com os olhos atentos em mim.

— Não sei por que a gente se odeia tanto, Esteban. Eu queria me dar bem com você. Mas não consigo. É essa sua cara presunçosa, é o jeito que você ri cada vez que estou no limite. Pensamos parecido quanto à empresa, mas eu simplesmente não te suporto. — Ela apoiou os pés na mesa de centro e fechou os olhos.

— Para alguém que me odeia, você está bem relaxada no meu apartamento. E que lance é esse de cara presunçosa?

— Você faz uma cara de vitória, é irritante. Esta casa está uma bagunça. — Abriu apenas um olho para mim.

— Não tive tempo de arrumar. Sabe, sou tipo o cachorrinho da minha chefe. É uma diaba. Me liga no fim de semana e ainda reclama quando tenho coisas para resolver de madrugada, sendo que foi *ela* que marcou a reunião com o sr. Zhao Yang.

Laura respirou fundo, e me sentei ao seu lado.

— Vick pediu para eu me comportar e parar de brigar com você quando ela estivesse fora — revelou.

— Brigamos desde sempre, Laura. São *todos* os dias. Se você parasse de ser tão maluca, ia ver que sou um cara legal. A propósito, Victoria tem um coração, você não.

— Você tem coração?

— Eu tenho.

— Aff. — Olhou para o celular. — Deus, está tão tarde.

— Você não vai me pedir desculpas?

Laura arregalou os olhos claros.

— Pelo quê?

— *Pelo quê?* Você deveria estar se perguntando *qual parte*. Ter me dado um infarto dizendo que eu ia ser pai. Então ter entrado na minha casa me empurrando até que eu caísse no sofá? Para uma *mujer* pequena, você é bem forte, hein?

— Está me chamando de gorda, Esteban?

— Você problematiza tudo o que eu digo.

— Vou embora antes que eu cometa um assassinato.

— Não sem antes me pedir desculpas — exigi.

— Não vou pedir desculpas! A garota apareceu na minha casa...

— Brigue com o Thales, não foi por causa do meu esperma.

— Você é tão nojento.

Lancei um olhar para ela. Seu perfume de jasmim parecia preencher cada canto da minha sala. Mas, ao fundo, senti uma fragrância masculina. Laura esteve com alguém, como sempre, vários caras e nenhum fixo. Eu fazia igual.

Ela se levantou.

Segurei delicadamente seu pulso.

— Me solte, Esteban.

— Meu pedido de desculpas.

— Eu não devo nada a você.

— Deve.

— Meu Deus! Dá para você só... — Laura se soltou do meu toque. Vi os pelos do seu braço arrepiados pelo contato. — A gente se vê no trabalho amanhã.

— Você é tão mal-educada, *hermosa*.

— Não fale assim da sua chefe.

— Não estamos no ambiente de trabalho.

— O que quer de mim, Esteban? Quer que eu me ajoelhe aos seus pés? — Laura respirou fundo. — Estou indo embora.

— É a segunda vez que você fala isso e não estou te vendo sair.

— Não vou pedir desculpas.

Encarei-a de verdade. Meus olhos verdes foram para os dela, seu cabelo furioso, a pulsação acelerada no pescoço. Dei um passo e depois outro, até que meu peito nu estivesse a meio palmo de distância de Laura. Ela engoliu em seco quando minha respiração bateu no seu rosto. Esse era o mais perto que estive dela durante todo o tempo em que trabalhamos juntos. O mais perto que estive de Laura desde que pousei meus olhos nela no aeroporto pela primeira vez e a abracei. Nós nunca tivemos contato físico, apenas aquele abraço, aquela única vez. Laura nunca me deixou beijar sua bochecha, como também nunca me deixou sentar ao lado dela, como foi no sofá da minha casa, poucos instantes antes.

— Se você não engolir esse orgulho e não admitir que está errada, amanhã vou pedir demissão.

Os olhos de Laura cintilaram.

— O que disse?

— Que vou pedir demissão. Eu posso trabalhar com uma megera, com uma bruxa, com uma diaba. Mas não posso trabalhar com uma mulher que não é capaz de engolir o próprio orgulho e admitir quando erra. Odeio batalha de egos. Não tenho tempo para isso. — Entreabri os lábios, Laura encarou minha boca e eu segui. — Na empresa, nós somos um único cérebro com centenas de braços. Quando Vick está fora, somos eu e você batalhando duro para manter os contratos e conseguir mais clientes. Eu sou a porra do seu braço direito, e você sabe disso. O que fez aqui, apesar de eu ter rido e achado fofo por um tempo, vai além do que posso suportar. Aparecer na minha casa de madrugada, me culpando sem ter provas, me empurrando até eu cair de bunda no sofá. Admita, você passou dos limites. E me deve, sim, um pedido de desculpas.

— Eu fiquei irada quando ouvi que você ia ser pai, e a garota apareceu na minha porta! Sabe, eu estava com alguém...

— Está se ouvindo, Laura? Você está irada, mas não é comigo. O bebê não é meu.

— Mesmo assim, estou brava.

— Ficou com ciúme? — Dancei meus olhos por seu rosto delicado. O nariz doce, a boca carnuda, os olhos cheios de vida. — Foi por isso que veio me empurrando?

— Ciúme? De você? Está brincando comigo, Esteban? Eu sou sua chefe!

— Você repete isso quantas vezes por dia para conseguir dormir à noite?

— Chega, estou indo embora.

— Não vai pedir desculpa?

— Se amanhã me sentir mais calma, eu peço. Agora, não consigo. Se te disser qualquer coisa, não vai ser sincero.

Dei um passo para trás.

— Com *isso* eu consigo lidar.

— Obrigada.

— Não gosto de meias-palavras, meias-mentiras, meias-verdades, Laura. Saber que você não me suporta é uma coisa, consigo lidar com mulheres me odiando porque realmente sou um canalha quando quero. Mas o que rolou aqui foi mais.

— A diferença, querido, é que você nunca dormiu comigo. E nunca vai dormir. Seja um canalha com as garotas que gostam da sua personalidade engraçadinha. Comigo, não vai dar certo. Então tire da cabeça essa fanfic de eu estar com ciúme.

— Ótimo.

— Ótimo! — Ela finalmente saiu do meu apartamento.

Batendo a porta.

Talvez, realmente estivesse na hora de pedir demissão.

Para mim, já era suficiente.

Capítulo 03

Veja, eu sei que você gosta dos jogos
Mas você me trata como se me odiasse
Então você me implora para ficar
Pare de fingir que essa merda não está quebrada.

NeYo feat. Benny Benassi — Let Me Go

Laura

"Eu me demito.
Mas você vai sentir minha falta, hermosa."

— Você vai se demitir através de um *post-it*? — perguntei, observando meu administrador que era tão mais do que isso. Comecei a tremer, pensando na possibilidade de ele estar falando sério.

Esteban estava na frente da minha mesa, mãos nos bolsos frontais da calça jeans e um olhar impaciente.

Havia uma coisa que eu gostava em Esteban: a maneira que ele nunca se vestia como deveria. Surpreendentemente, isso fazia os clientes da Freedom o amarem. Naquele dia, Esteban estava com uma calça jeans colada em cada parte do seu belo corpo, uma camiseta larga e preta com a logo da empresa e tênis Adidas. Seu cabelo, comprido e levemente ondulado, descia além do queixo. O piercing no nariz, a sobrancelha raspada em duas linhas, a boca carnuda e seus olhos verdes me escrutinaram antes de ele abrir um sorriso. Além, claro, do piercing no topo da orelha.

— Um ano discutindo, está na hora do nosso divórcio.

— É assim que você quer se divorciar de mim? Com um *maldito* post-it? — Joguei-o na lata do lixo, ainda trêmula.

— Você não me pediu desculpa. Não do jeito que deveria.

Encarei Esteban. Tive um impulso, um lapso de julgamento, eu realmente fiquei nervosa com a possibilidade de ele ter sido tão irresponsável. Mas não éramos amigos, éramos apenas colegas. Eu brigaria com Victoria desse jeito se ela tivesse agido assim. Mas a verdade é que eu não estava entendendo o motivo de ter ficado com tanta raiva.

— Esteban, realmente sinto muito por ter julgado mal o seu caráter, por ter agido de forma impulsiva, por ter quase batido em você e te empurrado na sua casa. O que eu deveria fazer?

— Hum, vamos pensar juntos? *Será* que você não poderia ter me ligado, me avisado sobre o problema e, assim como fazemos na empresa, pensaríamos em uma solução juntos?

— Você sabe que não sou tão racional assim.

— É. — Ele riu. — *Carajo*, você está longe de ser racional, *hermosa*.

Eu poderia odiá-lo o quanto fosse, mas Esteban fazia a Freedom respirar. Ele era os nossos pulmões. Todos os clientes mais importantes falavam com Esteban. Os contratos internacionais saíam por causa dele, era o jeito que tratava todos, como se fosse íntimo, como se conhecesse todos os seus segredos. Depois de conviver com Hugo e Diego, percebi que era uma característica dos De La Vega. Eles simplesmente ficavam sob a pele das pessoas e seduziam qualquer um. Apesar de eu ter estudado como uma louca e ter trabalhado por anos nessa área, precisava admitir que Esteban tinha mais jeito com o público.

Perdê-lo não estava nos planos, porque encontrar alguém que é insubstituível é impossível.

— Por favor, não se demita. Esteban, a Vick vai me matar. Então talvez a gente vire manchete nos jornais, e não do jeito que eu sonhava.

Ele expirou e se sentou na minha frente. As tatuagens nos seus braços deram um olá para mim, assim como seus bíceps, que saltaram no instante em que apoiou os cotovelos sobre a mesa. Seus olhos verdes viajaram por cada linha do meu rosto, como se estivesse me desenhando mentalmente.

— Já está sentindo minha falta, *hermosa*? Prometo entregar minha demissão em um post-it todos os dias até você assinar a papelada.

— Posso tentar ser mais legal com você.

— Ah, é? — Isso o fez sorrir. Ele se recostou na cadeira e cruzou os braços na frente do peito. — Sabia que você ia falar isso. *Mierda*, quero ver por quanto tempo consegue manter a fachada. Sabe, sou muito criativo. Sou o pior dos meus primos no quesito... hum... *pentelhação*. Tenho meios para me tornar ainda mais insuportável. Quer entrar nesse jogo, *hermosa*? Porque eu vou ganhar.

Eu estava ciente de todos os olhos dos funcionários da Freedom em mim. Eles acreditavam que eu era a louca que perdia a cabeça, e a Victoria era a única sensata. Sim, eu tinha perceptíveis explosões no trabalho. Às vezes era para o bem, como estourar um champanhe de quinhentos dólares e fazer todo mundo dançar. E às vezes eu gritava com Esteban o suficiente para o pessoal do outro andar ouvir. Como uma chefe malvada faria. Mas essa era eu. Ariana, nascida no dia quatro de abril, assim como Esteban.

Odiava que ele fosse capaz de se controlar mais do que eu.

— Posso fazer você realmente me odiar até não ter opção além de assinar os papéis.

— Eu posso odiar você como nunca, mas nada me fará assinar sua demissão.

— Pois bem. — Esteban se levantou, os olhos faiscando. Ele engoliu em seco devagar e o pomo de adão subiu e desceu. A tatuagem que ele tinha no pescoço era obscena e talvez eu tenha sonhado com aquilo na noite anterior... — Eu já previa isso. Uma hora você realmente vai me perder, *hermosa*.

— Esteban De La Vega.

— Sim, Laura Ingrid Hawthorn?

— Você não vai sair da Freedom. Isso eu prometo a você.

— Vamos ver, Poderosa Chefinha. — Ele piscou e me deixou sozinha.

Eu ainda estava tremendo quando peguei o telefone e liguei para Vick, minha sensatez no meio do caos.

— Amiga! — Exalei com força assim que ela atendeu. — Acho que fui longe demais com o Esteban.

— Você o matou?

— Não tão longe.

— O que aconteceu?

— Ele quer se demitir. Não faz sentido, Vick. O salário que ele ganha aqui nunca vai ganhar em outro lugar. Esteban sabe como a Freedom funciona, todo mundo é apaixonado por esse homem. Mais do que é por mim. Isso me dá um ódio, mas é o que temos. Se o perdermos, a empresa vai desandar e nunca vamos encontrar alguém que faça tudo o que ele faz. Você sabe, Esteban faz trabalhos que nem são função dele, e se a gente o perder…

— Laura, respire.

— Não consigo.

— Vamos pensar em alguma coisa. Você tentou ser educada e ter uma conversa honesta?

— Tentei, ele não quis me ouvir.

— Você tentou *mesmo* ou está mentindo? Meu Deus, sinto que sou mãe de dois adolescentes. Vou ter que colocar os dois no cantinho do castigo?

— Vick, é sério, amiga.

— Eu sei que é sério. Esteban não vai sair.

— Ele é um homem de trinta e três anos que parece saber bem o que quer.

— Vocês precisam se resolver. Não sei como, mas precisam consertar isso. Vocês pensam tão parecido, são tão iguais em tantas coisas. Eu preciso dos dois. Conserte isso, está bem?

Lancei um olhar para Esteban. Ele estava ao telefone, andando de um lado para outro. Sua sala era em frente à minha, toda em vidro. Ele colocou a mão na cintura e soltou uma risada que ultrapassou as paredes. Sua bunda parecia perfeita naqueles jeans.

Pigarreei.

— Quanto tempo falta para você voltar?

— Tempo suficiente para vocês fazerem as pazes. Laura, por favor, seja racional. Eu sei, amiga, sei que é difícil. Sei que você se interessou pelo Esteban e…

— Não vamos ter essa conversa.

— Você quis transar com ele e então freou tudo quando assinou a contratação. Todos os flertes, todas as brincadeiras. Você transformou tudo em ódio para não *sentir*.

— Não sinto absolutamente nada além de ódio.

— Laura...

— Não vamos ter essa conversa — repeti.

— Amiga, preciso que lide com suas emoções para que vocês dois possam trabalhar juntos.

Minha secretária bateu à minha porta, com uma caixa nas mãos. As bochechas da Becky estavam coradas, como se ela não soubesse lidar com o que estava segurando.

— Laura, encomenda para você.

— Coloque em cima da minha mesa.

— Ah, ok. Eu só acho que preciso dizer que todos do escritório estão sabendo o que é. Talvez seja um pouco... ãh... constrangedor. A caixa é transparente — Becky avisou.

— Constrangedor?

Senti Esteban se virar para mim, o telefone ainda na orelha. Um sorriso fantasma apareceu em seus lábios, tão suave que não parecia que ele realmente estava sorrindo. Mas estava porque seus olhos verdes se ergueram nos cantinhos. Ele indicou com o queixo o pacote que Becky estava segurando, como quem me dizia: olhe.

— Laura, você está aí? — Vick questionou.

— Te ligo daqui a pouco, amiga.

Desci os olhos para o embrulho transparente que Becky colocou na minha mesa. O vibrador minúsculo em formato de pênis me olhava de volta.

Fechei as mãos em punhos e olhei para Esteban, meu sangue fervendo.

Ele ergueu uma sobrancelha para mim, ainda na ligação, como se me desafiasse a não surtar.

Respire, Laura.

Respire.

Só... respire.

— Obrigada, Becky. Eu assumo a partir daqui.

— Certo.

Meus olhos não saíram de Esteban. Nós ficamos nos encarando por minutos, talvez, até ele desligar a ligação. Quando me levantei, ele riu. Mas, dessa vez, eu não o deixaria ganhar.

— Esteban, obrigada. Prometo que vou lidar com isso como um presente de agradecimento por todo o apoio psicológico que te dei. Inclusive, colocarei sobre a minha mesa. Porque acho que você tem que se orgulhar mesmo de cada *minúscula* parte do seu corpo. — Olhei para os meus funcionários. — Frase motivacional do dia: se orgulhem de ser como são. Agora, de volta ao trabalho.

Seus olhos estavam arregalados quando arranquei um dos post-its amarelos que ele usou para se demitir de cima da sua mesa. Fui até sua bunda e tirei a caneta que ele sempre guardava no bolso de trás da calça. Escrevi no post-it.

Cheguei bem perto dele.

Réplica do Pênis do Esteban. Tenha orgulho do seu corpo!

Seus olhos percorreram as linhas que escrevi.

Então, ele gargalhou.

— Você é criativa, *hermosa*. E pensa rápido. Isso me excita.

— Achou mesmo que isso me faria assinar os papéis? — sussurrei.

Ele deu um passo à frente, pegou o post-it e beijou-o enquanto ainda estava na minha mão. O papel tão fino me fez sentir o calor dos seus lábios. E fiquei ali, presa a ele, a uma gravidade estranha que me puxava, seus olhos de gato, sua altura que parecia me engolir como um tsunami. Sua respiração bateu em algum lugar do meu rosto.

— Estou só começando. — Ele me deu uma piscadinha e se afastou. — Precisamos conversar sobre o sr. Yang.

Seu perfume ainda estava ao meu redor. Eu odiava entrar na sala do Esteban, porque cheirava maravilhosamente bem.

— Laura?

Meu cérebro estava uma tela em branco.

— Chefe? — insistiu.

— Sim?

Ele riu, e balançou a cabeça em negativa. Esteban se sentou na mesa e cruzou os braços na altura do seu peito forte.

— Zhao Yang.

— Sim? O que tem ele?

— Precisamos marcar a reunião com a Victoria.

— Vou falar com ela.

Ele me encarou, daquele jeito que tirava o meu chão, e eu não sabia onde minha existência começava. Prendi o ar, inquieta, pensando em quantas formas Esteban tinha planejado para infernizar minha vida até que eu perdesse a compostura.

Arianos são explosivos, é verdade. Mas o que ninguém sabe sobre o meu signo é que não há nada mais instigante do que um desafio. Estava me desafiando a me comportar e, se eu tivesse que fazer isso para a Freedom não enfrentar o caos, eu faria.

Abri um sorriso. Esteban franziu a testa.

— Você é assustadora quando sorri.

— É porque esse é o meu sorriso para você. Podemos trabalhar?

— É o que estou tentando fazer — Esteban resmungou.

— Preciso dos últimos contratos para fazer uma análise do que o sr. Yang precisa. Sei que ele quer organizar uma viagem não só com a família, mas com todos os funcionários da empresa. Então, acho interessante lidarmos como se fossem dois universos em um. Yang pode passar um tempo com a família e ainda estar presente com seus funcionários em alguns momentos. Precisamos ver também os passeios em que a família não terá obrigação de ir. O que temos até agora sobre a rede de hotéis na Índia?

— Vou te encaminhar por e-mail.

— Victoria vai montar a viagem perfeita. Ele mora em Xangai?

— Sim.

— Vamos ver a passagem da Vick.

Me virei para ir embora, mas a voz de Esteban me parou.

— Laura.

Havia algo no timbre dos De La Vega, todos os malditos primos. Era como se fosse o tipo de voz que faz você querer tirar a calcinha em questão de segundos.

Engoli em seco.

— Eu gosto de trabalhar com você quando estamos falando de trabalho — Esteban disse.

Lancei um olhar sobre o ombro.

— Então não peça demissão.

Ele negou com a cabeça.

Expirei fundo.

Suportar Esteban De La Vega pelo resto da minha carreira parecia tempo demais.

Capítulo 04

Você se transformou em um demônio
Escondendo-se sob aquela aura de conversa fofa.

ILIRA feat Juan Magán — Diablo

Esteban

— Que bom que deu tudo certo com vocês, Thales. — Bati duas vezes em seu ombro. — Acho foda, mas foi um susto, né?

— É. — Ele riu. — Eu nem a conheço direito, mas vamos tentar ser os melhores pais do mundo.

— Fico feliz por você e a Tara. A garota deu um susto do *carajo* em nós de madrugada. Ela já deve ter feito um exame para IST, Thales. Você fez também?

— Sim, eu fiz. Fiquei bem chocado, mas estamos bem. Ela realmente ficou arrependida por ter aparecido e enfrentado a batalha entre Deus e Lúcifer.

— Claro que eu sou Deus, no caso.

Thales ergueu uma sobrancelha.

Uma semana se passou desde a minha demissão via post-it e eu estava colocando post-its na mesa de Laura e me demitindo dia após dia. Mas ela simplesmente jogava fora. Na sexta-feira anterior, apenas entreguei uma carta formal, e Laura, me encarando nos olhos, colocou-a no triturador de papel, como eu sabia que queria fazer com meu pênis.

Falando em pênis, o vibrador estava em cima da sua mesa, como um troféu.

Perdi a conta do quanto fui zoado pelos caras da Freedom e estava a ponto de tirar o Estebanzinho para fora só para mostrar que não tinha nada de *inho*, mas só parei de perder meu tempo.

Quem me tinha na cama sabia muito bem o estrago que eu era capaz de fazer.

Senti Laura caminhando ao meu redor, como um tubarão rondando a presa. *Carajo*, era injusto uma mulher ser tão diaba e tão linda. Os saltos altos vermelhos estavam batendo no piso a cada passo, ela estava com uma saia justa e social branca, agarrada àquela bunda como se fosse costurada em seu corpo. A camisa social vermelha me permitia ver a renda de seu sutiã. Seus cabelos cacheados, na altura dos ombros, estavam uma bagunça boa. Seus lábios pareciam mais vermelhos do que cinco minutos antes, como se ela precisasse passar o maldito batom para vir falar comigo.

Mas eu gostava mesmo era quando Laura ficava até de madrugada, descabelada e louca em seu escritório. Perdia horas vendo como ela chupava uma bala de café atrás da outra e como batucava a caneta na mesa; isso a ajudava a pensar.

Sim, eu conhecia Laura o suficiente.

E isso era péssimo.

— Adorei a decoração da minha sala, Esteban. Veio junto com seus post-its de demissão. Por sinal, em todos os cantos da parede, sério? — Sua voz estava surpreendentemente calma. — Vou levar umas três horas para tirar aquilo de lá.

Ergui a cabeça quando ela tocou no meu ombro. Encarei-a, abrindo um sorriso de canto de boca.

— Gostou mesmo? Achei tão a sua cara.

Laura odiava tudo o que era extravagante em termos de decoração. Então, eu fiz um unicórnio cuspir em cada canto da sala. Havia coisas cor-de-rosa, roxo e azul-bebê, almofadas de coração, quadros coloridos e coisas idiotas. Sua sala parecia o novo recanto da Barbie. Passei a madrugada inteira reformando o escritório de Laura para que, quando ela chegasse de manhã, visse o quanto eu merecia o prêmio de funcionário do mês.

Seus olhos irradiaram raiva.

— Achei poética a bunda com o arco-íris — ironizou.

— Artístico, né? Gostei também. Você viu o pau colorido? É um pirulito, na verdade, mas parece um pau.

— Fofo, Esteban. Realmente incrível.

— Sabia que você ia adorar.

— O que está acontecendo aqui? — Thales perguntou, depois que fiquei uns cinco minutos encarando Laura.

— Esteban quer se demitir e estamos em uma guerra fria.

Thales quase cuspiu o café.

— Você quer se *demitir*? — O cara virou-se para mim. — Mas a Freedom não funciona sem você.

Ainda sorrindo para Laura, sem desviar os olhos, pisquei um olho só.

— Eu sei.

Laura deu a volta, me poupando um torcicolo. Ela colocou as mãos na cintura e fechou os olhos por alguns segundos.

— Precisei ouvir uma meditação de trinta minutos para não quebrar o quadro de pênis na sua cabeça.

— É um pirulito.

— Esteban, eu não vou te demitir.

Peguei um chiclete no bolso da minha calça, abri e o joguei na boca. Ainda sorrindo.

— Eu sei. O que torna mais divertido. Posso fazer o que eu quiser, que você vai ter que me aturar. Vamos ver quanto tempo dura sua paciência.

— Isso tudo é porque não pedi desculpas?

— Você não se arrependeu de verdade.

— Meu Deus, você quer que eu me ajoelhe? — Ela pareceu desesperada por um segundo, e quase tive pena.

— Depende da razão pela qual vai se ajoelhar...

— Ok, estou saindo daqui. — Thales se levantou.

Ela inspirou fundo e, pensando melhor sobre estarmos em público, me puxou para a sua sala. Fechou a porta com força e começou a andar de um lado para outro.

— Não importa o que você faça, deixei bem claro que não vou assinar a demissão.

Eu estava fugindo. A verdade era essa. Eu tinha ficado chateado com tudo o que rolou. Mas minha vontade era de ir para longe, não ter contato com essa *mujer*, porque Laura me atormentava de um jeito que eu odiava. Antes de dormir, eu sempre estava pensando em como poderia fodê-la. Não, não esse tipo de foder. Mas eu queria que ela pagasse por todas as brigas que tivemos, por toda a dor de cabeça que me deu, por toda a forma criativa que encontrou de perturbar o meu raciocínio, como...

Exatamente desse jeito.

Perdi a *mierda* do pensamento porque ela estava me encarando.

— Esteban, sinto muito por tudo o que causei a você. Realmente sinto. Eu me arrependo, de verdade. Consegue sentir a verdade na minha voz? Certo, por favor, vamos nos concentrar no trabalho e tentarmos ser civilizados? Você é um excelente profissional. Quero que funcionemos bem juntos. Será que podemos?

Havia o meu orgulho, mas também a minha capacidade de ver a verdade nas pessoas. Era uma coisa que estava no meu sangue, eu conseguia ir além das camadas. Eu nem sempre usava esse meu sexto sentido, e Laura era uma das pessoas que eu menos era capaz de ler, mas ali, naquele segundo, vi o quanto ela estava exausta.

— Se eu encontrar outro emprego, vou embora, *hermosa*.

Ela ergueu uma sobrancelha.

— Dá para você ter uma conversa decente comigo?

— Estamos tendo uma conversa decente.

— Você está ameaçando ir embora o tempo inteiro, e uma parte minha só quer gritar: então vá embora! Mas nós precisamos de você, somos quase da mesma família. Você é o primo do marido da minha melhor amiga. E ama a Freedom como se fosse sua. Veio para os Estados Unidos para nos ajudar. — Laura deu um passo à frente. — Então, por que está fugindo?

Mierda.

— Por que eu fugiria?

— Eu perguntei primeiro.

— *Puta madre, mujer.* Não estou fugindo.

Os pelos dos seus braços se arrepiaram. Acontecia sempre que eu falava em espanhol. Ela deu até uma estremecida. Abri um sorriso.

— Desde que fiquei mais tempo no escritório, você tem agido assim. Nós brigamos vinte e quatro horas por dia. Você lembra por que brigamos da última vez? — sussurrou.

— Porque usei a última cápsula do seu café favorito.

Suas bochechas ficaram vermelhas e eu sorri, vitorioso.

— Olha a sua cara de presunçoso!

— Não estou fazendo cara nenhuma.

— É, brigamos o tempo inteiro. — Bufou. — Eu estou disposta a dar uma trégua.

— Fica difícil, porque estou pedindo uma coisa e você é incapaz de ceder.

— Realmente quer a sua demissão? — Ela fechou os olhos.

Aproveitei aquele momento para soltar minha carta na manga.

— Recebi uma proposta, *hermosa*. Salário interessante, menos horas de trabalho e posso fazer home office duas vezes por semana.

— Quem? — Respirou fundo.

— Quem o quê?

— Quem te ofereceu emprego? — Seus olhos se abriram.

— A sra. Trevole.

Laura tinha uma aura ao redor dela que eu nunca seria capaz de explicar. Mas, quando ficava nervosa, era como se sua ira fosse capaz de modificar o peso do ar. Meu coração ficou tranquilo, eu já estava acostumado com os rompantes, e realmente achava que ela precisava de terapia.

— A nossa *rival* te ofereceu um emprego? — Sua voz quase beirou um grito.

— Estou cogitando aceitar.

— Você trairia a gente? — Fúria, tanta fúria, que quase me arrependi de ter dito. — Porque parece muito como traição para mim.

— Eu tenho um contrato com você, *hermosa*. Mas tenho o direito de ir e vir.

— A questão é o porquê. De La Vega são tão leais, olhe o Diego, o Hugo, o Andrés, que falou conosco há poucos dias e está apaixonado pela Natalia. Vocês são fiéis às pessoas com quem se envolvem, e imagino que não seja apenas quando estão apaixonados, mas no trabalho também. — Ela ficou tão perto de mim que seu perfume de jasmim me deixou tonto. Fechei as mãos em punho e travei o maxilar. Minha atração por aquela mulher era ridícula, uma *puta mierda*. — Você ama a Victoria como se fosse sua irmã. Vai ter coragem de pedir a ela sua demissão quando a Vick chegar? Tudo isso só porque não me suporta ou tem algo acontecendo?

— Eu amo a Victoria, sim. Mas não consigo lidar com você. Você passou meses me infernizando, me dando relatórios que me tiraram o sono, além de colocar no meu colo os contratos mais *jodidos* da Freedom. Você tem descontado em mim toda a sua raiva, ou seja lá o que for, desde que assinei o maldito papel que me tornava o seu funcionário. Realmente não aguento mais.

— Estou disposta a mudar. Mas você não quer me ouvir.

— Estou cogitando de verdade a proposta, Poderosa Chefinha. Eu vou te dar uma semana para não gritar comigo, para me tratar como um cara normal, para ser um pouco imparcial quando me dá os contratos. — Fiz uma pausa, o desejo que eu sentia por ela quase me fazendo agir por impulso. Então, continuei falando. — Sou imprescindível na empresa? Foi porque você me tornou assim. Você me deu os casos mais difíceis, os clientes mais improváveis, e eu tive que fazer o que um De La Vega faz de melhor: seduzir o impossível. Então, uma semana. Uma semana para você me tratar como ser humano, *hermosa*. Acha que consegue?

— Eu não vou perder você. — Seus olhos desceram para minha boca.

— Então, não perca.

Ficamos nos encarando por minutos, e o mundo desacelerou.

Laura era o tipo da *mujer* que, se fosse em um universo alternativo, eu a teria gemendo o meu nome em segundos. Mas ela era a minha chefe, era milionária — o que era um ponto negativo — e eu teria que vê-la todo dia depois de uma foda sem sentido. Eu não estava acostumado a passar mais de algumas horas com a mesma mulher. Havia um limite ali que a gente nunca poderia passar, se eu quisesse eventualmente continuar nesse emprego, então sim, eu precisava cair fora.

Porque estar atraído por uma CEO louca e rica não dá, *cabrón*.

Apesar de ela não ter comprado a cobertura de luxo mais cara de Nova York e ter dinheiro suficiente para uma, se quisesse, apenas aquele prédio que Laura morava já seria o suficiente para eu me enfiar em uma hipoteca de trinta anos. Eu morava em uma quitinete e, apesar de o meu salário ser legal, eu o enviava quase todo para os meus pais. Tínhamos tantas diferenças que eu nem conseguiria listar. E relacionamento sério? Estou fora. Além disso, sua personalidade era insana. Quem sabe na próxima encarnação.

Ainda assim, havia Victoria e a confiança que ela depositou em mim para gerenciar a Freedom. Era como uma irmã, a esposa de um dos meus *hermanos*, e sair da empresa parecia errado, como se eu estivesse traindo-os.

Mierda, eu poderia dar uma semana para Laura consertar as coisas.

Mesmo que soubesse o quanto ia me arrepender por ter proposto algo que nós dois sabíamos que seríamos incapazes de cumprir.

Capítulo 05

Não se preocupe, estou me aproximando pouco a pouco.

Lee Richardson feat Jonathan Murrill e Tom Ford — Buena Onda

Laura

Depois de um dia infernal, eu só precisava de uns drinques.

— Mas é interessante porque... — Sam ou Dan disse. Eu tinha certeza de que era um desses nomes, mas, enquanto ele falava comigo, eu não conseguia prestar atenção porque meus olhos estavam fixos no lado oposto da boate.

A questão é que havia poucas chances de encontrar Esteban casualmente em Nova York. Por Deus, era Nova York! Mas ele estava ali, na *minha boate favorita*, dois dias após concordarmos em nos tratarmos como se fôssemos pessoas decentes.

Eu juro, estava tentando, apesar de toda a mágoa que estava guardando, especialmente depois de descobrir que Esteban cogitava trabalhar com a nossa rival.

Acredite em mim, até que estávamos indo bem.

Mas vê-lo na vida real, fora do escritório, era um pouco perturbador.

Esteban estava com duas mulheres em seus braços, dançando como se não precisasse se esforçar. Eu as apelidei gentilmente de Belzebu da Direita e Belzebu da Esquerda. E Esteban era o recheio de um sanduíche horrível. A Belzebu da Direita, que estava na frente, abriu dois botões da camisa do Esteban, e ele jogou a cabeça para trás, rindo. A Belzebu da Esquerda mordeu sua orelha, e Esteban agarrou a cintura de uma delas, rebolando.

Ele estava tão bem-vestido.

De camisa social branca e calça jeans preta. Seu cabelo castanho-escuro estava amarrado em um coque e, cada vez que Esteban sorria, o piercing no seu nariz cintilava contra as luzes coloridas.

— Você trabalha com o quê mesmo?

— Sou uma das sócias da Freedom, uma empresa que presta consultoria para viagens e também somos consultoras de hotéis e resorts.

— Sério? Impressionante.

Esteban beijou uma das garotas. Desviei o olhar.

— Não é? — Voltei-me para o cara que estava dando em cima de mim. Não era oh-meu-deus-que-homem-perfeito, mas servia para sexo casual.

— Quanto você ganha por ano?

Ou não.

— O quê, lindinho?

— Para eu saber se nossos níveis são próximos. Ou seria complicado seguirmos para um segundo encontro, não acha? — Ele sorriu.

— Desculpe, mas... — Fiz uma pausa. — Estou procurando uma noite e nada mais. Não um relacionamento sério.

Ele ficou surpreso.

— Ah, eu achei...

— Achou errado. — Me aproximei e dei um selinho em sua boca, só para não perder a viagem. Peguei meu drinque e fui para a pista de dança.

Victoria disse que Esteban estava blefando, mas por que eu não sentia isso? De todas as pessoas, ele não poderia ir trabalhar com Sally Trevole, porque Sally era uma mulher completamente sem escrúpulos. Ela roubou cinco clientes da Freedom!

Como Esteban ia ter coragem de ir para outro lugar que não a Freedom? Um lugar no qual eu jogaria uma bomba, se pudesse?

Isso parecia um canto tóxico na minha cabeça. Sabe quando você escuta uma música horrorosa e mesmo assim não consegue esquecê-la? Esteban era isso. Uma música ruim.

Toda essa situação estava me consumindo a ponto de eu não conseguir parar de pensar nele. Eu precisava parar com isso. Estava até fugindo da minha terapeuta, porque ela ia me dar a bronca do século.

— O que uma moça linda como você faz dançando sozinha? — Um cara se aproximou. Ah, era bonito. Eu realmente poderia transar naquela noite e esquecer o Esteban. — Cadê as suas amigas?

— Eu não preciso de ninguém para vir à balada, consigo me proteger.

— Que fofa.

— Fofa não, perigosa.

Ele riu. Era realmente bonito. Pele negra, cabelo raspado, olhar intenso. Usava uma camiseta branca que parecia azul sob a luz da boate. Era bem mais alto que eu. Suas mãos envolveram minha cintura e começamos a dançar. Abri um sorriso e envolvi seus ombros, fechando os olhos por um segundo.

— Qual é o seu nome?

— Laura.

— Eu sou o Trevor.

— Oi, lindinho.

— Oi, Laura.

Ele me fez abrir os olhos para sorrir para ele. Dançamos por alguns minutos, Trevor, infelizmente, era tão duro quanto uma porta, mas eu estava tentando me divertir. Em algum momento, ele desceu os olhos para a minha boca, e senti um arrepio me cobrir, aquele tremor que precede um beijo. Umedeci os lábios e, quando seu nariz se conectou ao meu, alguém acidentalmente nos afastou ao tropeçar.

Meu coração acelerou pelo susto e meus olhos foram imediatamente para...

Esteban De La Vega.

— *Oye*, Laura Ingrid. — Ergui os olhos e me deparei com aquele tom verde de suas íris, me desconcertando por um momento. Sob as luzes da boate, parecia quase perigoso. E eu odiava quando ele usava meu nome composto, porque parecia uma bronca.

O choque por ter sido *ele* a atrapalhar meu beijo, misturado à raiva, fez eu me afastar de Trevor.

— Que bom te encontrar aqui — falei, tentando ficar calma.

— Vocês se conhecem?

— Trabalhamos juntos — dissemos ao mesmo tempo, mas a voz do Esteban parecia quase sobrenatural de tão rouca e grossa. Era como se ele estivesse...

— Por sinal, me explique uma coisa, *cabrón*.

— Claro — Trevor disse.

— Por que você tem uma marca de aliança no dedo?

— Ah, isso. Eu me divorciei recentemente.

— Nossa, bem recente. Dá para ver direitinho o quanto seu dedo estava inchado. Não faz nem vinte e quatro horas?

Olhei para Trevor, que pareceu arrependido.

— Desculpe-me, Laura. Acho melhor eu ir embora.

Pisquei, chocada, assistindo ao meu encontro da noite virar as costas e me deixar na pista de dança. Mas mais chocada ainda por Esteban perceber o que eu não vi.

— *Como* você sabia?

— O primeiro carinha era bacana. Mas esse? Porra, Laura. Você não observa as pessoas?

Ele sabia que eu estava na balada o tempo todo?

— Quem é você para se meter no meu encontro? — Ergui a voz mais ainda acima da música.

— Estamos na nossa semana de trégua. — Ele sorriu preguiçosamente. Um canto do lábio subiu, o outro em seguida, os olhos intensos enquanto me mediam de cima a baixo.

Esteban traçou cada onda do meu corpo como se estivesse surfando sua atenção por mim. Olhou da ponta dos meus pés, na sandália de tiras, subiu para minhas coxas nuas e então o vestido justo, dourado, que se colava em mim como uma segunda pele.

Meu estômago ficou gelado, e Esteban ergueu apenas uma sobrancelha.

— Acho melhor engolir seu orgulho, porque sei que você se odiaria se beijasse um *hijo de puta* casado. — Esteban parou e olhou para mim novamente, por todo o meu corpo.

Ele estava certo. *Droga*.

— Obrigada, eu realmente me odiaria.

Seus olhos cintilaram. Esteban não esperava meu agradecimento. Percebi que ele ficou desconcertado por alguns segundos.

— Já que estamos aqui, quer dançar?

— Em uma realidade alternativa, sim.

— Talvez contato físico faça você parar de me odiar.

— Estou te tratando bem no trabalho, não estou?

Ele gargalhou.

— Estou percebendo o quanto está se esforçando.

— Ainda pensando em ir embora?

Esteban umedeceu a boca e piscou para mim.

— Talvez. — Seus olhos focaram no meu decote, e eu literalmente tremi. — Mas estamos aqui e agora, Laura. E tudo o que estou pensando é que ainda não dançou com um De La Vega.

— Ah, o showzinho de vocês. Já vi o suficiente no casamento da minha melhor amiga.

E fiquei com a calcinha molhada, mas *shhh*.

— Não dançou comigo sequer uma vez — acusou.

— Você me convidou? — rebati.

— Você diria sim?

De repente, as costas dos seus dedos caminharam pela minha pele, me deixando completamente tonta e quente. Abri os lábios, precisando de ar, porque... Esteban não me tocava. Nós não fazíamos *isso*. Ele traçou meu ombro, arrepiando cada centímetro, então desceu para o meu braço. O toque leve se transformou em um aperto de posse quando Esteban segurou minha cintura, me puxando para si.

— O que você pensa que está fazendo? — Pisquei centenas de vezes em segundos, meu corpo respondendo ao calor e à proximidade de Esteban como se o adorasse. Aquele perfume dele e o cheiro de uísque nos seus lábios eram inebriantes. — Me solte, Esteban. — Minha voz falhou. — Você está bêbado!

— Bêbado? Não. — Se aproximou da minha orelha e sussurrou. — Solte esse corpo e só dance comigo. Uma música e eu te acompanho com um táxi até sua casa.

Arrepios. Caos. Desespero. Ele sendo gentil. Eu vou morrer?

— Posso ir embora sozinha. Vá se divertir. — Dei alguns passos para trás. — Cadê a duplinha infernal com quem você estava há pouco?

— Quem?

— As duas mulheres que você estava beijando e quase transando na pista de dança.

— Isso realmente importa agora, *hermosa*?

Ele deu dois passos à frente e pegou minha mão, seu polegar no centro da palma. O calor do seu toque fez maravilhas dentro de mim, maravilhas nas quais eu não queria pensar, então sua mão agarrou minha cintura de novo e Esteban juntou nossos corpos. Eu pude sentir cada curva minha abraçar Esteban como se nos encaixássemos. Prendi a respiração, tentando resgatar o ódio para que minha libido não respondesse. Mas ele era gostoso pra caramba...

Lista dos defeitos do Esteban, cérebro. Agora.

Odeio o fato de ele ser um gostoso e saber disso. Odeio homens convencidos, e Esteban tem um ego maior do que a distância entre os polos. Odeio que ele goste da mesma cápsula de café que eu. Odeio como ele sempre flerta com os clientes, mas de um modo tão sutil que ninguém sabe se está apenas sendo gentil ou realmente interessado. Odeio como tudo sobre ele é incerto, odeio nunca conseguir entender como Esteban vai reagir. Odeio não saber como ele pensa. Odeio não conseguir me relacionar com ele como uma pessoa normal, justamente por odiar tantas coisas nesse cara.

— Eu estou indo emb...

— Chega de conversa — interrompeu. — Relaxe e dance comigo, Laura.

Esteban me girou várias vezes quando uma música latina começou a tocar. Minhas mãos foram para o seu peito, assim que me choquei de volta com ele, e minha boca sentiu sua respiração por alguns segundos, bem entre meus lábios, antes de um dos cantos dos seus se erguer.

— *Dale.* — Piscou e se afastou, suas mãos segurando as minhas, o suficiente para que eu pudesse vê-lo *dançar*. Seus quadris começaram a se mover, naquele passo de salsa, um pé para a frente e o outro para trás, então para a direita e para a esquerda. Esteban sorriu e olhou para nossos quadris quando comecei naturalmente a repetir seus passos. Foi se aproximando até que seus quadris se colassem nos meus.

— Esteban.

— Isso — sussurrou contra a minha bochecha. — Para lá e para cá.

— Eu não sei dançar.

— É. — Esteban riu. — Está indo bem. Relaxe.

Suas mãos saíram das minhas e foram para minha cintura. Eu nunca estivera tão próxima de Esteban em toda a minha vida.

Literalmente, estávamos colados.

Não consigo respirar.

— Andrés me disse que, para termos um bom relacionamento no trabalho, precisamos sentir que nossos corpos são formados do mesmo componente, porém como uma nova extensão. Você me odeia, mas confia em mim. Acabei de descobrir isso.

— Eu confio em você?

Esteban me rodou mais três vezes e me choquei com o seu peito, mas, dessa vez, seus quadris continuaram a rebolar contra os meus. Havia algo tão pecaminoso no jeito que Esteban mexia os quadris, como se, na hora do sexo, ele não apenas fosse para a frente e para trás, ele rebolasse dentro de uma mulher.

Meus mamilos ficaram acesos.

— Você confia, porque está conseguindo seguir cada um dos meus passos sem errar. Está me deixando te guiar. — Me puxou mais para ele, suas mãos na minha cintura. Meus braços ficaram soltos ao lado do corpo e Esteban foi descendo devagarzinho comigo.

Encarei-o. Seu nariz era tão bonito e aquela pequena pedra do piercing sempre me instigava. O maxilar de Esteban era largo, mas combinava com seu rosto e a barba por fazer. O formato dos seus olhos me encantava, como se sempre estivesse lendo minha alma, e aquelas íris verdes, tão parecidas com as minhas, me deixavam completamente maluca. Toda vez que eu encarava aqueles olhos, eu tinha vontade de matá-lo.

Matá-lo ou me sentar nele. Mas dane-se, certo? Dane-se Esteban ser tão lindo. E dançar tão bem. Não importava.

Sua mão foi para a minha nuca, seus dedos afundando nos fios do meu cabelo.

— Você está atraída por mim, *hermosa.*

Parei de dançar.

— O que disse?

— Seu corpo está respondendo. — Passou os olhos por cada centímetro do meu rosto, querendo arrancar a verdade de mim. — Está com tesão agora?

— Nunca! — Me afastei, empurrando-o suavemente, só para conseguir distância para pensar. — Preciso ir embora.

Esteban ergueu as sobrancelhas, parecendo entender, pela primeira vez, que era *comigo* que estava falando, e não com a foda da vez. Ele passou a mão pelo cabelo, desfazendo o coque e soltando os fios selvagens, que caíram ao lado do rosto. Seus olhos estavam quentes, até seus lábios estavam vermelhos, como se o sangue estivesse circulando mais rápido por seu corpo.

Fiquei presa ali, a ele.

Respirando com esforço, suada da meia música que dançamos, com meu coração batendo tão forte.

Vou ter um ataque cardíaco? Vou morrer na casa dos trinta anos por causa do meu ódio por Esteban De La Vega?

— Você está certa.

— Qual parte?

— Todas. Me desculpe por passar do limite com você. Não vai mais acontecer.

Respirei fundo.

— Eu...

— *Buenas noches y regrese a salvo.*

Pisquei.

— O que disse?

— Vá para casa. Boa noite. Te vejo amanhã no trabalho, ok? Pegue um táxi, não dirija, por favor. — Ele virou as costas e o assisti ir cada vez mais longe até que sumisse por uma das portas da saída da boate.

Fiquei ali, parada, tentando entender o que tinha acontecido.

A bebida afeta o julgamento, certo?

Estávamos bem.

Capítulo 06

Diga-me o que você ganha mentindo, sabendo o que você causa.

Se7en — Que Creías

Esteban

— Ela está atraída por mim — contei a Diego. Estávamos na hora do almoço e eu precisava de um dos meus primos para colocar juízo na *mierda* da minha cabeça.

A dança com Laura e o que eu disse, como se ela fosse uma das minhas conquistas, foi errado pra *carajo*, e eu mal conseguia olhar na cara dela. Eu fiz *mierda*, dancei com ela. Não deveria sequer ter chegado perto, *Dios*.

— Caramba, que descoberta, *hermano*. — Diego riu.

— O quê?

— Laura sempre esteve atraída por você. É por isso que ela te odeia. E você sempre esteve atraído por ela, por isso a odeia.

— Ela é rica, chata pra *carajo*. É tudo o que mais odeio em uma *mujer*, *tú lo sabes*.

— Está misturando o espanhol demais. — Diego sorriu. — Está nervoso?

— Diego, é sério. Preciso sair da Freedom. Preciso sair correndo daqui, *mierda*.

— Primo, não faça besteira. — Diego suspirou. — A Freedom precisa de você, e Victoria está prestes a pegar um avião com o meu irmão, só para resolver o que quer que esteja acontecendo entre vocês. As brigas não pararam?

— Pouca coisa. Hoje cedo ela se irritou com o jeito que organizei os arquivos, com a manga da minha camisa, e o que foi mesmo? Acho que o jeito que eu estava mascando chiclete.

— Realmente acha que não tem solução além de se afastar?

— O que posso fazer? Toda essa *mierda* de ódio está fritando minha cabeça.

— Ódio. — Diego gargalhou. — *Ay*, Teban. Como é divertido te ver assim.

— Cale a boca. Eu só quero a minha demissão assinada.

— Laura não vai assinar.

Recebi uma mensagem no celular.

Poderosa Chefinha: *Foi colher a alface, Esteban? Foi inspecionar a batata sendo colhida? Foi em alto-mar atrás do peixe?*

Eu: *Que tipo de droga você está usando, hermosa?*

Poderosa Chefinha: *Não é possível alguém demorar tanto assim para almoçar.*

Eu: *Haha.*

Poderosa Chefinha: *Preciso de você antes da live nas redes sociais. Será que dá para cortar a fofoca com seu primo e subir logo?*

Eu: *Está brava?*

Poderosa Chefinha: *Estou sempre brava.*

Eu: *Você era tão divertida, hermosa.*

Poderosa Chefinha: *Você me estragou.*

Poderosa Chefinha enviou cinco fotos.

— O que está rolando?

— Preciso subir. Minha internet está uma droga, nem consigo ver as fotos que ela me mandou. E Laura está surtando, como sempre. Vai ter uma *live* hoje sobre os novos segmentos da Freedom e... — Fiz uma pausa. — Não quero te entediar.

— Vai, *hermano*. — Diego se levantou e, então, segurou-me pelos ombros. — Freedom já faz parte de você. É mais do que uma empresa, é uma família. Não fuja só porque está com medo do que sente pela Laura.

— Eu não sinto nada.

— Tchau, Teban.

Entrei no elevador, ainda tentando receber as fotos da Laura, seja o *infierno* que ela tenha me enviado. Ainda sentindo a ressaca da bebedeira do dia anterior, quando as portas do elevador se abriram, minha cabeça doeu. Lancei um olhar para a frente e vi Laura falando sem parar com Bianca, a antiga secretária da Victoria e atual consultora da empresa. Thales estava junto, assim como Jeremy e mais outros cinco funcionários. Continuei a caminhar quando a internet finalmente voltou à vida e meu celular sinalizou que havia feito o download das fotos.

Parei no meio do corredor.

Cliquei na primeira foto e vi uma silhueta completamente nua. Posando de lado, o braço direito estava cobrindo os seios, a cintura curvilínea e a bunda deliciosa na minha cara com uma marca de biquíni. Olhei para o rosto de Laura, ela completamente molhada no chuveiro. Os lábios entreabertos e úmidos, os olhos verdes irradiando tesão. Passei para a próxima foto e, novamente, Laura nua. Sob a água do chuveiro, sorrindo enquanto apertava seus seios pequenos e cruzava as pernas, mas o suficiente para eu ver que sua boceta estava totalmente depilada. A terceira foto era Laura de costas, braços para cima, seu corpo perfeito e aquela bunda.

Que porra de bunda gostosa era aquela?

Me sentei em uma cadeira. O tempo pareceu ter se fechado dentro de mim. Raios, trovões, aviso de chuva. Minha mente era uma nuvem pronta para tirar meu raciocínio. A única coisa que senti foi meu pau completamente duro, a respiração saindo devagar pela boca entreaberta, meu sangue circulando depressa. Essa *mierda* de tesão varrendo cada músculo do meu corpo.

Tremi.

Olhei a quarta foto, que era uma variante da terceira, mas a quinta...

A quinta foto.

Carajo, puta madre. Quiero poner mi boca en esa mujer.

Laura estava espaçando os lábios da sua boceta. Vermelhinha, molhada do chuveiro, o clitóris tão gostoso que eu sabia que cabia direitinho na ponta da minha língua. Ajeitei o meu pau na calça, tentando fazer com que não aparecesse, e...

— Está vendo pornô, Esteban? — Hannah riu, e eu abaixei o celular.

— Não.

— Você estava.

— Não. Era só... eu recebi umas fotos.

— Fotos picantes?

— Sim. — Acabei sorrindo.

— Que sortudo. — Ela piscou para mim. — Minha esposa não me manda fotos picantes há uns anos.

— Talvez seja um bom jeito de movimentar as coisas, Hannah. — Lancei um olhar para Laura.

— Ah, sem dúvida. — Hannah se aproximou. — A propósito, você está na minha mesa.

— Me dá cinco minutos?

— Até dez. — Hannah piscou.

Meus olhos se fixaram em Laura. Minha cabeça começou a fantasiar como seria fodê-la debaixo do chuveiro, ter meu rosto entre suas pernas enquanto ela vibrava, eu ajoelhado aos seus pés fazendo-a gozar na minha boca.

Umedeci os lábios com vontade de prová-la.

— Só pare — sussurrei para mim mesmo, meu timbre rouco de tesão vibrando. — É sobre a sua chefe que você está fantasiando. Ela nem sabe que mandou nudes para você.

Laura finalmente me encontrou.

Meus olhos provavelmente denunciavam o quanto eu queria devorá-la. Ela fixou sua atenção em mim, parando de falar, a boca aberta, lendo cada uma das minhas mais secretas intenções. Laura pediu licença para os colegas e se aproximou.

— Quando você chegou? Vamos ter a reunião em breve e... — Ela parou. — O que houve?

— Vamos conversar.

— Se for sobre a sua maldita demissão de novo, Esteban, eu juro que te bato.

Me levantei, de pau duro e tudo. Infelizmente, a ereção ainda não tinha sumido e esperava que Laura não visse os meus vinte e lá vai centímetros querendo atravessar a porra da calça jeans. Puxei-a para uma sala vazia, que usávamos para guardar arquivos, e respirei fundo.

— Não surte, Laura.

— O que aconteceu? — Ela colocou as mãos na cintura.

— Promete que não vai surtar?

— Surtar com o quê?

— Me dê o seu telefone — pedi.

Seus olhos verdes se arregalaram.

— O quê? Por quê?

— Você confiou em mim ontem à noite para dançar com você. Confie agora.

— Se vai falar com os meus contatos e fazer uma de suas brincadeirinhas...

— Não vou.

Relutantemente, ela me entregou o celular. Olhei suas últimas conversas. Respirei fundo quando percebi que não foi algo que encaminhou para todos os contatos.

Devolvi o telefone para ela e abri um sorriso.

— Tenho uma notícia boa e uma ruim. Qual você quer ouvir primeiro?

— A ruim.

— Você me mandou nudes.

As bochechas de Laura ficaram vermelhas. Não, roxas. Seus olhos ficaram imensos enquanto se arregalavam, e eu umedeci os lábios.

— Você está brincando comigo?

— Não.

— Esteban! — Tirou o celular do meu bolso, sem perceber o quanto eu ainda estava duro por causa dela. Era difícil pensar com o cérebro quando seu pau parecia do tamanho de uma torre. — Você viu?

— Sim.

— Meu Deus. Meu Deus. Meu Deus! — Ela começou a apagar as fotos do meu celular e eu deixei. — Eu... como você... como eu...

— Minha maior preocupação era se você tinha enviado para todos os seus contatos ou se mandou só para mim.

— Foi só para você? — Sua voz mal saiu. Voltando a me encarar, a vi estremecer. Vergonha, Laura estava morrendo de vergonha.

— Só para mim.

— Esteban. Meu Deus. — Laura se abaixou e se sentou no chão, escondendo o rosto entre as mãos. Eu me abaixei com ela. — Eu quero chorar de raiva agora.

— Chore.

— Não vou.

— Laura...

— Era para salvar na minha pasta segura e... enfim, não devo satisfações a você.

— É. Sinto muito por ter visto, Laura. Mas, porra. Achei que fosse coisa do trabalho.

— De todas as pessoas...

— Você mandou para mim porque estávamos conversando na hora. Não é o fim do mundo, *hermosa*.

— Não consigo olhar para a sua cara agora.

— Pensei em esperar para depois da *live*. Sabia o quanto ia te abalar. Mas, se você olhasse a nossa conversa, visse os nudes e percebesse que visualizei e não te avisei, eu seria o pior dos *hijos de puta*. Eu poderia ter usado isso para você assinar minha demissão? Sim. Mas não posso ir tão longe. Minha saída da Freedom tem que ser um corte limpo, e não *jodida* desse jeito. Não sou esse cara.

— Você vai falar com alguém sobre isso?

— Não. É o seu corpo, *carajo*.

— Você não enviou para ninguém?

— É sério, Laura? — Fiquei ofendido por um segundo, até ver o desespero em seus olhos.

— Eu preciso saber.

— Não, eu não enviei. — Fiz questão de mostrar minhas últimas conversas.

As brincadeirinhas tinham parado. Tinha feito várias trolagens com ela por alguns dias, mandando comidas que ela odiava, pênis em caixas transparentes, fotos de bundas e pirulitos em todo o seu escritório. Mas nunca usaria as fotos para fodê-la profissionalmente, assim como nunca diria para alguém que minha chefe me enviou nudes sem querer. Nunca iria tão baixo só para conseguir essa maldita demissão. Eu iria embora da vida de Laura, viraria as costas e só a veria quando nos encontrássemos com Hugo e Victoria, mas nunca a deixaria vulnerável na frente de outras pessoas.

— Ótimo. — Ela se levantou, respirou fundo e ergueu o queixo. — Agora você sabe que sou uma bela de uma gostosa, nenhuma constatação que você já não percebesse. Afinal, olha essa mulher, certo? — Ela apontou para si mesma. — Sou linda, sou sexy, sou perfeita. Próximo tópico. Temos a *live* em alguns minutos e eu preciso estar sã. Estamos combinados de que nada aconteceu?

Você é linda, você é sexy, até a sua boceta é bonita e a sua bunda parece a maçã de Adão e Eva, que um cara quer morder só para pecar e ver o que acontece.

E ainda odeio o fato de me sentir tão atraído por você.

Preciso ir embora, Laura. Me deixe ir embora.

— Você tem uma bunda bem bonitinha.

— Cale a boca, Esteban.

— Nada aconteceu — prometi. — Mas ainda preciso que assine minha demissão. Preciso ir embora, *hermosa*. A semana de trégua não foi o suficiente para mim.

Laura inspirou fundo. Ficou um bom tempo em silêncio, os olhos percorrendo as prateleiras com nossos arquivos, sua mente trabalhando. Quando voltou a atenção para mim, vi que seus olhos estavam marejados.

— Estou cansada de pedir para você ficar.

— Então me deixe ir.

Minha chefe espremeu os lábios.

— Vou conversar com a Victoria. — Pareceu que ia chorar a qualquer momento e isso abalou alguma *mierda* dentro de mim. — Farei a *live* e depois vamos ao meu escritório para assinar a sua demissão, ok?

— É isso que eu quero.

— Certo, Esteban. — Ela engoliu em seco. — Só vou pedir que fique um tempo a mais para conseguir treinar alguém novo. E foi um prazer trabalhar com você.

Laura virou as costas, abriu a porta e bateu com força como sempre fazia. Um dia, essa *mujer* ia quebrar uma maçaneta.

Consegui o que eu queria, certo?

Então por que o gosto parecia tão amargo?

Capítulo 07

As mentiras em seus lábios.
Eu as lambo.

Beyoncé — Alien Superstar

Laura

— Vamos perdê-lo, Vick.

— Laura, por favor. Vou pegar um voo para aí agora.

— Você não pode. Tem que encontrar o sr. Yang e fazê-lo assinar o contrato. Te mandei a proposta por e-mail. Leve o Hugo junto, porque ele seduz todo mundo. Use esse homem direito, amor.

Ela respirou fundo.

— Faça o que tiver que fazer para mantê-lo — Vick pediu.

— Cárcere privado, então? Não posso pedir para que ele fique conosco se tudo o que quer é ir embora. Não dá para prender alguém, amiga.

— Sei disso. Droga, estou tão chateada. Essa situação parece absurda.

— Aguentei todas as gracinhas dele para mantê-lo e mesmo assim não resolveu. — Olhei para o relógio na minha sala e percebi que estava ficando sem tempo. — Preciso ir.

Duas batidas à minha porta soaram no momento em que desliguei a chamada com Victoria. Assim que meus olhos foram para Sally Trevole, meu coração saiu do peito e foi aos meus pés. Seu cabelo loiro era longo e seus olhos castanhos estavam surpreendentemente empáticos.

Sinalizei para que ela entrasse.

— Sei que parece errado vir aqui sem marcar hora.

— Você chegou em um péssimo momento, Sally.

— Não quero tomar muito do seu tempo, Laura. Vou ser rápida. — Fez uma pausa. — Esteban, seu funcionário, é um achado. Eu tenho procurado funcionários em potencial para a minha empresa, e não há ninguém como ele no mercado. Vim te dizer que ofereci a Esteban um cargo na Trevole.

— Sim, ele comentou comigo. Mas nós temos uma relação ótima, Sally..

Mentirosa, meu cérebro acusou. Eu não queria pensar que dançamos juntos nem que ele foi impecável quando demonstrou respeito sobre as coisas que sem querer enviei para ele. Se eu tivesse tempo para me preocupar, provavelmente ia querer me enterrar a sete palmos do chão, mas a vida estava caótica, eu tinha mil coisas para resolver e a última coisa de que eu precisava era pensar naquelas fotos.

— Independente da relação de vocês, bem, não sei se fará diferença. O que acontece é que Esteban é espetacular, visionário, eu vi o que ele fez para a Freedom e quero que faça o mesmo pela Trevole, Laura. Estou fazendo a cortesia de te avisar sobre a minha intenção. Ofereci para o Esteban uma parte das ações da empresa. Ele teria vinte e cinco por cento e ajudaria a administrá-la junto com meu irmão e marido.

Espere.

— A vida do Esteban mudaria radicalmente, então não sei se ele deveria sequer cogitar receber um salário fixo e uma parte dos contratos, como é na Freedom — continuou.

O sangue parou de circular no meu corpo.

Vinte e cinco por cento das ações da Trevole.

Senti a raiva surgir, mas uma raiva diferente. Uma parecida com indignação. Esteban realmente estava cogitando ir para a Sally. E havia muito dinheiro envolvido. Isso é mais do que receber um chifre, isso é traição profissional. É um peso que eu não sabia que sentiria por ninguém desde que abri a Freedom.

— Você entra em cinco minutos, Laura. — Becky abriu a porta, lançando um olhar de repulsa para Sally.

— Desculpe, Sally. Eu preciso ir agora.

— Sim, claro. — Ela sorriu e me deixou sozinha com Becky.

— O que está acontecendo? — Becky perguntou assim que Sally estava longe.

— Essa vadia quer colocar as garras no Esteban, e o pior é que ele quer.

— Laura...

— Agora é questão de honra, Becky. Não vou perdê-lo. — Me levantei da cadeira, a determinação me colocando em pé. — Não vou assinar aquela droga de demissão.

— Pense na *live* e depois no Esteban.

— Se eu cometer uma loucura, preciso que me acoberte.

— Você vai matá-lo?

— Por que todo mundo pensa isso?

Becky riu.

Saí da minha sala e fui para o elevador. A sala de conferências do prédio administrativo estava toda equipada para mim. Esse evento on-line permitiria que mais pessoas conhecessem a Freedom, e eu tinha várias pautas para abordar, como o nosso novo segmento dedicado apenas ao amor: casamentos e lua de mel. Assim como um segmento empresarial: focado em viagens de negócios de empresas internacionais.

Meus olhos encontraram Esteban.

Ele não estava como sempre se vestia, mas, sim, com uma camisa social azul-clara, dois botões abertos, as mangas puxadas até os cotovelos, e uma calça social preta. O cinto da mesma cor da calça, com uma fivela prata, combinava com o piercing. Seu cabelo estava preso em um coque, e Esteban abriu um sorriso assim que me viu, como se me incentivasse, embora seus olhos estivessem tristes por alguma razão.

Sabendo que a equipe da Freedom me assistiria, assim como mais milhares de pessoas, ajeitei meu cabelo cacheado e retoquei o batom vermelho. Sentei-me em frente à mesa, a equipe de gravação trabalhando na posição das câmeras. Bianca apresentaria comigo as novidades da Freedom, e Esteban me faria algumas perguntas para dar dinâmica, como se fosse uma conversa.

Ele começou a vir em minha direção.

Como você pôde fazer isso comigo e a Victoria? Por que está fugindo da Freedom e sendo um babaca interesseiro? Você não é assim, Esteban. É um cretino, mas não nesse nível.

Baixei a cabeça para ler as pautas.

Deus, eu não podia perder o Esteban. Não podia. A Freedom ia ter quatro segmentos ao invés de dois. Eu e Victoria tínhamos planos para Esteban e nem conseguimos ter essa conversa.

— Tudo bem? — Esteban perguntou, sentando-se ao meu lado.

Não, eu não estava bem. Eu sentia que ia surtar a qualquer momento. Que eu precisava bater a porta na cara de alguém ou só dar um tapa na cara do Esteban.

Faça o que tiver que fazer para mantê-lo.

Uma coisa era ter o Esteban brigando comigo na empresa, outra completamente diferente era ele se tornar o concorrente da Freedom, se tornar um inimigo. Eu não poderia suportar vê-lo trabalhando com a Sally e fazendo a empresa dela crescer, uma empresa que não era a minha.

Eu sei, eu parecia uma criança que não queria emprestar o brinquedo.

Mas Esteban era meu. Ele era *nosso*, quer dizer. Da Freedom.

Como eu poderia prendê-lo na minha empresa? Como poderia encurralá-lo? Oferecendo uma parcela das ações da Freedom?

— Laura?

— Estou pensando.

— Ok — ele disse, abrindo mais um botão da camisa, acomodando-se confortavelmente na cadeira. Inspirei fundo e seu perfume exótico me fez fechar os olhos por um segundo. — Você está tensa pra *carajo*.

— É a primeira vez que faço isso sem a Victoria. — Abri as pálpebras.

— Eu estou aqui.

— Até quando, Esteban?

Ele não respondeu.

O desespero começou a bater na minha garganta. É o tipo de desespero que você sabe que vai te fazer tomar uma atitude louca, impensada e irresponsável.

Voltei para os papéis.

Casamento. Lua de mel.

O que é mais atraente do que uma linda história de amor?

Olhei para Esteban, alheio aos meus planos loucos. Isso o faria me odiar mais, ele poderia simplesmente negar e me fazer pagar de louca, mas... eu tinha que tentar.

Situações extremas pedem medidas desesperadas.

Ergui o rosto.

Respirei fundo.

Eu ia fazer isso. Ia mesmo fazer isso.

As câmeras ligaram.

— Olá! — eu disse, e abri um sorriso. — Hoje tenho muitas coisas importantes para falar sobre a Freedom, mas, antes de iniciar, eu queria dizer algo do fundo do meu coração. — *Droga, sou péssima.*

Esteban tossiu ao meu lado, Bianca pareceu paralisada.

Não estava no script.

— Eu criei a Freedom com a minha melhor amiga e, apesar de sermos diferentes, pensamos como uma só. Conforme erguemos essa empresa do zero, com o apoio de Elisa De La Vega e de tantas outras pessoas incríveis, nós trouxemos o melhor homem para trabalhar conosco, Esteban De La Vega. Esta pessoa visionária que entende de finanças, tem uma visão holística sobre o mercado e estudou o nosso segmento com afinco por madrugadas a fio. Ele acompanhou cada etapa arriscada da Freedom, inclusive quando eu e Victoria tínhamos dúvidas, Esteban trazia a certeza.

— Laura... — ele sussurrou, desconfortável. Buscou minha mão sob a mesa, como se quisesse me alertar que eu estava saindo do roteiro.

— Durante os meus dias trabalhando com esse homem, tão passional e dedicado, acabei gostando dele.

Esteban congelou. Sua mão ficou gelada contra a minha, e eu a soltei. Peguei o anel que estava no meu dedo do meio e coloquei no anelar sob a mesa.

— Criamos sentimentos e tentamos abafá-los, mas fomos incapazes.

Meu coração estava batendo tão rápido que eu mal podia respirar.

— O que você está fazendo? — ele murmurou.

— Quero anunciar que eu e Esteban estamos noivos.

Capítulo 08

Adoro quando você me chama de absurdo
Causando toda essa dor para mim
Bem, você pode sair e me odiar.
Cadmium feat Jex — Not Your Baby

Esteban

¡La mujer está loca como la mierda!

Laura Hathaway pirou, ia ter que sair da reunião em uma ambulância direto para o hospital.

Ela ergueu a mão, mostrando um anel no dedo.

Que porra ela estava fazendo?

Eu não ri, não respirei, simplesmente fiquei ali, parado, enquanto todos os funcionários da Freedom se levantavam e aplaudiam. Laura abriu um sorriso e abanou as mãos, como se não fosse de muita importância.

— Esse *amor* que construí com o Esteban nos fez ter uma ideia maravilhosa para um novo segmento da empresa! A Freedom Ring organizará casamentos internacionais e luas de mel. Estaremos com uma equipe nova de consultores focados...

Ela continuou falando, e eu não consegui acompanhar nem por um segundo o que quer que estivesse acontecendo ali. Laura disse mesmo que a pedi em casamento? Que *mierda* estava acontecendo e que plano *jodido* e mirabolante era esse?

Eu queria pedir licença e sair, mas não podia. Então, voltei a racionalizar e simplesmente fiz as perguntas para Laura, participando não sei como, imerso em pensamentos e com uma vontade louca de matá-la.

Carajo, ela ia assinar minha demissão. Laura ia me permitir ir embora.

Como estava me enfiando em um noivado de mentira? Do nada? O que rolou? Casamento, *Dios*. Meu corpo começou a tremer só de pensar nessa ideia. Mas era mentira, talvez uma ideia de marketing? Agora como eu ia sair da Freedom estando *noivo* da porra da minha chefe maluca?

A *live* acabou e eu dei graças a *Dios*. Puxei Laura pela pulso, como se ela fosse uma criança que tivesse aprontado, até parar dentro de um banheiro feminino. Abri todas as portas e, quando vi que não havia ninguém, tranquei a porta principal.

— *¿Qué mierda fue eso?*

— Em inglês, Esteban.

— Que porra foi aquela? — gritei.

— Sally fez uma visita e me disse que quer te oferecer parte das ações da Trevole. Talvez, ela queira te roubar para ser o amante dela também? — Laura começou a pisar duro, andando de um lado para outro. — Não sei o que ela está pensando, mas apareceu na porcaria da minha sala dizendo que tem uma oferta bem melhor para você do que a Freedom. E aí descubro que você está traindo a mim e a Victoria por *dinheiro*.

— Dinheiro?

Não, definitivamente não era por dinheiro. Mas Laura nunca entenderia que eu precisava ficar longe dela como se... *mierda*, eu nem conseguia dormir direito!

— Vinte e cinco por cento das ações de uma empresa, você vai sair daqui para se tornar dono da Trevole. Ou parte disso. É por isso que quer ir embora? Por causa de dinheiro? Entende como estou me sentindo traída agora?

— Traída? É sério? E como acha que eu estou me sentindo depois de você dizer para sei-lá-quantas-pessoas que sou o seu *maldito noivo*? Essa sua vingança é tão imatura e infantil que não consigo raciocinar. Laura, assine minha demissão.

— Agora, estamos noivos.

— Em que dimensão? Porque nesta não é!

Estávamos gritando, tendo a briga mais feia que já tivemos desde que começamos a trabalhar juntos. Uma coisa era eu provocá-la com piadas, brincar com suas encomendas e discutirmos. Outra completamente diferente era ela me colocar em um relacionamento de mentira e ainda me foder com o contrato com outra empresa.

— É dinheiro que você quer para permanecer? — Seus olhos começaram a ficar marejados, como acontecia toda vez que ficava muito nervosa. Foram poucas as vezes na vida que a vi chorar por raiva, mas todas me fodiam de um modo que eu não conseguia sentir nada além de culpa. — Eu posso aumentar o seu salário, posso dar ações da Freedom, a minha empresa vale milhões, você sabe disso. Você ficaria responsável pela parte da Freedom Business e eu nem tive tempo de contar isso porque a toda a hora você queria me apunhalar pelas costas!

Cara, tivemos um momento bom na dança. Eu recebi nudes dela e fui legal. Achei que fosse sair da empresa pelo menos em um período de paz com Laura, mas não.

Ela queria me foder.

— Sua solução é ser minha noiva?

— Se sair da Freedom e for trabalhar com minha concorrente, vai ser péssimo para você. Como vai trair a sua noiva assim? Agora, nos coloquei em um relacionamento, inventei uma mentira e não estou nem um pouco arrependida. Porque estou fazendo de tudo para mantê-lo comigo mesmo sendo traída, mesmo sendo magoada. Estou fazendo isso pelo amor que tenho pela minha empresa e pela lealdade que tenho à Victoria. — Ela apontou o dedo no meu peito, lágrimas descendo por seu rosto. Por um segundo, eu só quis secar aquelas lágrimas com meus polegares e fazer esse rompante passar. — Quer sair? Saia. Quer me fazer ser a louca? Faça. Poste em todas as redes sociais que menti e acabe com a reputação da Freedom. Eu assino a sua demissão e você segue a sua vida. Ou pode fingir que é meu noivo, escapar da Sally, virar sócio daqui e ganhar bem mais do que malditos vinte e cinco por cento de uma empresa que vai falir em um ano. É sua escolha, Esteban.

— Você não entende, não é?

— O que eu não entendo?

— Eu quero sair porque me sinto atraído por você.

Laura deu alguns passos para trás como se eu a tivesse atingido.

— Eu me sinto atraído pra *carajo* a ponto de ser ridículo e isso só tem crescido. Então, vi suas fotos nua. E tudo o que estou pensando é em te foder aqui e agora, contra a *mierda* da parede, fazendo você pagar todos os pecados que cometeu enquanto geme na minha boca. Não posso ter uma chefe por quem me sinto atraído assim e definitivamente não posso entrar em um relacionamento com uma mulher mimada, rica, impulsiva e maluca. Não posso fodê-la porque te vejo todo santo dia, não posso tê-la como uma das garotas de limite de três horas e *adiós*. Está me entendendo, Laura?

— É por isso que você quer ir embora? Porque está atraído por mim?

— É.

Ela respirou fundo. Levou alguns minutos para Laura se recuperar. Passou as mãos por seus cabelos cacheados, como se isso a ajudasse pensar.

— Certo, é fácil resolver. Eu nunca vou transar com você. Nem se me seduzir, nem se dançar seminu em uma cadeira como um dos dançarinos do *Magic Mike*, como fez no casamento da minha melhor amiga. Eu nunca me apaixonaria por você e nunca entraria em um relacionamento com um De La Vega ou com qualquer outro homem, porque tudo o que eu mais quero nesta vida é ter o coração livre. — Ela fez uma pausa, secando as lágrimas. — É isso o que quer ouvir?

Ay, a porra do meu ego.

— Laura...

— Com isso dito, acha que podemos trabalhar? Pode dizer não para a Sally? Revejo seu contrato com a Victoria, a Freedom Business é sua. É mais do que você poderia ganhar em qualquer outro lugar do mundo, se o problema for dinheiro também.

— E o noivado que você acabou de inventar?

— Mantemos a fachada por dois meses e depois fingimos que, por razões de compatibilidade, tivemos que terminar. Se ficar mais confortável, eu assino um contrato dizendo que nós nunca vamos transar. Falo com a Elisa, o Hugo ou o Diego, garantindo que os funcionários da Freedom não podem ter relações *interpessoais*.

Laura não estava falando, estava disparando as palavras. É como se todo o seu emocional ficasse de fora e apenas o racional funcionasse. Eu podia ver a pressa de escapar da atração. Geralmente, quando ficamos atraídos por alguém, queremos essa pessoa perto. Eu e Laura fazíamos o oposto, repelíamos um ao outro.

— Não quero a Freedom Business. Não quero mais dinheiro. Meus pais estão bem com o que eu mando e é o suficiente para eu viver em Nova York.

— Não é negociável.

Respirei fundo.

— Laura...

— Lide com as suas emoções, Esteban. Não coloque suas frustrações em relação a mim, a nós, como uma moeda de troca porque o profissional nunca vai se misturar ao pessoal. Fico lisonjeada que me ache atraente e, sendo bem sincera, você também é lindo e tem um corpo perfeito, mas nos sentirmos atraídos um pelo outro é algo que sabíamos desde quando conversamos pela internet, desde antes de você trabalhar na Freedom. Somos adultos e você sabe como essa empresa funciona, o quanto eu e Victoria dependemos de você. E sabe que a Freedom é mais para você do que um lugar para trabalhar. Você ama esse lugar. Não sacrifique esse amor só porque te deixo de pau duro.

Eu ri.

— *Hermosa*...

— Esse apelido vai ter que sumir.

— Eu sou seu noivo por dois meses, esqueceu?

Ela fechou os olhos.

— Perdi o controle hoje.

— Você sempre perde.

Laura se recostou na pia. Olhos fechados, cabeça jogada para trás, as pernas cruzadas e toda a tensão do mundo em seus ombros. Algumas pessoas ficam vulneráveis muito fácil, talvez com uma conversa ou duas, mas Laura demonstrava sua vulnerabilidade com a raiva e os impulsos. Eu odiava isso nela, mas precisava admitir que a *mujer* era corajosa pra cacete.

— Freedom Business, contrato novo, dois meses como noivos até a loucura passar e vamos reduzir as discussões agora que tiramos a parte da atração do meio. Vamos conseguir, Esteban. Mas não posso fazer isso sem o seu apoio — ela pontuou.

Pensei por um momento.

— Contrato novo nos impedindo de ter contato físico. Vamos ter que manter esse contrato em segredo até o nosso noivado acabar. Sendo seu noivo por dois meses, quero aproveitar essa ideia para trabalharmos em um marketing para a Freedom Ring e não para a Business. Eu já te disse, não quero participação na empresa. Meu salário e a participação com uma porcentagem a cada contrato que eu guio já é bom.

— Esteban...

— Mas a ideia do noivado pode ser boa. Por dois meses, podemos ser o casal perfeito na frente das pessoas, conseguirmos clientes que estão apaixonados e organizarmos casamentos e luas de mel usando nós dois como a imagem central. — Fiz uma pausa. — Vou dizer não a Sally assim que sair deste banheiro.

— Você vai ficar?

— Sim.

Ela exalou com força.

Por mais maluca que Laura fosse, se eu não a fodi com os nudes, não ia fodê-la dizendo que nosso noivado era uma mentira. Tem coisas que seriam capazes de prejudicá-la profissionalmente, e eu jamais daria esse passo.

Falar que eu estava atraído por ela e ter o seu não como resposta talvez fosse isso o que eu precisasse para frear qualquer porra de atração descompensada que estava sentindo. Colocando na ponta do lápis, nós éramos incompatíveis e sabíamos disso.

Ter um contrato que me impediria de seduzi-la ou qualquer *mierda* assim soava melhor e mais seguro do que eu esperar ser capaz de me controlar.

Os De La Vega jamais se controlam, é do nosso sangue ter essa intensidade toda.

— No que está pensando? — Laura perguntou baixinho.

— Que a gente finalmente entrou em acordo.

— Precisei te pedir em casamento para isso. — Laura conseguiu sorrir.

— Vai ser ótimo para a Freedom Ring, acredite.

— É, eu sei. As pessoas adoram uma história de amor. Foi esse pensamento que me veio quando decidi dizer que estávamos noivos.

— Isso foi loucura, *hermosa*.

— Victoria disse para eu fazer tudo o que estava ao meu alcance.

— *Carajo*, eu devo ser imprescindível mesmo.

Laura sorriu.

— Você é. Infelizmente.

— Você também, Laura — sussurrei. — Você também é imprescindível.

Seus olhos ficaram em mim por um tempo.

— Pronto para voltar para lá e fingir que é todo meu?

Mierda.

— Ãh... — Parei por um segundo. — Podemos falar que o nosso ódio era o verdadeiro disfarce, porque não queríamos que ninguém soubesse.

— Perfeito.

— Deixe-me ver essa aliança.

Laura me mostrou um anel simples com uma pedrinha cor-de-rosa.

— Eu teria escolhido algo bem melhor.

— Cale a boca, você nunca nem pensou nisso, Esteban.

Ela saiu rindo do banheiro.

É, eu nunca pensei nisso.

Balancei a cabeça em negativa.

Essa doida vai acabar me deixando maluco também.

Capítulo 09

Recuperar o fôlego,
Ninguém pode me segurar,
Eu não tenho tempo para isso.
Kelly Clarkson — Catch My Breath

Laura

— Eu pedi para você mantê-lo, não para inventar um noivado! — Victoria estava gargalhando do outro lado da linha. — Minha história com o Hugo se repete... Agora o Esteban é o seu noivo por acaso.

— Exceto pela parte em que fico com o homem pelo resto da vida, né? Deus me livre! Mas consegui mantê-lo, não foi?

Fofoquei com Vick por mais um tempo, e abri uma garrafa de champanhe para comemorar o início de uma nova era, uma em que eu e Esteban íamos ser parceiros de verdade. Ele assinou o contrato que previa que nós nunca poderíamos ter contato físico e combinamos depois de alinharmos sobre o noivado e como poderíamos usar a mentira para impulsionarmos a Freedom Ring. Precisávamos fingir que tínhamos alguma coisa por dois meses, era o tempo de a empresa fazer toda a divulgação.

Kelly Clarkson gritou nos meus alto-falantes.

Não havia nada como a liberdade, porque, na verdade, eu não conhecia outra coisa. Nunca tive um relacionamento longo, nunca sequer cogitei casar ou estar noiva de alguém. Aquele sonho de usar o famoso vestido branco? Me dava arrepios só de pensar. Estar noiva era o oposto de tudo o que sonhei para mim. Mas isso era apenas um noivado de mentira, uma bobagem. Então, eu estava livre.

Comecei a dançar. E foi aí que meu interfone tocou.

— Srta. Hathaway?

— Sr. Kepler, me desculpe. É reclamação da música?

— Na verdade, não. Há um homem aqui. Aquele moço bonito que sempre aparece sorrindo. Poxa, sempre esqueço o nome dele.

— Esteban?

— É. Posso mandá-lo subir?

Olhei para o meu reflexo seminua.

— Pode.

Corri para o quarto e coloquei um robe. Meu cabelo estava molhado do banho e eu estava sem maquiagem, mas não era como se Esteban precisasse me ver no meu melhor.

Eu quero sair porque me sinto atraído por você.

Cale a boca, cérebro.

Desliguei a música e, com apenas uma batida, Esteban anunciou sua chegada. Respirei fundo antes de abrir a porta e recebê-lo. Estava com vários papéis na mão, os cabelos também úmidos de um banho recente e soltos ao lado do rosto, e a camiseta de gola V vermelha parecia combinar com sua pele bronzeada. Suas tatuagens pareciam criar vida conforme a luz da minha sala o alcançava. Calça jeans colada no corpo, rasgos aqui e ali, e um par de tênis. Seus olhos desceram por meu robe e voltaram para o meu rosto. Então, abriu um sorriso.

— *Carajo.* — Recostou-se no batente da porta, umedeceu os lábios e cruzou os braços na altura do peito. — Está permitido você me receber seminua nesse noivado?

— Vai entrar ou não? — perguntei.

— Tem certeza de que quer que eu entre? Porque você está dificultando para mim, Poderosa Chefinha. — Seu timbre soou rouco e suave ao mesmo tempo.

Prendi a respiração.

— O contrato.

— Ainda bem que conheço bons advogados.

Merda, ele sabe flertar. Mas eu não preciso disso.

— Meus olhos estão no meu rosto, Esteban. Não nos meus peitos. Concentre-se. Você tem que se comportar a partir de agora. — Expirei com força. — Por que está aqui?

— Hummm — ronronou. — Temos algumas coisas para organizar.

— Ah, é? — Indiquei o sofá, tentando manter a sanidade, e Esteban finalmente entrou, fechando a porta atrás de si. Eu me sentei ao seu lado e, de repente, pareceu realmente errado eu estar com um robe e seminua. Apertei mais firme o roupão no meu corpo. — O que está acontecendo?

— Vou falar sério agora.

— Ok.

— Você nunca namorou, né?

— Não, e você sabe disso.

— Pois é, nem eu. — Fez uma pausa. — Então, liguei para o Hugo, já que ele também teve um namoro de mentira. Rhuan disse que não pode me ajudar porque, você sabe, ele é pior do que eu. Andrés e Diego me deram umas dicas.

— Sei.

— O que temos que fazer é mostrar intimidade na frente das pessoas, como se eu te conhecesse melhor do que você mesma. Alguns contatos físicos, como segurar mãos. Sei que a Becky deve saber que isso é uma mentira, Thales também, então quero conversar com eles na segunda-feira. O resto das pessoas pode realmente acreditar que estávamos brigando para disfarçar. Ah, eu pensei também sobre nossas famílias, ninguém viu o vídeo da sua apresentação ainda. Nem os seus pais ou os meus, suponho. Como é uma mentira por pouco tempo, prefiro não envolver ninguém que se importe com a gente.

Ergui as sobrancelhas.

— Certo.

— Contato físico: o máximo que vamos fazer, *hermosa,* é andar de mãos dadas. Acredite, eu me odeio por isso.

— Mãos dadas. — Respirei fundo.

— Está se arrependendo? Foi ideia sua.

— Eu sei.

— Ótimo. Mãos dadas e intimidade. Alguns abraços. Eu vou começar a falar o que sei de você e então você me corrige se eu estiver errado, pode ser?

— Esteban parou. — Que cara é essa?

— Trocamos uma dúzia de frases e ainda não nos matamos.

— Surpreendente o que um noivado pode fazer. — Ele piscou e se acomodou no sofá. Seu perfume começou a circular pelo ambiente, como se estivesse tomando posse. Esteban abriu seus braços, que eram do tamanho das minhas coxas, e os apoiou no encosto do sofá. Ele ergueu o quadril para ajeitar sua linda e gostosa bunda e pareceu bem relaxado. Seus olhos esmeralda desceram para o meu robe, e eu estremeci. — Como é difícil me concentrar. *Mierda*. — Respirou fundo. — Está pronta?

— Comece.

— Você é muito conectada com seus pais, mas está sempre sem tempo para vê-los, mesmo que agora esteja morando em Nova York. Você os vê duas vezes por mês, mas nem sempre consegue. Gosta de música pop dos anos 2000 porque ainda não saiu da adolescência e tem uma queda pelo Justin Timberlake. Nunca teve um relacionamento sério porque sua vida foi livre e nunca se permitiu se apaixonar por alguém, assim como eu. Viajou para centenas de países e tem uma coleção bizarra de funkos que não entendo. — Ele olhou direto para o meu altar de funkos. Semicerrei as pálpebras para Esteban e ele abriu um sorriso. — Dá conselhos para as amigas, mas não segue nenhum deles. Faz terapia para lidar com a impulsividade e a reatividade, mas até hoje não vi melhora. Gosta de caras que tenham mais de 1,80 m de altura porque se sente protegida, mesmo que não precise deles para nada além de uma noite. Seu sorvete favorito é da marca Häagen-Dazs, você toma sol na piscina do prédio duas vezes por semana e tem uma rotina maluca com o cabelo a ponto de levar creme para o trabalho. Ama competição, não sabe perder, é sincera demais e todo mundo tem medo de você. Toma o café com dois cubos de açúcar, acorda exatamente às sete horas da manhã todos os dias, mas dorme de madrugada em quase todos. É consumista e está sempre comprando o que não precisa. Sua fatura do cartão de crédito é assustadora e todo final de mês você diz que gastou mais, mas nunca para. Seu sonho é se aposentar e ir morar na Grécia, você não quer filhos, não quer casar e quer ser solteirona do mesmo jeito que eu. Digita mais rápido do que a porra de uma pessoa treinada para isso, é multitarefas, mas é péssima na arte da cozinha.

Meu estômago ficou gelado.

Como ele me conhecia tanto assim?

Meus defeitos, meus problemas com consumismo. Nada explicava como ele sabia até os motivos de eu ter ido à terapia. Eu era tão transparente assim? Ou Esteban realmente prestava atenção?

— Há quanto tempo você sabe disso tudo?

— Dia a dia. — Ele abriu mais as pernas, o que fez seu joelho tocar minha perna nua. De repente, fiquei arrepiada. — E o que você sabe de mim?

Antes que eu pudesse pensar, comecei a falar.

— Sua família é tudo para você. Você daria um braço por eles se precisasse e só veio para os Estados Unidos porque achou que aqui teria mais oportunidade do que na Espanha. Seu pai tinha uma condição de vida incrível, mas, depois que ele perdeu o emprego, as coisas ficaram difíceis. Não me leve a mal, você sabe que Hugo, Diego, Andrés e Rhuan dariam tudo para a sua família, porque é a família deles também, mas você foi criado como um homem que tem valores, orgulho e determinação. Então, quer ser o responsável por eles como eles foram por você durante boa parte da sua vida. Sua cor favorita é azul, mas você usa mais vermelho. Nunca namorou porque tem medo de que a sua tia-avó Angelita esteja certa sobre vocês serem fadados ao amor e foge do sentimento como um gato foge do banho. Usa o seu senso de humor quando está encurralado e gosta de elogiar mulheres simplesmente porque gosta disso, nem sempre está flertando. Você seduz homens e mulheres com o seu jeito de entender e ver as pessoas. Usa isso a seu favor no trabalho. Adora música latina, prefere macarrão integral e come peixe sempre que pode. É fitness e odeia fast-food. Queria ter essa mesma determinação que você. Ah, não desiste até conseguir o que quer. Gosta de reuniões pela manhã porque seu cérebro funciona melhor. Não gosta de comportamentos machistas enraizados nos homens, porque foi criado para respeitar as mulheres. Adora arriscar e tudo o que é rotina te incomoda, então sempre inventa moda. Cozinha, gosta de dançar, não tem medo de ser você mesmo na frente das pessoas que ama. E, apesar de ter a fama de ser irresponsável, brincalhão, de não levar a vida a sério, é um dos homens mais interessantes com quem já trabalhei. É chato com horários, não gosta de café com baunilha e exige o mesmo que as pessoas exigem de você. — Respirei fundo. — É isso, não é?

Eu simplesmente sabia tudo sobre Esteban, ainda que isso não fizesse sentido.

Fiquei sem ar. Suas íris verdes pareciam ainda mais intensas enquanto Esteban me encarava de volta, um pouco perplexo. A boca entreaberta, a respiração cadenciada, mas tudo sobre ele parecia *mais* naquele segundo. Como se tivéssemos cruzado uma linha. O tipo de conhecimento que não vem do dia para a noite, o tipo que se constrói com o tempo. Eu não fazia ideia de que ele me entendia tão bem, e provavelmente Esteban também não sabia que eu o conhecia com a mesma intensidade. Mas a verdade é que todo o tempo em que trabalhamos juntos nos odiando estávamos tão preocupados em encontrar defeitos que prestamos atenção demais nas nossas personalidades.

É assustador ser capaz de ver tanto assim de alguém. É ainda mais assustador entender que as coisas que você achava odiar, na verdade, não são tão ruins assim.

Então, nós ficamos ali, no meu sofá, nos encarando pelo que pareceu uma eternidade. Esteban conversava comigo através dos olhos, era algo que Victoria dizia sobre o Hugo e algo que Natalia via em Andrés. Mas essa conexão é estranha e é o tipo da coisa que eu não queria sentir.

— Laura. — Esteban fez uma pausa. — *Carajo*, como você me conhece desse jeito?

— Não sei.

— Porra, eu... — Ele se levantou, subitamente incomodado. — Ok, eu acho que a intimidade não vai ser problema. Só por dois meses a gente dá conta.

— Claro que sim.

— Temos uma reunião importante em um evento beneficente. É a oportunidade perfeita para ficarmos entre o pessoal milionário e conseguirmos mais contratos para a Freedom.

Eu não conseguia tirar os olhos dele.

Esteban me viu nua, por foto e a minha personalidade. Eu era maluca o tempo todo, e mascarava minhas falhas de caráter com bom humor também. Mas o que estava me matando era justamente o fato de que ele sabia todos os meus defeitos e sabia listá-los de cor e salteado. Por que eu só disse suas qualidades? O que eu realmente odiava em Esteban? O fato de ele me afetar tanto?

— Por que você está me olhando como uma psicopata?

— Eu só... — Acabei rindo. — Eu só estou pensando.

— No quê?

— Você realmente vai entrar nessa de noivado falso comigo? Já fizemos as pazes, a gente não precisa disso. Podemos levar a Freedom da maneira que estamos depois de acertarmos sobre a atração.

Esteban estreitou os olhos para mim.

Intenso.

Atento.

Ele.

Engoli em seco.

— Por quê? — perguntou.

— O quê?

— Quem está fugindo agora? — rebateu.

Cruzei as pernas.

— Não estou fugindo.

— Você tem medo? — Esteban se agachou no chão. De repente, ele estava tão perto que meu coração acelerou. De raiva, claro. Minha garganta ficou apertada e senti um calor insuportável. Suas mãos foram para o lado dos meus quadris, no assento do sofá. Seus olhos escorregaram para a minha boca, meu corpo, apenas para depois voltar-se para mim. Esteban umedeceu os lábios e inclinou a cabeça para a direita. — Tem medo de gostar de ser minha noiva de mentirinha?

— Dois meses é tempo demais.

— O quão ruim pode ser?

O quão ruim pode ser fingir que tenho algo com Esteban logo depois de perceber que eu não sabia se o odiava tanto assim? O quão ruim é entrar na mesma cilada que a minha melhor amiga? Só que um pouco pior.

— Se der errado, se alguém descobrir...

— Ninguém vai descobrir, Laura. Somos os melhores em mentir. Você está fingindo que me odeia por mais de um ano e eu estou fingindo que você não me afeta pelo mesmo tempo. — Esteban se levantou. Seu perfume foi de baixo para cima, me deixando tonta. Fechei os olhos. — A gente consegue.

— Se você diz...

— Tenha um pouco de fé em nós, *hermosa*. — Ele me deixou os papéis. — Aqui estão as previsões dos próximos contratos, perfis de clientes que já listei para repassar aos consultores.

Esteban sempre me visitava para fazer isso. Ele sabia que eu preferia alguns arquivos impressos. Nunca percebi o quanto não era sua obrigação, até aquele momento.

— Obrigada, Esteban.

Ele congelou.

— Uma conversa inteira sem surto e batida na porta? *Mierda*, estamos evoluindo.

— Mamães ficarão orgulhosas de nós. — Sorri.

— É, até que eu me comportei.

— Você nem tentou puxar a cordinha do meu robe.

Esteban parou no meio do caminho.

— Deveria?

— Tchau, Esteban.

Ele saiu do meu apartamento rindo.

Que estranha a sensação calorosa no peito, como se a temperatura do meu coração tivesse mudado de alguma forma.

Capítulo 10

E não sei o que estou procurando
Mas estou te procurando.
Christina Aguilera feat Ozuna — Santo

Esteban

— Não estou entendendo — meu primo disse ao telefone.

— Qual parte você não está entendendo?

— A parte em que você tem uma chefe gostosa que não está na sua cama, quando você está fingindo ser o noivo dela. Porra, Hugo foi bem mais esperto. Ele partiu logo para o beijo falso na frente de todo mundo. — Rhuan fez uma pausa. — O que acontece com os De La Vega, *carajo*? Vocês arrumam cada confusão. Hugo fingiu que tinha uma namorada, Andrés seduziu a pobre da Natalia e você...

— Ah, é. Você é o cara que nunca se mete em furada.

— Eu sou racional. Vocês são loucos.

Dei risada.

— Aham.

— É sério, Esteban. Por que não vai transar com a Laura?

— Porque ela é a porra da minha chefe e eu a odeio.

— Todo mundo sabe que você está a fim dela. Viu o grupo da família?

— Por *Dios*, precisamos deletar aquela *mierda* de grupo.

— Eu sei. — Rhuan gargalhou. — Está todo mundo torcendo para você ser o próximo a casar, já que Andrés enrolou e está só morando com a Natalia. — Respirou fundo. — Graças a *Dios*, eu estou fora de mulher. Vou acabar sendo o único solteiro dessa sina cármica da nossa família.

— *Mierda*, não. Os últimos a cair, sempre.

— Jamais cairemos. — Rhuan riu. — Mas você está diferente, Esteban.

— Parei de brigar com a Laura.

— É? — Ouvi-o se remexer na cadeira. — Explique.

Falei mais um tempo com Rhuan no telefone e desliguei quando ouvi uma batida na porta.

Me levantei e fui atender. O sr. Salvador, um homem de sessenta e três anos, que também era espanhol, abriu um sorriso para mim. Ele era o proprietário do apartamento que eu estava alugando, mas seus olhos estavam preocupados.

— Bom dia, Esteban. Sei que está se arrumando para trabalhar, mas quis vir aqui antes para você poder se organizar. — O sr. Salvador balançou a cabeça em negativa. — Você sabe a situação da minha filha, que ela precisa de uma cirurgia, e eu coloquei a casa à venda por causa disso. Acabei de receber uma ligação da imobiliária dizendo que tem um casal que está disposto a comprar.

— O casal que veio visitar?

— Sim, eles.

— Isso é ótimo, sr. Salvador.

— É, *mi hijo*. O problema é que você vai ter que ir embora, e eu não estou me sentindo bem, sabe. A lei do inquilinato te permite ficar um tempo, mas...

— Eu saio esta semana. Sei que o dinheiro é urgente. Não se preocupe comigo, vou dar um jeito, procurar outro lugar. E, caso não encontre, Hugo está viajando agora, mas mora em Nova York e o apartamento dele está vazio. Tem o Diego também. Vou ver se consigo falar com eles, não se preocupe. Sem teto, eu não fico.

— Tem certeza? Posso te acolher na minha casa. É pequena, mas daria certo.

— *Tranquilícese, señor Salvador. ¿Sí?*

— Claro — respondeu e me deixou sozinho.

Eu não tinha muitas coisas. Desde que havia me mudado para os Estados Unidos, não gastei comigo. Provavelmente umas cinco caixas e duas malas seriam o suficiente para empacotar tudo. Os móveis eram do sr. Salvador.

Peguei o telefone e liguei para o meu primo.

— *Dale*, Hugo. Muito ocupado?

— No aeroporto, prestes a começar a maratona de voltar para casa. E você? Como estão as coisas? Parou de querer matar a Laura?

— Voltando para casa?

— Sim, eu e Victoria estamos voltando. Ela precisa resolver umas coisas na Freedom e eu preciso trabalhar. — Hugo fez uma pausa. — Está tudo bem?

Eles eram recém-casados. Como eu poderia ficar no apartamento deles?

— Relaxe, está, sim. Façam uma boa viagem de volta.

— Vamos parar em alguns países no caminho. Victoria tem mais algumas reuniões para fazer e eu vou acompanhá-la por um tempo, mas voltarei antes.

— Beleza. Mande um beijo para sua princesa.

— Cale a boca, Esteban.

Eu ri.

— Tchau, Alejaaandro — brinquei com o jeito que Victoria o chamava e desliguei.

No meu celular, comecei a procurar apartamentos. Porra, os preços de Nova York eram altos demais. Noventa por cento não cabiam no meu orçamento, não com o dinheiro que sobrava para mim, pelo menos.

— *Mierda* — resmunguei e fui me vestir.

Quando a vida começava a se alinhar, vinha uma coisa para foder a gente bem gostoso.

— Você não está ouvindo o que estou falando. O que está fazendo? — Laura veio atrás de mim e viu a tela do meu notebook. — Está procurando um lugar para morar?

— Laura, minha cabeça hoje está foda. Desculpe. — Abaixei a tela do note. — Fale, qual é a da vez?

— Você está mesmo procurando um lugar para morar?

— Sim, é uma longa história.

— O apartamento do Hugo está vazio — ela disse.

— Eles estão voltando.

— Ah, sim. E Diego?

— Não, Laura. Eu preciso do meu canto. Está todo mundo casado.

— Faz sentido. Vamos para a reunião. Aliás, dá para você parar de tomar o meu café?

— Laura, é o meu café favorito também, *carajo*. Se você comprasse mais cápsulas, nunca ia ficar sem.

— Eu compro uma infinidade de cápsulas e *nunca* é o suficiente.

— Eu tomo três xícaras por dia. Então, se esforce um pouquinho mais.

— Você está falando sério? Eu tenho ciúme do meu café! É *meu* café, entendeu?

— O seu nome está na cápsula? Não. Então, aceite que tenho o mesmo gosto que você. Nasci no mesmo dia também. A gente tem os olhos verdes iguais. Quase gêmeos renegados.

Bem, nada de gêmeos se eu quero enterrar a língua no meio das suas pernas.

Ela respirou fundo.

— Por que não organizou a pauta da reunião antes?

— Minha cabeça está uma *mierda*.

— Está, eu sei que é difícil ficar preocupado com um lugar para morar, mas, se você não consegue se concentrar no trabalho, como vamos fazer essa reunião?

A porta se abriu e Jeremy entrou.

— *Amor de mi vida*, será que você pode, por favor, fazer a reunião e guiá-la? — pedi docemente para Laura.

Jeremy ergueu uma sobrancelha.

— Vocês dois são o tipo de coisa que ninguém da empresa está entendendo.

— Pelo menos, vocês foram enganados por tempo suficiente. — Laura passou o braço ao redor do meu, com um pouco mais de força que o necessário. Acabei sorrindo forçado porque doeu. — O que houve?

— Os clientes chegaram.

— Ótimo. — Ela começou a me puxar e eu tropecei em meus próprios pés. — Vamos, Esteban. Aja com naturalidade.

— É você quem está me puxando, *mierda*.

— Só acompanhe meus passos.

— Para uma *mujer* pequena, você anda bem rápido.

Conforme caminhamos até a reunião, só fiquei pensando que eu estava fazendo um favor para Laura. Na verdade, esse noivado de mentira seria maravilhoso para a Freedom. Não consegui a demissão que eu queria. Ela estava me *devendo*. E eu estava saindo perdendo nisso tudo, sabe? *Carajo*, fingir que gosto de uma mulher que odeio e só tenho um tesãozinho é complicado para um De La Vega.

— No que está pensando? — perguntou.

— Você está me devendo, Laura.

— Te devendo? — Ela parou no meio do caminho. — O que eu estou te devendo?

— Nosso noivado vai alavancar as coisas, já estamos sentindo isso pela quantidade de reuniões que estamos fazendo. O seu vídeo anunciando essa *poca vergüenza* chamada de noivado já tem milhões de visualizações. Estão te chamando de a mulher mais apaixonada da América. Você viu as repercussões?

— Eu? Apaixonada? — Laura gargalhou. — Está louco?

— Você não viu?

— Não!

— Bem, somos um sucesso e todo mundo acreditou. Os telefones da Freedom não param de tocar.

— Certo, e o que tem?

— Estou sem lugar para morar e sou o seu noivo. — Pisquei calmante para Laura.

Seu rosto congelou.

— Não me peça isso.

— É uma péssima ideia, eu sei. Mas vou ficar no seu quarto de hóspedes e você nem vai saber que estou lá. É só até aparecer algo que caiba no meu orçamento. Não estou disposto a sacrificar um dólar do que envio para os meus pais, e você sabe disso.

— Esteban...

— Por favor? Eu estou te ajudando pra *carajo, mujer.*

— Como eu simplesmente vou te colocar dentro do meu apartamento?

— Ninguém vai achar estranho. Estamos noivos, e posso te pagar o que eu estava pagando no meu aluguel.

— Não quero seu dinheiro.

— Você pode comprar mais funkos.

— Eu tenho dinheiro suficiente para comprar todos os funkos do mundo. Eu só... eu levo homens para o meu apartamento.

— Ué, acha que isso vai mudar?

— Se todo mundo acredita que somos noivos, o que eu estaria fazendo levando homens para a minha casa?

— Relacionamento aberto?

— Não. Eu jamais entraria em um relacionamento aberto.

— *Mierda*, você é estranha.

— Vou levar homens para hotéis e você leva as suas garotas para onde quiser. Menos para a minha casa.

— Ok.

— A gente já não se suporta no trabalho, como vamos morar juntos?

— Estamos mais calmos um com o outro — garanti.

— Eu não confio em nós.

— Nem eu, mas a gente pode tentar. É por uma boa causa.

— Reunião, depois pensamos nisso. — Laura revirou os olhos.

— Está bem.

— E, Esteban? — Ela respirou fundo. — Pareça apaixonado e louco por mim.

— Como, se eu nunca me apaixonei?

— Eu também não.

— *Puta madre*, a gente consegue — garanti.

— Claro que conseguimos. Somos a pior dupla que já existiu.

Isso me fez rir.

— Pelo menos a gente é sincero um com o outro.

— O mal dos arianos — Laura concluiu.

— É, deve ser.

Capítulo 11

Me deixe quebrar o gelo
Me permita tratar você do jeito certo.
Britney Spears — Break The Ice

Laura

Não sei como eu e Esteban estávamos conseguindo mentir para todo mundo. Não sei se os funcionários da Freedom estavam acreditando ou se apenas apoiavam silenciosamente nossa mentira. O que importava é que a Freedom Ring estava com mais de cinquenta contratos prontos. Era o maior faturamento da história da Freedom, mesmo trabalhando com dois segmentos. Eu não conseguia acreditar nisso. Eu e Esteban morremos com as reuniões, nós literalmente não paramos, mas Victoria teve que trabalhar muito duro também, mesmo à distância. A pausa pelos países antes de ela vir a Nova York teve que se estender, por mais que Hugo já estivesse conosco. Droga, eu sentia falta da minha melhor amiga.

Eu estava terminando de me calçar quando a campainha tocou. Franzi a testa. *O sr. Kepler não interfonou?* Abri a porta e fui surpreendida ao ver três caixas empilhadas.

— Não me lembro de ter pedido...

Esteban colocou a cabeça para o lado.

— Não são funkos. Estou me mudando. — Entrou no meu apartamento, empilhando as três caixas em um canto e pegando três malas e mais duas caixas. Quando terminou, se jogou no meu sofá.

— O que *pensa* que está fazendo?

— Eu te disse que você estava me devendo.

— E veio morar *aqui*? — Olhei para as suas coisas, ciente de que eu estava gritando. — Esteban, eu não concordei com isso!

— Concordou, sim, *hermosa*.

— Concordei?

— Sim. — Esteban fechou os olhos. — Mantenha seus amigos perto e seus noivos mais perto ainda. Algo assim.

— Inimigos.

— É a mesma coisa. — Ele riu.

Meu coração estava batendo tão forte que parecia que ia sair pela boca. Em minutos, seu perfume estava por toda a minha sala, e ele ocupava metade do meu sofá. Nunca vivi com um homem em toda a minha vida.

— Vou dividir a casa em dois ambientes para que a gente não se cruze tanto.

— É mesmo? — Esteban segurou uma risada. — Como vai fazer isso?

— Vou passar uma fita no chão e a gente vai saber os limites que não podemos cruzar. Exemplo, a sala de TV pode ser sua, eu quero a sala de leitura. Meus funkos, você *nunca* vai mexer neles. Temos dois banheiros, um é seu e o outro é meu. A cozinha é zona de trégua.

Ele jogou a cabeça para trás e gargalhou.

— Você realmente vai passar uma fita no chão?

— Ah, vou, sim.

— E se eu pisar além do limite?

— Esteban...

— Ok. — Ele se levantou e começou a caminhar em minha direção. Por alguma razão idiota, a cada passo que ele avançava, eu dava outro para trás. — Preciso que fique parada, Laura. Não vou te atacar.

— Certo. — Respirei fundo.

Ele tirou um envelope do bolso da calça e o estendeu para mim.

— Esse é o dinheiro referente ao aluguel do mês. Com a Freedom Ring, vou ganhar mais dinheiro, então não pense que vai me fazer falta. — Seu rosto marcado por um maxilar afiado, o nariz e o piercing, além dos olhos verdes estreitos para mim, fez meu estômago pular. — Então, por favor, aceite.

Peguei o envelope.

— Só vou aceitar se você aceitar ser responsável pela Freedom Business.

— Laura...

— Conversei com a Victoria. É muita coisa para administrarmos sozinhas. Eu e Victoria vamos dividir a Freedom Ring. A sessão de consultoria para clientes comuns é minha, Victoria vai ficar com a consultoria para hotéis e resorts, e você fica com a Freedom Business.

— Podemos conversar sobre isso depois?

— Não me enrole, Esteban.

Ele sorriu para mim.

— Não estou te enrolando. Mas vamos. Está na hora de trabalhar. — Ele pegou a chave do seu carro e a rodou no dedo indicador. — Por que está pegando a sua chave?

— Eu quero te dar isso. — Tirei a cópia reserva da chave que já tinha do meu apartamento e do portão da garagem. A da caixinha das correspondências também. Fui entregando tudo para Esteban. — A chave do quarto de hóspedes está na porta, caso queira trancar.

— Vou trancar para não correr o risco de você me assediar à noite.

— Pare, Esteban. Eu nunca faria isso.

— Sabendo que eu estou pelado e gostoso no quarto ao lado? — Ergueu as sobrancelhas.

— Eu não vou tocar em você. Juro.

— Uhum. — Esteban sorriu. Sua boca era tão bonita, ele tinha lábios bem beijáveis e... — Você vai no carro comigo.

— Por quê?

— Porque você é a porra da minha noiva.

Eu ri.

— Ok, vamos.

Assim que cheguei ao escritório, mergulhei no trabalho para não ter que pensar em mais nada. Mas minha concentração estava por um fio e piorou quando, algumas horas mais tarde, um rapaz subiu até o meu escritório e eu consegui vê-lo a vários metros de distância simplesmente porque estava carregando um buquê de cem rosas vermelhas.

O entregador fez *questão* de me dizer a quantidade, eu não contei.

O buquê elegantíssimo com um laço vermelho e exagerado passou pelos olhos de todos os meus funcionários até parar nas minhas mãos. Era tão pesado que precisei colocar em cima da mesa. De repente, minha sala estava cheirando a sonhos românticos de verão. Meu coração fez uma coisa idiota no peito e evitei contato visual com o Esteban até que o entregador fosse embora.

Quando finalmente o olhei, Esteban estava sorrindo. Ele piscou para mim e apontou com o queixo para o buquê. Vasculhei o que ele queria que eu encontrasse e achei um cartão pequeno, com a letra do Esteban, que me fez rir.

Insira alguma coisa romântica aqui
Haja naturalmente. Suspire.
Venha até a minha sala e seja uma garota comportada, agradecendo ao seu noivo pelo gesto romântico.
Esteban

Respirando fundo, ainda querendo rir, com passos incertos nos saltos altos, obedeci, sentindo os olhos de todo mundo em mim. Ele abriu os braços como se soubesse o que eu ia fazer, mas, ao invés de abraçá-lo, coloquei as mãos no seu peito e dei um suave beijo no seu maxilar. Tudo em mim tremeu, e eu estava pronta para iniciar uma briga — seria a minha válvula de escape.

— Precisava mesmo fazer isso?

— Credo, Laura Ingrid. O romantismo não morreu com Shakespeare, não. Eu sou um De La Vega, me respeite.

Mas então, ele me fez gargalhar. Não consegui brigar com ele. Deus, não consegui.

— Agradeça — pediu.

— Obrigada. São lindas.

— Que educadinha. — Piscou. — Agora, vá trabalhar, *mujer*.

— Nem tenho onde colocar as flores.

— Tem um vaso também. Está no chão do seu escritório, perto da porta.

— Quando você fez isso?

— Peguei o vaso na sala da Vick quando você foi ao banheiro. — Ele se aproximou como se fosse me contar um segredo. — Não conte quando ela voltar.

— Não vou contar.

Ficamos em silêncio por um tempo e Esteban alternou o peso de um pé para o outro.

— Precisamos manter a fachada. É pelo bem dos negócios. Não me olhe assim.

— Vou trabalhar.

— Foi o que eu disse. — Ele sorriu.

Voltei para a minha sala, mas o buquê ficou me encarando por tantas horas que me perdi de novo do trabalho. Minha manhã seria perdida, totalmente perdida. Respirei fundo e peguei uma folha de papel.

Listinha:

1. *Odeio quando estou no telefone e o Esteban está tendo uma conversa paralela, rindo. Isso me atrapalha.*
2. *Odeio que ele sempre deixa uma garrafa d'água gelada em cima da minha mesa. Sempre derrubo aquela merda, fico com a mesa molhada e ainda estraga os papéis.*
3. *Ele rouba o meu café.*
4. *Ele mexe na minha sala sem permissão.*
5. *Ele deixa os fios do computador todos desarrumados na sua sala.*
6. *Se deixo um doce no meu frigobar, misteriosamente desaparece.*

Essa coisa toda de fingir que éramos noivos para os funcionários e clientes estava me confundindo. Eu precisava voltar a odiá-lo nos bastidores.

E com força.

Tê-lo na minha casa pela manhã foi demais, mas, sinceramente, era o mínimo que eu poderia fazer, já que ele não me desmascarou para todo mundo, não negou o nosso noivado e ainda... ia permanecer na Freedom. Então, as flores. Deus! Enviei uma mensagem para Victoria, e ela disse que todas as grandes histórias de amor começam assim. Coitada da minha amiga, estava tão apaixonada que o amor afetou seu juízo.

O que eu odiava em Esteban mesmo?

— Chamando Laura Ingrid para o planeta Terra. Meu Deus, o buquê afetou tanto assim o seu juízo?

Quase pulei da cadeira quando vi o pecado encarnado na minha porta. O incidente das flores tinha mesmo me deixado confusa. *Presente*, eu quis dizer presente. Respirei fundo, até me acalmar, e rascunhei.

> *7. Odeio toda vez que o Esteban usa camisetas que mostram muito do seu corpo gostoso.*

— O que aconteceu? — Eu o observei. — E eu estou ótima.

— Sua sala cheira a rosas.

— É, eu sei.

Deus, ele estava tão bonito. Seu cabelo estava preso, e a camiseta branca, que não tinha nada de excepcional, estava colada no seu corpo tatuado. Aquela calça jeans certamente foi produzida pelos ajudantes do Lúcifer, lá no inferno.

— Temos um cliente muito importante que deseja fazer uma reunião conosco agora e meio que cancelei todos os nossos compromissos da tarde porque o cara é praticamente o dono de Nova York.

A cada palavra do Esteban, minha tensão foi subindo. Minha atração por ele e confusão sobre tudo relacionado a nós foi ficando no fundo da mente enquanto meu lado profissional ressuscitava dos mortos.

— O quão importante ele é?

— Adam Miller.

Me levantei imediatamente. O sr. Miller era movido a causas sociais, mas também era dono de uma das maiores empresas de tecnologia dos Estados Unidos. Ele saiu na capa da Forbes na edição anterior. Com setenta anos e três lindas filhas, o homem era uma máquina de trabalhar e de humanizar as relações empresariais.

— Por que ele nos quer?

— Tomei a liberdade de gravar a ligação. Quer ouvir?

— Feche a porta — pedi.

Ele se sentou em frente à mesa, e eu ouvi a voz animada do sr. Miller.

— O amor de vocês em um cenário empresarial me remeteu imediatamente à paixão da minha filha por seu noivo. Estávamos sofrendo para encontrar uma empresa que fosse humana o suficiente para produzir o casamento da minha garotinha na Escócia. E acho que finalmente encontrei! Eu quero muito que a Freedom organize essa viagem para a minha filha, com quinhentos convidados e a cerimônia em um castelo. Gostaria muito de vê-los hoje, se possível. Só consigo quinze minutos para a nossa reunião, mas preciso encontrá-los. Pode ser, sr. De La Vega?

Esteban pausou a gravação.

— Ele é bilionário, Laura.

— Eu... — Senti meu corpo inteiro tremer. — Quando Miller quer nos ver?

— Em trinta minutos.

— Puta que pariu!

— Nós vamos conseguir.

— Como vamos fingir que nos amamos para esse homem? Ele respira pessoas, a tecnologia dele é toda movida por relações humanas. Ele estuda relações profissionais e afetivas e transforma isso em tecnologia. Você ficou sabendo do maldito robô que Miller construiu que é capaz de entender as emoções dos funcionários?

— Vamos ser o casal mais crível que o mundo já viu e, se ele gostar de nós, a festa beneficente será muito mais proveitosa se anunciarmos que estamos fazendo um contrato com Adam Miller. O mundo inteiro vai querer a Freedom. O mundo inteiro vai querer o amor em que o sr. Miller apostou, está entendendo, *hermosa*?

Um amor falso. A culpa corroeu tão forte meu estômago que precisei me sentar de novo. Agarrei os braços, a azia vindo até minha garganta. Eu não sabia mentir tão bem assim.

— Esteban, onde foi que nos enfiei? Por que a gente... espere. Por que não colocamos o amor do Hugo e da Victoria nos holofotes? E se a gente substituir o nosso amor falso por um real? Meu Deus, nós dois... nós somos tão errados para isso.

— Não tem volta, precisamos ir até o fim. O Hugo é advogado, *hermosa*. Ele não trabalha na Freedom. São as consequências dos nossos próprios atos. Você mentiu, eu acobertei. Estamos nessa juntos. Não se culpe.

Eu esperava qualquer coisa, menos conforto do meu noivo de mentira, mas ele se levantou, deu a volta na mesa e ficou ajoelhado aos meus pés.

Meu Deus, iam nos descobrir. Tudo ia ruir. A empresa, que não era só minha, mas também da minha melhor amiga, que ela havia confiado em mim o suficiente para administrá-la. Eu era péssima, com as minhas mentiras e meus impulsos e, se sentissem que eu e Esteban estávamos vivendo uma farsa, tudo o que construímos...

— Sua ansiedade está te fazendo pensar nos piores cenários agora. Sua mente está te levando para aquele lugar horroroso em que você duvida de si mesma, o que é tão raro, porque o seu ego é tão grande e gostoso quanto o meu.

Eu não consegui sorrir, embora quisesse.

Suas mãos tocaram as minhas, que pareciam tão quentes e firmes, enquanto senti meus dedos gelados e trêmulos, e parei de pensar no que poderia dar errado porque...

Esteban tinha um olhar que era só meu. Eu não sabia como conseguia lê-lo dessa forma, mas havia uma malícia com um fundo de afeto nas íris verdes toda vez que ele permitia que sua atenção passasse por meu rosto. Esse olhar, o Olhar Da Laura, era algo tão profundo e pessoal, tão íntimo, e só aparecia quando Esteban parava as gracinhas e tinha uma comunicação de verdade comigo.

8. O Olhar da Laura. Eu o odeio.

— Vamos no seu apartamento nos trocarmos, precisamos nos vestir bem para o almoço. Agora, tudo o que precisamos fazer é ir, está bem?

Esteban carinhoso. Esteban compreensivo. Esteban amigo. Eu não estava acostumada com esse lado, esse lado que não me fazia odiá-lo.

— Tudo bem.

Ele sorriu e estendeu a mão para mim.

— Vamos para casa.

Casa. *Minha casa.* Agora, casa dele também.

Quando nossas vidas começaram a se enroscar de um modo em que tudo parecia ser... uma coisa só?

— No carro, a gente vai conversando sobre como vamos nos comportar na reunião — prometeu.

— Ok.

— Respire, *hermosa.*

— Estou respirando.

— Então, *vámonos.*

Capítulo 12

Louco por você, sereia.
O que você está fazendo comigo?
Justin Park — Mi Vida

Esteban

Quando a secretária anunciou que Adam Miller queria falar comigo, um nervosismo *jodido* tomou conta. Eu estava acostumado a conversar com pessoas importantes. Os contratos mais caros da Freedom, sem exceção, passaram por mim. Mas o sr. Miller era outro nível. Eu e Laura conseguimos nos vestir em vinte minutos e chegar ao restaurante, que era a uma quadra do apartamento da Laura, no tempo exato. Miller ainda não havia chegado, mas tinha uma reserva em nosso nome.

Eu não estava preocupado comigo, mas com a Laura. Ela mal estava respirando. Sentada ao meu lado, sua perna esquerda subia e descia loucamente. Com delicadeza, coloquei a mão em sua coxa, apertando a parte interna, e Laura respirou.

— E se Miller não acreditar? — Laura estremeceu.

— Ele vai acreditar.

— Precisamos de apenas um pouco de verdade no que dissermos, Esteban. Ou não vai funcionar.

— Se Miller quiser saber da nossa história, eu vou contá-la. Você confiou de dançar comigo na pista da boate. Isto aqui é a mesma coisa. Estaremos dançando, *hermosa*. Deixa-me te guiar.

— Você me guia há um ano.

Isso me fez virar o rosto em sua direção.

— O quê?

— Você tem dançado comigo há um ano. — Seus olhos estavam surpreendentemente ternos. — Apesar de todas as brigas, eu sabia que podia contar com você para qualquer coisa. Mesmo quando me ausento ou Victoria se ausenta, eu consigo respirar porque sei que você está lá.

Umedeci os lábios e fiquei em silêncio.

— Foi por isso que não pude assinar sua demissão quando me pediu. — Ela parou. — Vamos conseguir, certo?

Tirei a mão da sua coxa e entrelacei nossos dedos.

Meu coração estava fazendo aquela coisa de dançar uma *bachata* fora de hora. Deixei um sorriso lento escapar dos meus lábios.

— É, vamos, sim.

Quando agíamos profissionalmente, até que a gente conseguia se comunicar... bem.

Cinco minutos se passaram em completo silêncio, até um homem se aproximar, bochechas coradas, cabelos grisalhos, olhos azuis cristalinos. Ele parecia o Papai Noel sem a barba, mas tinha a mesma bondade que imaginamos quando somos crianças. Era estranho um bilionário ser assim e, apesar de eu já ter visto o seu rosto em revistas etc, o cara pessoalmente parecia ser a bondade em pessoa. O restaurante, claro, estava vazio, ele havia reservado apenas para nós.

— Adam Miller, prazer em conhecê-los. — Nos cumprimentou e dissemos nossos nomes, depois nos sentamos. — Tomei a liberdade de escolher um aperitivo. Sei que não vamos conseguir almoçar, pelo tempo corrido, mas... — O garçom se aproximou com uma bandeja de canapés que deviam custar o meu salário. — Fiquem à vontade.

— Sr. Miller, é um prazer. Confesso que fiquei muito surpreso com a sua ligação — eu disse, e o homem riu, comendo os canapés. Laura estava ao meu lado como uma estátua, e eu sabia que ela ia conseguir voltar à realidade assim que processasse o que estava acontecendo.

— Sim, bom, minha filha mais velha, Rose, a que vai se casar, me mostrou o vídeo. E nós nos apaixonamos por vocês. Eu queria que o casamento dela fosse pessoal e íntimo, então, percebi que não poderia fazer isso com qualquer outra empresa, senão a Freedom. Fui pai tarde, sabe? Por isso, este momento é tão importante para mim. Achei que não estaria vivo até... bem, até o casamento de uma das minhas garotinhas.

— Ah, mas o senhor está vivo e saudável e verá o casamento dos sonhos. Será maravilhoso organizarmos o casamento da Rose. Nossa equipe tem os melhores consultores de viagem do mundo, e vamos escolher a pessoa mais adequada para realizar o sonho da sua filha — Laura disse, e Miller balançou a mão no ar.

— Claro, claro. Eu sei que não serão vocês que farão pessoalmente a organização, mas também entendo que, se o amor está no topo da pirâmide de uma empresa, isso também reflete nos funcionários. — Miller nos olhou, e eu, delicadamente, passei o braço ao redor dos ombros da Laura, acariciando seu ombro nu com a ponta dos dedos. — De qualquer forma, para esse casamento ser organizado pela Freedom, quero que conheçam minha filha e meu futuro genro.

Pisquei, tenso.

— Claro — respondi baixinho.

— É assim que faço negócios. Eu me aproximo antes de assinar qualquer documento. Afinal, como vou colocar meu nome em algo que não tem alma, certo? E estamos falando do casamento da minha primogênita. — Ele fez uma pausa e nos observou. — O que acham de viajar com a família Miller? Um fim de semana na Escócia parece o suficiente. O casamento será lá, em um dos meus castelos.

O cara tinha a porra de um castelo. Um. Dos. Castelos.

— Nós dois? Bom... — Laura se atrapalhou.

— É coisa rápida. Seis horas de voo na sexta-feira e chegamos. Vocês não trabalham no fim de semana, certo?

— Nós não...

— Ótimo. — Ele não deixou Laura responder. Olhou para o relógio no seu pulso e seu assistente se aproximou, dizendo algo no ouvido do sr. Miller. — Na sexta, vou ter que pedir que faltem ao trabalho. Estejam no aeroporto às sete da manhã e o meu segurança irá levá-los para o meu avião. Eu te ligo, sr. De La Vega.

— Ok, sr. Miller. Foi um prazer.

— Ah, o prazer é meu. Comam os canapés. Estão divinos. — Ele olhou novamente para o relógio e nos estendeu um envelope com o logo de sua empresa. — Olhem isso mais tarde, sim? Infelizmente, preciso ir. Nos vemos na sexta.

O bilionário Miller saiu antes que pudéssemos piscar. Ele não quis saber da nossa história, não quis perguntar nada, porque ia *ver*.

— Esteban, estamos ferrados.

— É, um pouco.

— Como vamos… como vamos para a droga da Escócia com a família do homem? Nem tivemos tempo de nos acostumarmos um com o outro como noivos. *Acabamos* de inventar essa mentira!

— Nós vamos com a mesma cara de pau que sempre tivemos.

— Eu não consigo pensar direito. E se der errado?

— Se der errado, nós perdemos Miller e a festa beneficente. Nós perdemos tudo. Não há margem para erros, *hermosa*. E quer saber de uma coisa? — Cheguei perto da sua orelha e sorri, enquanto sussurrava: — A gente não vai errar.

— Caralho — ela resmungou.

— Você falando palavrão é bem sexy. Você xinga quando está transando?

— Xingo. Até quando eu me masturbo com o Thor, meu vibrador, é bem… — ela disse automaticamente e depois me encarou, me fuzilando. — Não é justo tirar informações de mim quando estou nervosa, Esteban.

Comecei a rir.

— Estou querendo te relaxar. Temos uma viagem na sexta, vamos ter que parecer o casal mais apaixonado do mundo.

— Isso parece uma amostra grátis do inferno.

Ri de novo.

— Vamos assistir a todos os filmes de romance brega da Netflix. E vamos fingir que estamos juntos de verdade nesses dias.

— O-o quê?

— Mesmo quando as pessoas não estiverem olhando. Vamos ser um casal.

— É, parece… — Ela respirou fundo. — Parece certo.

— Vamos voltar para a Freedom e dar a notícia para a Victoria. — Parei por alguns segundos. Peguei o envelope do sr. Miller e… — Laura.

— O que foi?

— Olha esse valor.

Mostrei o papel para ela. Foi a minha vez de ter as mãos tremendo.

— Isso é equivalente a dez vezes o valor da minha poupança. Talvez mais.

— E olha que você é bem rica.

— Esse contrato… — Laura relaxou na cadeira. — Se fecharmos esse contrato, você consegue comprar uma casa este ano, Esteban. — Ela virou o rosto para mim.

Pisquei.

— Você está pensando em mim?

— Com a sua porcentagem e esse contrato, você consegue comprar uma casa no próximo mês.

— Laura, é a sua empresa…

— Mas eu quero que você lucre com a gente. — Ela espalmou as mãos na mesa e abriu um sorriso diabólico para mim. — Ahá! Viu? Se você fosse para a Sallyzinha, nunca ia conseguir o sr. Miller!

Gargalhei.

— Você só quer provar para mim que não tenho saída a não ser ficar com vocês.

— Demissão em um post-it… — Estalou a língua com desdém. — Temos o sr. Miller, *bebê*.

— Ainda não temos, gostosa — brinquei com ela. — Você vai ter que fingir que me ama para isso acontecer.

— Eu começo a te amar a partir de hoje.

Laura me fez rir de novo.

— Vou ser a melhor noiva que você já viu, Esteban — continuou. — Vale a sua casa e o futuro da Freedom. A gente vai poder escolher os clientes que queremos, está entendendo? Nunca mais vamos aceitar qualquer contrato só porque precisamos. Vou poder mandar todos os velhos machistas que me humilham nas reuniões para o inferno.

Laura estava falando da minha casa à frente dos planos dela e, *mierda*, isso mexia com alguma coisa dentro de mim. Claro, eu estava feliz com essa possibilidade, nunca fui apegado a bens materiais, mas seria confortável ter uma casa ou um apartamento. Só que... tirando meus primos e família, eu nunca tive alguém que *torcesse* para mim.

E ver isso em Laura era confortável. Estranho. E gostoso.

— Ok, então esteja apaixonada por mim a partir de agora — falei. — Trégua eterna.

— Não, casais brigam. Vou continuar brigando com você.

— Aham.

— E ainda vou dividir os ambientes do meu apartamento.

— Tá bom. — Ri.

Laura se levantou para irmos até o carro. Ela não me impediu quando segurei sua mão.

Caminhamos de mãos dadas.

E percebi que foi a primeira vez que fiz isso com *una mujer.*

Capítulo 13

Eu odeio amar o jeito que você fica na minha mente.

FENDA — Sunrise Falling

Esteban

Depois de fazermos uma reunião por videochamada com a Victoria, contando a *mierda* em que nos enfiamos, Laura deixou tudo organizado na empresa e foi fazer compras. Eu sabia que ela não ia querer viajar na sexta de manhã com nada que tivesse no seu guarda-roupa porque a *mujer* era consumista pra caramba. Tive que ligar para os meus primos e pedir conselhos, porque eu não saberia como me comportar como um noivo, mas Hugo, Diego e Andrés me deram algumas dicas para a viagem.

1. **Ouvi-la primeiro e falar depois.**
2. **Ser atencioso.**
3. **Ela é a sua prioridade.**
4. **Demonstrar carinho com gestos.**
5. **Comunicação aberta.**

Depois de repetir essa lista na minha cabeça por horas e deixar a Freedom, cheguei em casa e olhei para o chão, vendo que a *mujer* estava falando sério sobre passar a fita por todo o apartamento.

Parecia ainda mais louca com os cabelos bagunçados em um rabo de cavalo torto, um casaco de moletom da Gucci, short de algodão e meia. Ergui uma sobrancelha quando ela prendeu com ímãs um papel com várias regras na geladeira.

— Sei que temos coisas mais importantes para nos preocuparmos e só vamos conviver de verdade quando voltarmos de viagem, mas... o lado direito da casa é meu, o lado esquerdo é seu. Não ultrapasse a fita, Esteban. Não entre no meu banheiro e no meu quarto. — Apontou para as regras. A primeira era para não mexer nos funkos. Abri um sorriso. — Você não pode tocar neles. Não pode andar pelado também.

— Eu já te vi nua. Não quer me ver peladão para ficarmos quites? Olha, é uma visão e tanto. Você ia até querer jogar a réplica irreal do meu pau no lixo.

— Cale a boca. — Laura respirou fundo. — Tem que me ajudar com as tarefas da casa, inclusive levar o lixo para fora e me ajudar com a louça. Varrer, passar pano, eu faço.

— *Dios*, você realmente nunca morou com alguém. — Fiz uma pausa. — Você cozinha?

— Não.

— Então, eu cozinho e você lava. Sobre limpar a casa, faremos juntos. Vamos dividir.

Laura ponderou.

— Ok, vou mexer nessa regra.

— O que mais, *hermosa*?

— Sem trazer suas garotas para cá.

— Já conversamos sobre isso.

— Sem animais de estimação.

Arregalei os olhos.

— *Carajo*, você é diabólica.

— Não quero me afeiçoar a um animalzinho e depois ter que deixá-lo com você. Não estou disposta a ter filhos nesse noivado.

— Sério?

— Eu amo animais. Então, não vamos fazer isso. É sério, Esteban. Não compre sequer *um* peixinho dourado.

— Não vou comprar.

— Ótimo. — Ela respirou fundo. — Todos os nossos amigos e seus primos sabem que isso é uma mentira, mas, como conversamos, não vamos levar isso para nossos pais.

— Aham.

— Não fique com ninguém em público, por favor. Se for a uma balada ou algo assim, apenas… faça como o Rhuan, só as profissionais do sexo, ok?

Não aguentei e comecei a gargalhar.

— De que *carajos* você está falando?

— Nossos rostos estão por toda a internet. Se alguém o vir com uma mulher na balada, vai ferrar a imagem da Freedom.

Mierda.

— Ok. — Respirei fundo. — Quando esse noivado de mentira fica bom, Laura? Porque nem foder eu vou poder.

Eu poderia te *foder. Cale a boca, Esteban.*

— Não fica bom, aí é que está. Por isso você está morando aqui, é o mínimo que posso fazer para ser menos desagradável.

— Vai ser desagradável dividir um teto com você, mas eu sou grato.

Laura revirou os olhos.

— Estou te dando o mundo e você não está achando bom?

— Falei que sou *grato*.

— Não quando diz que é desagradável dividir um teto comigo.

— Você falou primeiro — acusei.

— Ai, tanto faz.

— Não fala "tanto faz" para mim porque você sabe que me irrita.

Laura respirou fundo.

— Tá bom, Esteban. — Nossos ânimos estavam no limite de novo. Lancei um olhar para a diaba, e ela parecia uma fera. Até suas bochechas estavam vermelhas. Laura fechou os olhos e se concentrou na respiração. — Morar junto com você vai ter um ponto positivo. Podemos fazer stories no meu Instagram e no seu como se fôssemos um casal perfeito.

— Só tome cuidado para não gravar a muralha da China que você colocou entre nós.

— Muralha da China?

— A *mierda* da fita no chão.

Laura sorriu.

— É, eu sei. Podemos gravar na sala.

— Mas a sala é minha. A sala de leitura é sua.

— Tanto faz.

Meu sangue circulou depressa. Às vezes eu achava que Laura fazia essas coisas justamente para me irritar, não era possível.

— Laura, vou dar uma volta.

— Ótimo.

— Ótimo — respondi e foi a minha vez de bater a porta.

Meu corpo estava quente. Eu não sabia que coisa bizarra era essa de eu ficar duro quando brigava com Laura. Era tipo uma preliminar. Respirei fundo, muito fundo mesmo, quando uma senhora se aproximou de mim no corredor.

— Vida de recém-casado é assim mesmo. Eu brigava com Lary todos os dias. Mas ela vai se acalmar. Venha... — Ela me pegou pela mão. — Vou fazer um chá para você.

— Não precisa, senhora...

— Me chame de Angel. Meu nome é Antonella, mas todos no prédio me chamam de Angel.

— Angel, a senhora...

— Eu sou velha, mas não preciso ser lembrada disso.

Ela me fez rir e percebi que era vizinha de porta de Laura. Eram dois apartamentos por andar.

A casa da Angel era decorada de forma tão peculiar, como a casa de todas as avós, apesar de ser bem grande. Santos na parede, alguns quadros de flores, orquídeas e retratos da família sobre um piano. Angel foi até a cozinha, com seus passos lentos e coluna curvada.

— Precisa de ajuda?

— Você é o meu convidado. Não vai me ajudar na minha própria casa.

— Eu sou um estranho.

— Não é. Se Laura escolheu você, significa que é um bom homem. Sabe, eu nunca conversei com Laura e acho que ela nem sabe da minha existência, mas escuto histórias. As paredes falam. E o porteiro também.

— É? O que as *paredes* dizem?

— Que Laura é uma garota sozinha que, antes de te encontrar, se perdia em homens aleatórios. Nunca entendi o porquê de ela ser assim. Mas aí você apareceu com algumas caixas e malas esta manhã. Eu apenas sorri e fiquei feliz por ela. Laura merece um amor que permaneça, para ela entender que paixões de uma noite são divertidas, mas são só isso. Uma noite.

Não sei por que não consegui dizer para Angel que eu e Laura não éramos nada além de colegas de casa. Talvez não quisesse partir seu coração.

— Você é bom para a Laura, garoto?

— Meu nome é Esteban.

— Ah, lindo nome.

Abri um sorriso.

— Obrigado.

— Mas, sim... — Ouvi sua voz da cozinha. O som do bule esquentando a água e, depois, Angel veio até mim. Seus olhos castanhos estavam cheios de vida, os cabelos brancos eram cacheados e curtinhos e sua pele negra estava coberta de rugas. Ainda assim, parecia a pessoa mais saudável com quem já cruzei, mesmo beirando os oitenta anos ou mais. — Você é bom para ela?

— Não me esforço muito para ser, vou tentar mais. Teremos uma viagem de negócios e eu vou precisar ser o melhor homem do mundo para ela.

— Ah, é? Bem, acho que ser o melhor homem que você puder para uma mulher se trata de ser o melhor de si mesmo, de qualquer maneira. Brigas acontecem o tempo todo e isso é bom. Significa que estão ajustando o que é de vocês e criando um novo mundo. — Ela voltou para a cozinha. — Gosta de chá de laranja e mel?

— Parece ótimo.

Eu odiava chá, mas tomaria. Ela foi gentil demais comigo.

Um gato pulou em cima do sofá. Branco, olhos claros, se esfregou em mim e deitou no meu colo. Eu fiz carinho no seu pelo.

— Há quanto tempo se conhecem? — perguntou.

— Um ano.

— Sólido.

Como o chão do inferno, mas sim, bem sólido.

— Digamos que sim.

— Me conte como foi.

Angel arrancou de mim toda a minha história de vida, como conheci a Laura e como nos dávamos mal no trabalho. Ela ouviu tudo como se realmente estivesse interessada, o que me fez sorrir e me lembrar da minha tia-avó Angelita. Até o apelido Angel caberia na minha tia-avó. *Que Dios la acompañe.* Angel morava sozinha desde que seu marido Lary faleceu. Ela tinha cinco filhos. Três estavam morando fora dos Estados Unidos e dois eram mais presentes.

— Bom, Esteban. Seja bem-vindo ao nosso prédio.

— Foi um prazer te conhecer, Angel. — Sorri. O chá, surpreendentemente, era bom. — Se precisar de nós, estamos a alguns passos de você. Mas, de qualquer forma... — Tirei minha carteira do bolso e peguei um cartão de visita. — Se precisar me ligar, aqui está o meu telefone.

— Muito gentil da sua parte.

— É sério, Angel. Qualquer emergência ou qualquer coisa que precisar, não hesite em ligar. Eu venho rápido. A empresa em que eu e Laura trabalhamos fica a duas quadras daqui.

— Obrigada por ser um garoto tão bom. — Ela sorriu. — Viu? Você é um bom garoto.

— Com as pessoas certas.

Isso a fez rir.

— Laura é a pessoa certa. Estão apenas ajustando o mundo um com o outro. Cuide dela, sim? E não a deixe trabalhar demais nem beber muito.

— Ok, vou tentar.

Angel riu e tocou meu rosto.

— Boa noite, Esteban.

— Boa noite, Angel.

Caramba, o que foi isso?

Voltei para o apartamento e encontrei Laura sentada na sala de leitura. Era literalmente ao lado da sala de TV. Ela estava com um livro no colo, que tinha um homem sem camisa na capa. Ela colocou o livro na frente do rosto para me ignorar.

Respirei fundo.

— Você ficou uma hora fora — falou.

— Estava com a Angel.

Laura abaixou o livro.

— Quem é Angel?

— Sua vizinha. — Observei-a. — Está mais calma?

— Eu *estava* calma.

— Não, você não estava.

Laura voltou a ler.

— *Hermosa*, sabe o que a gente está parecendo? Um casal que está há vinte anos junto e não se atura mais.

— É assim que me sinto em relação a você às vezes.

— A gente estava indo bem na reunião com o Miller.

— Desde que sigamos as regras, vamos conseguir dar certo. A viagem e a festa beneficente. E a nossa convivência aqui. Eu estou motivada, Esteban, e você sabe que, quando fico motivada, é uma boa coisa.

— Parou com o pessimismo?

— Por enquanto, sim.

— Vou tomar um banho — avisei.

Ela apenas assentiu.

Me levantei e tirei a camiseta. Tomei uma ducha rápida e logo voltei para a sala. Meu estômago roncou, e Laura parecia realmente imersa na leitura dessa vez.

Sorri ao ver como ela estava corada, provavelmente tinha chegado na cena erótica do livro.

Com uma toalha vermelha amarrada na cintura, fui para sua cozinha explorar. Não tinha tido tempo de abrir os armários ainda, embora estranhamente parecesse já saber onde estavam as coisas. Peguei uma panela, tábua e uma faca decente e comecei a procurar o que poderia fazer. Me surpreendeu ver tantas coisas na cozinha de Laura, inclusive camarão e peixes diversos, carne, legumes, verduras e frutas. Peguei um dos pacotes de camarão congelado e me virei para Laura.

Ela estava me observando.

— Você fez compras? — perguntei.

— Você vai cozinhar... — Seus olhos desceram para o meu peito nu e as tatuagens. — De *toalha*?

— É mais confortável. — Sorri.

— E se cair?

— Não vai cair — prometi.

Ela ficou alguns segundos paralisada até se lembrar de que eu tinha perguntado alguma coisa.

— Fui ao shopping e depois ao mercado. Sei que você gosta de cozinhar e não queria que tudo o que encontrasse na minha cozinha fossem panfletos de fast-food. Também sei que você é rigoroso com a dieta. No andar D, que é antes do térreo, há uma academia. Você pode malhar lá se quiser.

— Laura, eu quero te ajudar com as compras e as contas.

— Não, nem pensar. Estou falando sério, Esteban. Você não disse que estou te devendo? Você conseguiu cinquenta contratos para a Freedom só porque não me desmascarou para o mundo. E Miller. Meu Deus, Miller.

— Não me sinto confortável nesse lance de você pagar as coisas.

— Eu tenho muito dinheiro, zero filhos, faço doações e ajudo diversas causas e ONGs, e sobra. É infinito. Sou consumista e gasto com besteira. Sério, comida... contas... eu não quero a sua ajuda. Não porque sou rica e mimada, mas porque não preciso. Se precisasse, eu diria.

— Você vai me bancar por meses?

— Vou. Você é meu *sugar baby*.

Gargalhei, balancei a cabeça e voltei minha atenção para a cozinha.

— Está com fome?

— Faminta.

— Vou fazer um camarão ao molho branco, salada de alface e tomate e alguns legumes cozidos. De sobremesa, vou cortar frutas. Acha bom?

— Aff, que fitness.

— Quer que eu cozinhe macarrão também?

— Quero. Preciso perder uns quilos, mas agora não.

Lancei um olhar sobre o ombro. O corpo de Laura tinha uma silhueta perfeita, ela não precisava perder sequer um centímetro. Não por mim. Já vi cada uma das suas curvas e, *porra*.

Foi tão rápido e ridículo o quanto fiquei duro por ela.

Afastei esses pensamentos e voltei a me concentrar na cozinha. Em algum momento durante o preparo senti Laura se sentando no banquinho atrás de mim. Escutei a rolha de uma garrafa de vinho se abrindo e o som de taças sendo postas sobre a bancada fria.

— Vim te olhar cozinhar de perto. É bem magnético.

— Já ouviu falar em cozinhar com sensualidade, Laura? — Sem olhar para ela, pude sentir sua respiração se alterando e sorri. — É quando alguém cozinha com tesão e mistura os ingredientes perfeitos para causar um orgasmo na boca de quem prova a comida. Eu consigo chegar nesse ponto de prazer quando faço sobremesas, vamos ver se consigo com um macarrão.

Escutei a taça de Laura escorregando, mas não o suficiente para quebrá-la. Sem me virar, voltei a cortar os legumes.

— O que foi? — perguntei baixinho.

— Dá para ver que tudo o que você faz tem uma aura sensual, até quando está se movimentando no seu escritório, com o telefone colado na orelha, o jeito que você sempre agarra o encosto da cadeira com força.

Hum... eu estava gostando desse papo.

— Mas há algo ainda melhor em te ver cortar esses legumes.

Virei para ela, colocando a tábua à sua frente. Levei um pedacinho da cenoura à boca e mordi, observando-a.

— É? Por quê?

Que erro.

Suas pupilas lindas estavam me desenhando. Pude sentir quase o seu toque no olho de Hórus do meu pescoço, na palavra Fé que havia no meu bíceps, no nome da minha mãe no meu peito, na data do meu nascimento em romano na costela, na vertical. No leão que havia próximo ao meu ombro, então os planetas descendo por meu braço esquerdo até alcançar o pulso. Ela ficou congelada na cruz que havia na minha barriga. Tatuei depois de perdermos a tia-avó Angelita. Seus olhos ficaram ali, presos nos gomos da minha barriga, no V que descia sem pelos, porque eu sempre tirava tudo. Seus olhos não ousaram ir para a toalha e, se ela continuasse me olhando daquele jeito, não teria apenas o meu pau confortavelmente atrás da peça vermelha, mas, sim, ele completamente duro por ela.

Carajo, não me olhe assim...

Laura bebeu o vinho. Um gole, dois, três. Então, se serviu de novo e bebeu depressa.

— Com sede? — Tirei o resto da garrafa dela e coloquei perto da pia.

— Eu acho bom você se vestir, Esteban.

Um sorriso de canto de boca se formou no meu rosto.

— É?

— É.

Mierda, mujer.

— Está gostando do que está vendo? Queria tirar essa toalha e descobrir o que acontece?

Voltei a cortar os legumes, mais lento dessa vez, prendendo meus olhos nos dela por um instante a mais.

Controle-se, Esteban. Controle-se, carajo.

Sua boca se entreabriu.

— Assinamos o contrato — soltou, como se não estivesse pensando. Comecei a sentir meu corpo esquentando. Não havia nada entre nós além da bancada da cozinha. Eu poderia pular aquilo se quisesse.

Não sei por quanto tempo fiquei ali. Punhos fechados sobre a bancada, cogitando a ideia de cruzar a linha com a Laura, beijá-la com raiva, fodê-la com posse, pegá-la e puxar o seu short de lado até que eu visse sua boceta molhada e a chupasse até que gozasse na minha boca, só para depois incliná-la na bancada, abaixando o short e a fodendo com vontade.

O barulho da água fervendo me fez voltar à realidade.

Tirei a tampa, peguei a tábua de legumes e os coloquei na água. Apoiei a testa em um dos armários, fechando os olhos. Meu pau estava começando a pulsar desconfortavelmente.

— Você não pode falar essas coisas para mim — ela disse.

— Eu sei.

— Posso gravar você cozinhando agora? Como noivos fariam?

— Espere meu corpo esfriar um pouco.

— Tudo bem. — A voz de Laura tremeu.

Respirei profundamente por alguns minutos.

— Agora, pode.

— Ok. Três, dois, um.

Continuei cozinhando normal, mas me virei em um momento e olhei para Laura, abrindo um sorriso.

— Amor, você está gravando?

O jeito que a chamei fez Laura tremer o celular um pouco.

— Precisei mostrar para todo mundo como você fica lindo cozinhando para mim.

— Estou fazendo o seu prato favorito.

Laura abaixou a tela do celular. Por um segundo, ela pareceu não perceber o que eu tinha dito. Até que seus olhos se voltaram para os meus.

— Você vai preparar molho vermelho porque sabe que eu amo?

— Sim, estou fazendo molho branco para mim e vermelho para você.

Laura encarou a garrafa do vinho.

— Preciso daquilo de volta.

Ri e entreguei para ela.

Laura tomou gole após gole moderadamente.

— Vou voltar para a leitura.

— Te chamo quando ficar pronto.

— Ok.

Ela andou na sua parte da linha, o que me fez rir um pouco. Sentou-se na poltrona e voltou a ler o livro. Percebi que ficou parada na mesma página por quase meia hora. Não, *hermosa* não estava lendo, Laura estava processando como era um erro morarmos juntos. Se bem que seria muito mais complexo viajar para a Escócia com essa *mujer* e ter que ser o seu noivo por um fim de semana. Morar com Laura ainda me permitia ser eu mesmo, mas passar dois dias com os Miller?

— Está pronto, *hermosa*.

Ela saltou da poltrona e veio empolgada para a bancada. Eu me sentei ao seu lado, e Laura afundou o garfo no macarrão, apoiando-o com uma colher. A fumaça subiu entre nós. Eu estava esperando a sua primeira garfada, porque ela nunca tinha provado a minha comida.

Laura levou o macarrão para sua boca e então seus olhos se fecharam.

Ela gemeu com força.

Eu nunca a tinha ouvido gemer, mas ela o fez. Bem ali. A centímetros de mim.

Um fio do macarrão estava fora da sua boca e Laura o sugou entre os lábios.

— Esteban... Meu Deus, eu nunca comi... odeio ter que te elogiar, mas nunca comi um macarrão assim. O molho está perfeito, a pimenta que você usou não está forte e o camarão está tão macio que quase desmancha na boca...

— Gostou mesmo?

— É o macarrão da minha vida.

— Ok, eu vou mudar o nome da receita para Macarrão da Laura.

Ela riu e tomou um gole do vinho, me estendendo outra taça.

— Isso parece um diálogo de casal — ela disse.

— Sim, a proposta é essa. Vamos nos ajustar ao mundo um do outro.

Laura exalou devagar e balançou a cabeça, mudando de assunto.

— Isso está perfeito. Você poderia ser chef de cozinha se não fosse tão bom em administrar.

— Meu pai perdeu o emprego, minha mãe ficou depressiva e eles tinham crises de ansiedades terríveis. Os dois passaram uns cinco anos em tratamento. Hoje, estão bem. Rindo, me infernizando e querendo bebês De La Vega.

Laura não sorriu, ela ficou me encarando.

— Foi muito difícil?

— Sim — respondi. — Eu sabia que um dos únicos prazeres que eles tinham era a comida. Como se fosse o que restasse, sabe? Mas minha mãe não tinha ânimo para cozinhar e o meu pai não tinha cabeça. Então, comecei a aprender com minha tia-avó Angelita. Ela faleceu, é por isso que tenho essa cruz. — Apontei para a cintura. — Enfim, cozinho muito bem. Hugo não entende muito, Diego faz o básico, Andrés sabe mais do que o básico. Mas Rhuan, assim como eu, aprendeu com a lenda Angelita. Acho que ele se sentia mal em me ver sozinho. Então, nós aprendemos juntos.

— Eu não sabia disso.

— Há muitas coisas sobre mim que você não sabe, Laura. Não sou só um pentelho do caramba que te inferniza no trabalho. — Aproximei meu rosto dela, sorrindo. — Eu também tenho meus truques.

Laura não pareceu perceber o que fez, como se fosse algo automático, mas eu peguei seu movimento antes mesmo que ela pudesse fazê-lo. Seu polegar traçou o canto da minha boca e ela o levou até a própria boca, provando o meu molho branco.

— Você realmente sabe cozinhar. O prato está uma delícia, e olha que já fui em centenas de restaurantes. Mas isto aqui é outro nível. Parece que é feito com o amor de uma vó.

Eu ainda estava processando que ela provou o molho da minha boca.

— Mas é realmente amor de vó.

— Sua família é linda, Esteban. De verdade.

— É...

Você é linda.

A verdade é que eu estava sobrevivendo a Laura Hathaway.

Não sei se conseguiria ficar com ela na Escócia e continuar fingindo sem que se tornasse real.

Capítulo 14

A fábula de A Bela e a Fera
Escrito como um conto de fadas
Onde eu prevaleço
Eu não vou deixar isso falhar.
R3SH — Been Wanting

Laura

Esteban cozinhando. Esteban tomando banho na minha casa. Foi um tormento ver o vapor saindo por debaixo da porta com o aroma delicioso. O perfume de Esteban e o seu sabonete, xampu, o homem inteiro estava marcado em cada parede da minha casa. Mas decidi ignorar tudo isso porque a viagem aconteceria naquela manhã.

Nós dois só trabalhamos meio-expediente na quinta-feira porque Esteban disse que tinha coisas para resolver antes da viagem, e eu decidi ficar em casa, terminando de verificar minha mala e rascunhando a base do contrato do sr. Miller, que eu e Victoria tínhamos fé de que voltaria da Escócia assinado.

Quando Esteban voltou do trabalho na quinta à noite, parecia um pouco estranho, distante, aéreo. Tive que pedir para ele se esforçar e ser um pouco mais natural comigo.

Spoiler: não conseguimos.

Mas teríamos que conseguir na frente dos Miller naquela manhã. Victoria disse que, se precisasse, ela iria para a Escócia com a gente, mas não. Eu me enfiei nessa sozinha. Eu enfiei *Esteban* nessa.

— Ok, estamos adiantados. — Ele calçou as meias e os sapatos. — Pronta? — Desceu os olhos por mim.

— Pronta.

Eu estava com um conjunto social branco e sapatos de salto alto. Meus cabelos estavam soltos e os acessórios eram dourados, combinando com os detalhes da bolsa.

— *Hermosa.* — Mas não foi o meu apelido, foi um elogio.

Senti um frio na barriga, e decidi não responder, porque Esteban também estava absurdamente lindo. Ele vestia um terno cinza-escuro, sem gravata. A camisa branca estava aberta e seus sapatos eram incríveis, com certeza emprestados do Diego.

— Há algo que eu preciso te dar — sussurrou.

— O que é?

Ele tirou uma caixinha da Cartier do bolso do seu paletó.

— Você está usando um anel de noivado simples e nós não temos a aliança de compromisso, então fui ao shopping na quinta e comprei isso. Sei que parece estranho te dar alianças, Laura, mas como vamos ser noivos sem os malditos anéis? Ainda mais na frente dos Miller. — Esteban abriu a caixinha da Cartier. — Espero que goste. Sei que é um noivado falso, mas, *mierda*, vamos fazer isso direito.

— Preciso me sentar.

— Sente-se. — Ele puxou a cadeira e começou a rir. — Ficou nervosa?

— Não sei o que estou sentindo.

Meu coração estava batendo a mil por hora. Encarei as alianças, e alguma coisa se moveu dentro de mim, como uma avalanche de emoções ou apenas uma constatação estranha do quanto essa mentira era coisa séria. Eu teria que ser romântica com ele, algo que nunca fui com ninguém, por um fim de semana inteiro.

— Você está tendo um ataque de pânico?

— Não, estou bem. — Respirei fundo. Quando abri os olhos que sequer tinha me dado conta de que havia fechado, Esteban estava abaixado à minha frente, seus antebraços apoiados na minha coxa, o par de alianças entre as minhas pernas. Engoli em seco quando encarei seus olhos. — Vamos colocar isso logo.

— Laura...

— O que foi?

— Por que você está tão nervosa?

— O peso dessas alianças e do quanto isso é real me atingiu.

— É para os Miller, muito mais do que para nós dois, ok?

Respirei aliviada.

— Tudo bem.

Ele tirou a aliança falsa que estava no meu dedo lentamente. A maneira que seus dedos fizeram uma pinça pelo comprimento do meu anelar me fez quase dar um pulo por causa do arrepio. Esteban sorriu, mas não disse nada. Pegou o novo par e colocou primeiro a aliança no meu dedo. A aliança era de ouro branco, com pequenos detalhes em ouro rosa. Não pensei que Esteban fosse imaginar que tipo de anel eu ia gostar, mas, para alguém que me odiava, parecia perfeito. Ele não gravou os nossos nomes, por motivos óbvios, mas era minha primeira aliança da vida, ainda que fosse de mentira. Então, veio o anel de noivado, que era bem delicado. O aro trançava ouro rosa e ouro branco, e havia um diamante em formato de gota no topo. Parecia perfeito na minha mão, como se Esteban soubesse exatamente o número do meu anelar.

— Quanto você pagou por isso?

— Alguns dólares, *hermosa*.

— Isso foi caro, Esteban.

— Eu posso ter vendido meu carro para o Diego. Na verdade, acho que ele comprou mais porque eu parecia desesperado, mas o carro já está com ele e o dinheiro entrou na minha conta, então...

Imediatamente me levantei da cadeira.

— Você fez o quê?

Esteban colocou sozinho a aliança de noivado no seu dedo. Engoli em seco quando vi que o ouro branco parecia perfeito contra a sua pele bronzeada. E o quanto isso me deu um sentimento de posse sobre ele, como se Esteban fosse meu.

— Vendi o meu carro. Você não vai me deixar pagar as contas, sequer depositou o cheque que te dei do aluguel. Sei que não vai aceitar meu dinheiro, porque ganho bem menos. Então, eu apenas quis fazer uma coisa, que são esses anéis de noivado.

— Eu não posso aceitar.

— Vai ter que aceitar. A nossa viagem é agora, Laura. Na frente dos

Miller, como eu te deixaria desfilar com um anel simples? É o tipo de coisa que um De La Vega jamais faria. Posso não ser milionário como você, e esse relacionamento até pode ser uma mentira, mas que seja uma mentira contada do jeito certo. — Ele pegou minha mão e começou a me arrastar do apartamento. — Vamos nos atrasar.

Me tirou de casa antes que eu pudesse rebatê-lo.

Rose Miller e Jay MacKenzie eram os noivos e não me surpreendi ao ver que ambos eram ruivos e muito escoceses.

Eu já havia viajado para a Escócia em um dos meus itinerários como consultora, até comprei as pedras de Craigh na Dun, da série *Outlander*, de presente para a Victoria, então estava acostumada com o sotaque forte, as palavras que beiravam o gaélico e a força da pronúncia.

Ainda que todos morassem em Nova York, eles tinham um sotaque proeminente e muito orgulhoso. Éramos uma norte-americana e um espanhol no meio de vários escoceses – o sr. Adam, sua esposa, as três filhas, incluindo Rose, e o noivo.

Entrei no avião me sentindo a própria Golpista do Tinder, em uma versão Golpista do Amor, fingindo que tinha uma vida ao lado de Esteban e que era apaixonada por ele, sendo que…

— Vocês formam um casal tão bonito — a esposa do sr. Miller disse, seus olhos brilhando.

— Não é? — Rose, a filha mais velha, concordou.

— *Aye*, formam. Sejam bem-vindos à família Miller e, bem, a um MacKenzie. — O noivo riu.

Deus, eu vou para o inferno? Podemos negociar?

— Obrigada, é um prazer estar com vocês — respondi, sem ar.

— Meu pai disse tantas coisas incríveis sobre a Freedom e vimos o seu vídeo, Laura. Você foi tão corajosa — Rose falou.

Esteban abraçou minha cintura e me deu um beijo na têmpora.

— Fiquei orgulhoso por ela dizer na frente das câmeras. Sabe, nós brigávamos muito no trabalho, mas eram faíscas da nossa atração — meu *noivo* disse.

— As melhores relações humanas começam assim — o sr. Miller garantiu.

— Ah, sem dúvida — a filha do meio confirmou.

— Descobri recentemente que estamos nos ajustando no mundo um do outro — Esteban falou.

Estávamos indo bem, certo?

— Acomodem-se — Adam Miller pediu. — Nós vamos voar daqui a pouco.

Esteban se sentou ao meu lado, e nós percebemos que os Miller e o MacKenzie eram muito receptivos, muito mais do que se espera de uma família com tanto dinheiro. Jay MacKenzie também possuía uma fortuna e era um de um clã antigo da Escócia, assim como os Miller, então tudo foi um pouco surreal ao ver que pareciam tão… *humildes.* Isso deu uma abertura para Esteban ser ele mesmo, o que foi incrível de ver. A viagem estava muito mais tranquila do que se esperava, como se estivéssemos com amigos. E Esteban, muito social como eu, se sentiu em casa.

Em certo momento, um silêncio confortável se instalou. Percebi que no avião estava mais frio do que eu esperava, então, recebemos cobertores para cochilarmos se quiséssemos. As luzes do avião particular, que era tão grande quanto os comerciais, mas adaptado para atender às necessidades deles, foram diminuindo para deixar todo mundo descansar pela manhã.

Bilionários também ficam tão ansiosos por viajar que não dormem à noite? Porque eu não sou bilionária, mas fico.

Esteban entrelaçou nossas mãos e relaxou confortavelmente ao meu lado.

— O que acha? — perguntei baixinho.

— Acho que toda a nossa preocupação era besteira.

Ele fez uma pausa, pegou o celular e digitou para somente eu ver.

Não precisamos ser nada além de nós mesmos. Desde a nossa interação à conversa com eles.

Peguei o meu celular e digitei no bloco de notas.

Você realmente acredita nisso?

Virei o rosto e Esteban estava me observando. Estávamos perto, sua respiração bateu no meu rosto e ele sorriu.

Droga, por que é tão bonito quando sorri?

Esteban assentiu e voltou a digitar.

Se entrarmos em um personagem por muito tempo, como vamos sustentar isso? Eventualmente, a gente vai escorregar. Então, como conversamos antes de vir, nossa história será a mesma, vamos adicionar só uma mentira: o fato de estarmos apaixonados. Conseguiremos enganar bem porque há uma atração, de qualquer forma. E a atração é um salto para a paixão com qualquer ser humano, exceto... nós. Não acha?

— Exceto nós — murmurei, concordando.

Ele pegou o celular novamente.

Eu vou te tratar nesta viagem como trataria alguém por quem estou apaixonado. Mesmo eu não sabendo como fazer isso direito, mesmo eu não tendo a mínima ideia do que é estar em um relacionamento, está no meu sangue ser romântico, compreensivo e fazer uma mulher se sentir especial. Me avise se for demais para você, mas não dá para ser a noiva de um De La Vega sem ser a mulher mais amada da porra do mundo. Você conseguiria uma mentira bem meia-boca com qualquer outro cara, mas não comigo.

Minhas mãos tremeram assim que terminei de ler a mensagem. Meu coração fez aquela coisa engraçada e cruel de pular como se estivesse dançando. Esteban deu uma piscadinha para mim, me envolveu num abraço e colocou minha cabeça em seu peito.

O tempo desacelerou assim que ouvi as batidas do seu coração.

Naquele instante, por mais simples que parecesse, percebi que nunca tive isso de um homem. Eu não estava acostumada a ser confortada, a ser acolhida e abraçada. Sempre fui sozinha, independente, e nunca tive homens me abraçando até eu pegar no sono. Eram algumas horas transando loucamente e depois sumindo de suas vidas. Mas, quando senti que aquele abraço não era sexual, quando entendi que o Esteban estava apenas sendo carinhoso para que eu pudesse me sentir confortada, isso pareceu certo, ainda que fosse tão errado.

— Seu abraço é bom — sussurrei.

— Sou bom em outras coisas também. Melhor que o Thor, seu vibrador.

— Fique caladinho.

Ele riu em um timbre baixo, quase imperceptível. Eu não teria sentido sua risada se não estivesse tão perto.

— Durma e relaxe, faltam algumas horas ainda e sei que você não dormiu à noite.

É, Esteban De La Vega era demais para lidar.

Capítulo 15

Alguns dias eu realmente quero te odiar
Porque você sempre sabe o que dizer.
Georgia Ku feat Sandro Cavazza — Love To Lose

Esteban

Carajo, eu nunca tinha sequer imaginado estar em um lugar como a Escócia. Pousamos na capital, vimos um pouco das casas com arquitetura antiga e ruas de pedra, tiramos algumas fotos na Victoria Street, porque era colorida e tinha o nome da melhor amiga da Laura, mas não pudemos aproveitar nada porque tínhamos outro destino. O sr. Miller queria nos levar para o castelo que teria o casamento de Rose. Era uma área remota, rural e que mal pegava sinal de celular. Viajamos com um jatinho particular até a Ilha de Skye e, assim que pousamos, percebi que o mundo é bonito demais para alguém se prender. A liberdade que a Laura tinha antigamente sendo consultora, agora, fazia muito mais sentido para mim.

O céu tinha o meu tom favorito de azul e as nuvens eram tão brancas e dispersas e quase nos alcançavam do topo de uma montanha. Era como se a vida fosse diferente em cada país e, pelo pouco que viajei, a Escócia parecia diferente de qualquer coisa que já vira na vida.

O castelo do sr. Miller era como todos os outros que imaginamos, exceto que não estava caindo aos pedaços, óbvio. Havia sido reformado e parecia até um pouco mais moderno. Depois de uma colina à distância, conseguíamos ver o mar batendo nas rochas, o verde da vegetação e a vida.

Laura pareceu tão perplexa quanto eu. Puxei-a para um abraço.

— Você realmente vai se comportar como o meu noivo?

— Não temos escolha — sussurrei contra seus cabelos.

— Isso é estranho.

— Eu sei. — Era estranho pra *carajo* mesmo.

— E se a gente quiser brigar? — Ela empinou seu queixo para mim.

Pensei por um momento.

— Eu vou criar um grupo de mensagens com você chamado Central de

Reclamações. — Sorri de lado para Laura. — Lá, a gente vai poder reclamar um do outro, sem estarmos em público, e a gente briga virtualmente.

— Parece uma boa ideia. — Laura ergueu uma sobrancelha para mim.

— Não é? A gente continua brigando, no entanto...

— Temos controle das brigas.

— Exatamente.

— Laura, Esteban! Venham aqui para que possam conhecer o castelo! — o sr. Miller nos chamou.

Vi, além do castelo, uma plantação de algo que eu não sabia o que era, ovelhas e vacas peludas. São animais bem, *carajo*, peculiares. Laura andou ao meu lado enquanto eu a abraçava, nossos passos sincronizados. Tudo parecia certo e errado ao mesmo tempo.

Entramos no castelo e foi ali que o meu queixo despencou no chão. Os Miller eram uma família tradicional com direito a brasão, e parecia que eu tinha sido transportado para outro século. Soltei Laura, e ela começou a circular pelo ambiente, vendo a tapeçaria inacreditável, diversos funcionários nos esperando, e a decoração incrível que eu, *mierda*, jamais conseguiria descrever.

— É aqui que quero planejar o meu casamento — Rose disse, sonhadora. — Foi neste castelo que oficializamos nosso relacionamento e é especial saber que poderei me casar aqui.

— Sem dúvida, o castelo comporta quinhentos convidados. — Laura continuou observando o ambiente. — Você planeja fazer a cerimônia dentro ou fora?

— Quero me casar no verão escocês, então pretendo que a cerimônia seja feita aqui, mas a festa seja externa com muita música, bebida e animação.

— Parece ótimo. — Sorri para Rose, e Jay se aproximou.

Avistei o sr. Miller à distância dando instruções aos funcionários, enquanto sua esposa e filhas subiam as escadas.

— Quero descer com meu vestido de noiva por essa escadaria — Rose pareceu emocionada.

— Você se importa se eu tirar fotos com o Esteban para que possamos mostrar aos consultores?

— Claro que não, mas antes vocês precisam de um tour. — Rose buscou seu pai. — Papai, eu vou levá-los para conhecer o castelo.

— *Aye*, eu vou acompanhá-los.

Laura entrelaçou seus dedos nos meus, enquanto conhecíamos um dos castelos dos Miller.

— É tão lindo aqui — Laura elogiou. — Não somente pela decoração, como também pelos retratos da família Miller e o quanto vocês valorizam um ao outro.

— Somos uma família muito unida — Adam Miller garantiu, enquanto andava ao nosso lado, com Rose e Jay um pouco mais à frente. — O amor não se encontra no dinheiro, vocês sabem. É um sentimento bem mais importante do que todo o ouro que vocês veem aqui. Engloba a família e as relações humanas. Isso não tem preço.

— Consigo perceber o quanto é especial para o senhor — Laura comentou.

— É mais do que especial, srta. Hathaway, é vital.

O dinheiro daquelas pessoas e o poder que elas tinham, e, ao mesmo tempo, a generosidade, parecia ainda mais surreal para mim do que toda aquela fortuna. Então, entendi que ter um tesouro não tem absolutamente nada a ver com os zeros na sua conta, mas, sim, com o seu coração.

— Eu queria poder sentir que o trabalho não é tudo, sr. Miller — Laura confessou.

Ele sorriu para ela.

— Só é se você permitir que seja. — Então, Miller me observou. — Você tem um noivo que parece não conseguir ficar longe de você. Estão de mãos dadas.

Laura percebeu que tinha buscado minha mão, sem notar.

— Acho que ela não vive mais sem mim — brinquei.

O sr. Miller sorriu sabiamente.

— *Isso* é vital.

— É, eu... eu sei — Laura murmurou.

A melancolia nos olhos de Laura, a maneira que ela observou as conexões e os quadros dos antepassados dos Miller me fizeram perceber que ela amava, sim, a sua liberdade. Mas havia algo em seu coração a convidando a apenas parar. Parar e viver a vida sem precisar gastar para sempre as suas asas.

Mesmo com tantos dólares na sua conta, Laura, ainda há um coração batendo?

É, eu acho que sim.

— Esse é o melhor uísque escocês do mundo! — O sr. Miller estava rindo, no jantar, enquanto todos estavam bebendo e felizes demais para pensarem em qualquer coisa. Eu e Laura decidimos que não íamos por esse caminho, porque era nosso primeiro contato com os Miller, e era importante que tivessem uma boa impressão de nós. E havia outro ponto importante. Quando Laura Hathaway bebia, a verdade saía. Era o perigo do século para um noivado de mentira.

— Bem, se é o melhor, eu não posso dizer, mas a comida está uma delícia. — Laura sorriu.

— Vocês vão ter que provar o uísque. Amanhã — Miller pediu.

— Sr. Miller, não aconselho ficar na minha presença quando o álcool entra no meu sangue. — Laura riu.

— Besteira. Você é jovem, assim como seu noivo, precisam aproveitar a vida. — Miller piscou para mim.

— Acho que eles têm outras maneiras de aproveitar a vida, querido. — A sra. Miller deu um beijo na bochecha do marido.

— Ter um noivo espanhol, eu diria, é bem interessante. — Laura sorriu complacente para a sra. Miller.

E isso fez Laura arrancar gargalhadas de todos à mesa. *Mierda*, todo mundo estava se divertindo, inclusive a minha chefe. Percebi que Laura tinha facilidade de se enturmar com as pessoas. Ela dizia que eu seduzia qualquer cliente, mas os Miller estavam apaixonados por *ela*.

As coisas que Laura odiava em mim eram aquelas que ela também fazia? Ou ela me odiava justamente porque eu era tão parecido com ela e soava um pouco assustador?

— *Hermosa*, você quer mais pão?

— Não, eu estou bem. — Ela sorriu para mim. E estava sendo um pouco bizarro ver Laura sendo tão gentil. Eu não estava acostumado. — Obrigada.

— Coma mais — uma das irmãs de Rose disse para Laura. — Não é um jantar escocês se todo mundo não estiver inteiramente satisfeito.

— Você não comeu quase nada o dia todo — sussurrei ao pé do ouvido de Laura e levou tudo de mim para que eu não mordesse o lóbulo da sua orelha.

Laura estava com um perfume inebriante. O dia passou com muitas conversas com os Miller, detalhes sobre os preparativos do casamento, fotos por todo o castelo e uma ligação para a Freedom, enquanto encaminhávamos tudo para os consultores. Antes de jantarmos, descobrimos que teríamos apenas um quarto para nós porque, bem, éramos noivos, mas o quarto era tão grande que caberia uma festa com cem pessoas lá dentro. Havia uma cama gigante, sofá, banheiro, então, eu poderia dormir no sofá e deixá-la com a cama. Mas então tive que esperá-la sair do banho enquanto eu desfazia nossas malas, e precisei lidar com Laura saindo cheirosa e molhada com apenas uma toalha envolvendo seu corpo curvilíneo. E tive que fingir que não me masturbei no chuveiro, porque a falta de sexo estava me matando.

Não, não era só a *falta* de sexo. Eram os meus pensamentos traiçoeiros fantasiando com a minha chefe molhada no chuveiro e as fotos que vi dela nua. Sei bem como seu corpo fica quando está molhado. Se fechasse os olhos, eu só...

Se eu ia morar em seu apartamento por um tempo, se ia continuar fingindo que era seu noivo, precisava ter autocontrole.

Palavra difícil para um homem de sangue quente.

Laura se arrepiou assim que dei um suave beijo na linha do seu maxilar.

Preciso me controlar. Ou não vou sair vivo daqui.

— Mas me conte sobre a família MacKenzie, Jay — pedi, para ver se desviávamos do assunto. — Vocês também têm propriedades na Escócia?

Entramos em um papo seguro, embora qualquer coisa que Laura dissesse fazia os Miller a amarem mais. Eles viraram melhores amigos. Rose e Jay eram mais contidos e as outras filhas do Miller não estavam no castelo, mas pareceu uma reunião entre amigos de longa data do que algo que uma empresa faria ao contratar a outra.

— Amanhã vou dar uma festa — Miller prometeu. — E vocês vão conhecer mais escoceses que adoram se divertir. Acho que vai ser bom para vocês.

— Ótima ideia, querido — sua esposa concordou.

— Eu acho maravilhoso, pai. — A filha assentiu.

— Concordo — Jay garantiu.

— Ah, uma festa? — Laura pareceu confusa por alguns segundos. — Achei que já estivéssemos em uma.

Adam Miller gargalhou.

— Mas estamos! Só que será uma festa muito maior, quem sabe vocês não se soltam um pouco mais e podem beber com a gente.

— Laura não é o tipo de pessoa que combina com bebida alcoólica. — Eu sorri, diabólico. Sabia muito bem o tipo de loucura que ela fazia nas festas de confraternização da empresa. — Eu só me preocupo...

— O tipo mais bonito de amor. — A esposa do sr. Miller cruzou os dedos debaixo do queixo e apoiou os cotovelos na mesa, suspirando, enquanto a bebida a fazia piscar lentamente. — Quando deixamos de lado nossas vontades, pelo bem do outro.

Não é bem assim.

— Esteban é o melhor noivo do mundo! — Laura me abraçou. Ao menos, ela estava confortável em mentir. Então, apertou minhas bochechas e mostrou meu rosto para todo mundo. — Não é lindo?

— Ele realmente é. — A sra. Miller sorriu.

— *Lauxa Inxid* — murmurei, com o bico apertado.

— E fofo. — Rose riu.

— Não concordo com ser *fofo* — consegui falar assim que Laura me soltou.

— Ele reformou *todo* o meu escritório, só porque sabia que eu estava cansada da decoração antiga. Me deu um buquê com cem rosas. Esteban até se mudou para o meu apartamento, porque queria estar comigo antes do casamento. Realmente, esse homem me ama demais.

Que belo jeito de maquiar a verdade.

— Meu Deus, isso é lindo! — A sra. Miller suspirou.

— O amor está nos detalhes — o sr. Miller garantiu.

— Eu nunca pensaria em me mudar para a casa da Rose, mas acho bonito vocês terem feito antes.

Rose bateu em Jay.

— Por que você não está morando comigo? — brigou com o noivo, brincando.

Ele a beijou e todos riram na mesa.

Observei Laura com cautela e o sorriso malévolo que ela tinha no rosto.

— É, Poderosa Chefinha... — sussurrei entre as gargalhadas, de modo que apenas Laura pudesse ouvir quando colei os lábios no seu ouvido. — Você é muito boa.

— Não sou? — Seu nariz raspou no meu quando se virou, e ela sorriu.

O que eu quis dizer é que aquela *mujer* conseguiu enganar o coração da família Miller e do Jay. Não que eu duvidasse do seu poder de persuasão. A questão era: *você vai conseguir enganar o meu também, Laura?*

O jantar terminou com risadas e a promessa de uma festa. Eu estava inquieto em dividir o quarto com Laura, ansioso por alguma razão idiota que, *mierda*, eu teria que conversar com o Rhuan assim que pudesse. Quando chegamos no quarto e fechamos a porta, Laura pegou o celular e começou a digitar.

— Laura, vou dormir no sofá.

— Vai? — ela perguntou.

— Sim, eu...

Meu celular vibrou, notificando uma nova mensagem.

Poderosa Chefinha adicionou você ao grupo Central de Reclamações.

Poderosa Chefinha está digitando.

Eu poderia rir, mas pressionei os lábios, porque ela se lembrou da minha ideia.

Poderosa Chefinha: *Certo, Central de Reclamações, como vamos proceder com a questão de dormirmos no mesmo quarto? Quero saber se o Esteban aceita dormir na cama, porque eu posso dormir no sofá, já que sou bem mais baixa e minhas pernas não ficariam para fora. Devo abrir um chamado sobre isso?*

Eu: *Recebi a reclamação e a processei. Chequei no meu sistema e, infelizmente, Esteban não permite que a Laura durma no sofá.*

Poderosa Chefinha: *É uma pena, Central de Reclamações, porque não vou permitir que um homem de um e noventa de altura durma naquele sofá pequeno e elegante. É sério, mal vai caber a bunda dele ali.*

Eu: *A Central de Reclamações informa que, se você não está contente com a decisão do Esteban, pode dormir com ele.*

O que estou fazendo?

Laura arregalou os olhos para mim.

Poderosa Chefinha: *É uma decisão ousada, Central de Reclamações.*

Eu: Esteban é um homem na casa dos trinta anos que já tem dor nas costas. Se você se preocupa com a saúde do indivíduo citado, deveria reconsiderar, já que Esteban não vai permitir que você durma em qualquer lugar além da cama. Bem, ele nunca dormiu abraçado com uma mulher, então provavelmente não irá te agarrar no meio da noite esperando uma conchinha. É o homem mais seguro com quem você poderá dividir a cama, srta. Hathaway. Como devo proceder com a reclamação?

Laura começou a rir.

— Essa é a briga mais civilizada que já tivemos — disse, enquanto digitava.

— Eu sou um gênio — murmurei.

Poderosa Chefinha: *Ok, vou dormir ao lado do Esteban. É besteira um dos dois ficar com dor nas costas.*

Em que parte isso era bom? Mas eu não queria Laura naquele sofá.

Eu: *A Central de Reclamações agradece o seu contato e encerra o atendimento. Por favor, avalie antes de encerrar a conversa. Tenha uma boa noite.*

Laura voltou a rir e guardou o celular.

— Eu vou só colocar o pijama — avisou.

— Tudo bem.

Tirei a calça enquanto Laura estava no banheiro se trocando e coloquei uma bermuda, porque o aquecimento do castelo era bom o suficiente para eu não precisar ficar todo coberto. Fiquei sem camisa e me deitei debaixo do edredom. Quando Laura saiu, havia apenas um abajur ligado, do lado dela. E ela estava vestida o suficiente para que eu não olhasse as curvas do seu corpo. O pijama de flanela era bem folgado.

— Um noivado é surpreendente mesmo. Estamos dividindo uma cama — murmurou.

— Eu posso dormir aos seus pés.

— Sim, você pode.

— Quer que eu faça isso? — perguntei.

Laura ponderou por um momento.

— Não, é idiotice. Dividir a cama com o inimigo não deve ser tão ruim.

— Achei que eu fosse seu noivo.

— Temporariamente noiva — ela alfinetou.

— Uma noiva de mentira — corrigi.

— É, é isso. — Suspirou fundo. — Não me confunda, Esteban.

— Não estou confundindo nada.

— Está, sim. — Ela se deitou na cama e apagou o abajur.

— Não estou — murmurei na escuridão.

Seu perfume, seu calor, tudo *dela* estava ali, ao meu lado. A cama era king, o suficiente para eu não a sentir, mas saber que Laura estava tão perto me deixava inquieto.

Apesar disso...

Antes que o sono me levasse, um pensamento tomou minha mente.

A vida com a Laura não parece ser tão difícil assim.

Capítulo 16

Tudo o que ela quer fazer é correr.
Skilteck feat Karl Wolf — Run

Esteban

Acordei com Laura quase caindo da cama, com um espaço entre nós que caberia mais duas pessoas. Achei que ela fosse se aconchegar em algum momento da noite, até me lembrar de que, assim como eu, Laura não estava acostumada a dormir com alguém, então, não seria natural ela me agarrar ou qualquer *mierda* do tipo.

Levantamos como se não tivéssemos dormido juntos, e a sensação de inquietação que ela criou em mim, aos poucos, foi passando. Conseguimos traçar uma linha, mas ela se misturava cada vez que estávamos na frente dos Miller.

O café da manhã e então o passeio pela Ilha de Skye, o fato de eu precisar andar de mãos dadas e ser carinhoso com Laura, tudo isso estava me deixando um pouco confuso.

Não que eu estivesse criando sentimentos pela minha chefe maluca, por *Dios*, mas o fato de as brigas terem cessado e termos a Central de Reclamações para falarmos de algo que possivelmente discutiríamos se fosse cara a cara...

Sei lá, tudo isso era *estranho*.

— Sua mente não está aqui, sr. De La Vega — Miller apontou, enquanto um homem media a distância entre os meus ombros. Ele me levou para que eu pudesse escolher um terno para a festa maluca que inventou em cima da hora. Aparentemente, quando esse homem dizia que ia fazer uma festa, ele não estava brincando.

— Posso fazer uma pergunta, sr. Miller?

— Claro que sim.

— Como conseguiu organizar uma festa em tão pouco tempo?

Adam Miller riu.

— Minha equipe de cuidados pessoais me conhece. Há sempre uma festa sendo preparada aonde quer que eu vá e já temos um padrão de decoração, músicos e cardápio. Adoro festas, porque é quando sinto que estou comemorando minha existência e das pessoas que amo. — Fez uma pausa. — O que quero dizer é que já temos um protocolo para enviar convites aos mais próximos e tenho mais de quinhentos funcionários que trabalham para mim e param tudo quando invento essas confraternizações de última hora. Para os meus caprichos, sim, o dinheiro funciona.

— Impressionante.

— Um pouco. — Miller estalou a língua e então olhou para o alfaiate. — Temos algo que combina com o sr. De La Vega?

— Temos, sim.

Acabei ganhando um terno de três peças que provavelmente valia dez carros como o que vendi para Diego e, por mais que eu quisesse negar a gentileza do sr. Miller, entendi aquele presente como um pré-contrato. Ele poderia estar me testando e, se eu negasse, ele se sentiria ofendido.

— Laura passará o dia se arrumando com minha esposa e minhas filhas. Você quer jogar golfe comigo?

— Confesso que nunca joguei.

Miller riu.

— Sou o melhor professor que você poderá arrumar, então. — Ele parou antes de sairmos da loja. — Depois, vamos ao barbeiro e então voltamos para o castelo para nos arrumarmos.

— Parece ótimo.

— Mas, antes de continuarmos, quero fazer uma pergunta.

Engoli em seco, sentindo uma mudança no ar.

— Claro.

— Você e a srta. Hathaway possuem uma conexão bem forte, mas há certa relutância ainda. Como decidiu que a pediria em casamento, se não está certo das suas próprias emoções?

Carajo.

— Laura sempre foi uma pessoa muito livre. Para ela se comprometer, custou muito. Antes de ter a Freedom, ela era uma consultora de viagens, então, associava a liberdade com sua própria personalidade e, qualquer coisa que fosse contra isso, contra a solitude que ela encontrou em viver sozinha, parecia ser um pesadelo, como se alguém a estivesse prendendo. — Fiz uma pausa. — Mas nos conhecemos dia após dia, e acho que fui quebrando as muralhas que ela colocou ao redor de si. Sendo tão parecidos e tão diferentes ao mesmo tempo, me apaixonar por Laura foi um processo natural.

Tudo o que eu disse era verdade. Exceto a última frase.

Miller me analisou.

— E você? E as suas próprias emoções nisso tudo?

— Uma parte minha não queria se comprometer, porque não sou dos Estados Unidos, e minha família está longe de mim. A qualquer momento, eu teria que retornar para a Espanha caso algo acontecesse com meus pais e largaria tudo por eles. Mas, como eu disse, estar com Laura parece natural. Então, apenas guardei esse pensamento no fundo da minha mente, de alguma forma.

Eu mal estava respirando, não sabia se estava dizendo as coisas certas. Nunca tive um relacionamento. Porra, nunca lidei com perguntas como essas.

— Mas decidiu arriscar tudo quando comprou aquela aliança.

— Sim.

Miller inclinou a cabeça para o lado.

— Uma mulher livre e um homem que tem uma base familiar forte. Neste sentido, vocês são opostos.

— Sem dúvida.

— Eu acho que, antes de subir ao altar, você deve se perguntar se ela entende *o que é* dizer sim para você.

— Em que sentido, sr. Miller?

— Sinto que Laura está com você, mas sem estar. É especial, sem dúvida, mas ainda não há a entrega emocional que se espera. Você sabe, Esteban, eu leio as pessoas. E me perdoe por estar chamando vocês pelo nome. Mas, se preferir também, apenas me chame de Adam.

Mierda, *o cara lia mesmo as pessoas.*

— Laura reluta com o amor ainda.

— E você também.

Sorri.

— É.

— Mas vocês vão encontrar o caminho um para o outro. Só acho importante pensar com cautela antes de casar tão cedo, sem ainda ter isso resolvido.

Ah, Miller... se o senhor soubesse...

— Prometo que pensarei.

— Vocês são bonitos juntos, tenho certeza de que vai dar certo.

— Obrigado, Adam.

Ele sorriu quando usei seu nome.

— Vamos. Não podemos ficar prontos depois delas, certo? O que isso diria de nós? Somos cavalheiros, por Deus!

Capítulo 17

Sim, você, garota, nessa saia apertada
O jeito que você se move faz o meu coração começar a doer.
Jason Derulo feat. Robinson & Rema — Ayo Girl

Esteban

O castelo era bonito por si só, mas decorado para uma festa era deslumbrante demais para ser de verdade, e com todos os convidados, a música clássica e as bebidas sendo servidas, pareceu um mundo completamente novo. Laura já estava ao meu lado, sua mão apoiada na curva do meu braço, e tentei ignorar o quanto a aliança brilhava mais forte e chamava ainda mais minha atenção depois da conversa com Miller.

Não era como se antes eu *não* soubesse que a aliança estava ali, *carajo*, eu que dei para ela, mas tinha um peso diferente agora. E eu não estava entendendo bem o motivo.

Mierda, eu precisava relaxar.

— Esta noite, *hermosa*, vamos beber — eu a avisei.

Seu vestido cor de vinho combinava com o meu terno. Só que, porra, a diaba estava absurdamente linda. Eu já tinha ido a algumas festas importantes com a Laura e a visto com roupas de gala, mas havia algo diferente desta vez.

— Acho que eu não disse antes, Esteban. Mas você está bonito demais para a sanidade de qualquer ser humano. Mesmo eu estando de braços dados com você, todos estão te olhando.

— Não, *hermosa*. Eles estão *nos* olhando. *Dale*, acho que somos o casal mais bonito da noite.

— Somos, né?

— Sim, somos.

— Uma bela mentira.

Eu sorri.

— A mais bela mentira de todas. E a aliança está linda no seu dedo.

— No seu também.

— É, eu sei.

Laura me lançou um olhar e pude sentir a interrogação em suas íris, como se nem mesmo ela entendesse por que estávamos agindo daquela forma um com o outro. Mas não era o objetivo? Sermos naturais nos elogios, sermos um casal?

Nós começamos a beber em algum momento, a conversar com os convidados, mas a festa escocesa com classe e elegância se tornou uma festa como qualquer outra quando a bebida fez seu trabalho no sangue de todo mundo.

Rose e Jay dançaram quando a música clássica mudou para uma batida mais animada, e as pessoas estavam rindo e se divertindo, como gente normal. Isso me deu um passe livre para ser eu mesmo, e tirei o paletó quando o calor aumentou.

Eu já me sentia levemente alto.

— Laura. — Segurei seu braço quando percebi que ela tropeçou. Sorriu para mim e começou a rir. É, bêbada pra cacete. — Se eu soubesse que você não aguentava uísque...

— Eu só bebo vinho. Vi-nho.

— Ok, quer ir para o quarto e dormir?

— Claro que não! — Ela se afastou de mim e, de repente, foi para o garçom. — Me vê mais?

O garçom nem teve tempo de dizer nada. Laura simplesmente pegou a taça de alguma coisa e virou tudo em um gole.

— Esta é a noite do foda-se.

— Noite do quê?

— Do foda-se.

— Laura.

— Você me carrega pelas escadas depois. Eu preciso beber.

Ela tomou três doses de uísque, virou mais cinco drinques diferentes e, por mais que eu quisesse pará-la, não havia nada que freasse a determinação de uma mulher em ficar bêbada. Depois de muita luta e de eu afastá-la dos garçons o máximo que pude, decidi que a deixaria aproveitar a noite, já que todo mundo estava se divertindo também. O sr. Miller estava cantando em um microfone de forma completamente desafinada, o terno tinha sumido e a gravata-borboleta estava torta, mas ninguém parecia se importar.

— Essa feeeeesta está tããão000 boooa — Laura, bem, ela estava muito solta.

Decidi que seria melhor levá-la para um lugar afastado. Mesmo que eu também estivesse tonto, ainda tinha um resquício de consciência. Não fui pelas escadas, comecei a caminhar pelos corredores do castelo, de mãos dadas com a Laura. Ela me parou, tropeçando novamente, e me observou sob as luzes fracas.

— Você não pode me dar uma aliança se não me quer. — Passou as mãos pelos meus ombros, sussurrando no meu ouvido, enquanto arrastava as palavras sobre a cantoria de Adam Miller à distância.

Comecei a rir.

— É para o nosso noivado falso. — Segurei sua cintura, com medo de que ela caísse.

Seus olhos desceram para o meu peito e os três botões que abri da camisa social branca.

— Você é gostoso.

— Meio que sou mesmo.

— Eu queria te lamber.

— *Hermosa*.

— Estou bêbada. Posso falar o que eu quiser. Quem é você para me controlaaaar?

— Laura Ingrid.

— Sabe, foi tão difícil te manter na minha vida. Por que você sempre quer ir embora?

— Estou bem aqui e não vou sair da Freedom.

Ela estava falando todas as coisas que tinha segurado. E eu estava gostando.

Era uma *mierda* que estivesse bêbada, mas uma parte egoísta minha queria apenas ouvir tudo o que ela tinha para me falar. Sem o filtro do ódio que nós dois usávamos, sem as máscaras, só... eu precisava ouvir.

Seu corpo se aproximou do meu, e tremi quando seus olhos escorregaram para a minha boca.

— Eu quero vooooocê, mas não posso querer. Temos um contrato.

Fiquei em silêncio. Toquei seu queixo e ergui seu rosto. Vi seus olhos nublados da bebida, um sorriso preguiçoso na boca. Meu tesão por Laura começou a ficar insustentável, meu pau pulsou e roçou no tecido da boxer, o que me fez tremer.

— Você me quer? — Minha voz saiu grave.

— Eu quero transar com você até que deixe a minha boceta verme...

Coloquei a mão sobre a boca da Laura, calando-a.

Estávamos em público, distantes o suficiente para ninguém ouvir, mas meu reflexo foi natural. Comecei a rir quando ela me observou como se eu que estivesse cometendo um crime, e não ela.

Mesmo Laura falando besteira, meu coração estava batendo mais rápido do que nunca. Seus olhos estavam tão perdidos quanto seu sorriso minutos antes e eu só fiquei ali, encarando Laura, pensando se ela iria se lembrar das coisas que disse.

— Assinamos um contrato.

— Assinamos? — perguntou quando minha mão saiu de sua boca, as íris verdes perdidas em alguma parte do meu rosto. — Mas você consegue dois advogados. *Dois!* Hugo e Diego. Vai me processar? Me proceeeesse.

Laura era rica e mimada. Eu era seu funcionário. Não importava esse noivado falso. Ela ainda pagava meu salário e a gente não se dava bem. Ainda havia o fato de que beijar uma mulher que permaneceria na minha vida não estava nos meus planos. Transar com ela seria um erro incalculável porque eu iria trabalhar na Freedom por um tempo indefinido e, agora que prometi que não ia sair, não era como se eu pudesse arrumar qualquer emprego e fugir.

Havia milhões de razões para eu não fazer *nada*.

Mas estar ali com Laura colada no meu corpo, a bebida em seu sangue e o desejo em seus olhos, era como se eu estivesse com o dedo no pino de uma granada, só esperando o instante de puxar e explodir.

Eu precisava dar uma volta.

— Fique sentada aqui. Já volto. — Havia várias poltronas e alguns sofás de dois lugares no corredor, além de centenas de objetos de decoração. Eu a coloquei gentilmente sentada e comecei a explorar o castelo, pensando se havia algum jeito de subir as escadas, sem ser na frente de todo mundo.

Deixar Laura sozinha parecia um erro, mas eu precisava encontrar uma maneira de levá-la para o quarto. Desta vez, eu nem entraria, porque não confiava em mim mesmo. Precisava me afastar.

Atravessei o castelo, procurando outro meio de subir, esperando que isso fosse distrair meu corpo, mas não estava conseguindo pensar com clareza. *Mierda, mujer.* Acabei decidindo voltar quando pensei que teria que carregá-la na frente de todo mundo e subir as escadas como um noivo faria, mas era mais seguro do que deixá-la solta entre as pessoas, já que não tinha um filtro naquela língua.

Até que, de repente, as luzes do corredor em que estávamos se apagarem completamente.

Eu não consegui mais ver Laura, por mais que abrisse os olhos ao máximo. Acelerei meus passos, trombando nos móveis, preocupado pra *carajo* em deixá-la sozinha. *Porra, como eu ia saber?* Mas então consegui me guiar, respirando fundo, calando a ansiedade, e toquei nas mãos da minha chefe, que eu reconheceria mesmo se fosse cego. Ela se levantou, agarrou meu colete e suspirou.

— Me abrace — pediu. — Acho que estou com medo. Eu comi vários doces.

— Doces? — murmurei, confuso.

— Tinham tantos em cima da mesinha! — Ela fez uma pausa. — Cadê você?

— Estou aqui.

— Seja quem for que está me abraçando, você cheira a Esteban.

Enganchei a mão na curvatura do seu rosto, bem entre o pescoço e o maxilar. Meu polegar tocou seu queixo, abrindo seus lábios. Mesmo sem vê-la, pude sentir a respiração de Laura na minha boca quando desci o rosto. Ela cheirava a chocolate com morango.

— Esteban é seu namorado? — provoquei.

— Ele é meu noivo. — Então, riu. — Meu noivo falso.

Realmente, Laura não poderia estar perto de ninguém.

— Hum. — Tracei seu lábio inferior com a ponta do polegar. — Você gosta dele?

— Eu o odeio, mas queria provar aquela boca.

— Ah, é? — *Mierda*, meu autocontrole de De La Vega morria segundo a segundo, *un poquito mas.*

De que adiantou eu ir para o outro lado do castelo se o problema ainda persistia?

Mas e se essa fosse uma espécie de janela no tempo em que nós dois pudéssemos nos perder sem que isso fosse um problema? E se a escuridão desse a liberdade de nos beijarmos sem que precisássemos falar disso no dia seguinte? E se fosse um convite para irmos para uma dimensão em que éramos só um cara e uma mulher se conhecendo em uma festa qualquer?

— *Hermosa*, está ficando difícil não te beijar.

— Eu queria ser beijada esta noite.

Pela primeira vez, toquei com a boca a maçã do seu rosto, delicadamente, só colocando meus lábios ali. Laura agarrou meu colete com mais força, mas uma de suas mãos começou a desabotoá-lo, então os botões abaixo. Ela usou aqueles dedos gostosos bem na linha abaixo do meu umbigo, tudo se arrepiando sob seu toque. Seu cheiro de jasmim subiu direto para minhas narinas. Mesmo sem vê-la, eu podia sentir cada centímetro cedendo a mim.

Temos um contrato.

Deslizei os lábios para a sua bochecha.

Eu a odeio.

Escorreguei a boca um pouco mais para baixo.

Somos financeiramente incompatíveis.

Meus lábios estavam fervendo quando toquei o canto dos seus.

Vai ser complicado trabalhar com Laura depois desse beijo.

Ela parecia tão macia e tão receptiva que abriu pouca coisa mais a boca, como se estivesse me permitindo acesso.

Nosso noivado é uma mentira.

Minha mão ficou mais firme em seu rosto.

Meu tesão por essa mujer *é de verdade.*

Minha língua traçou seu lábio inferior, e cheguei a gemer, do fundo da garganta, quando Laura me beijou de volta. Sua boca se encaixou na minha completamente aflita, como se ela estivesse se afogando e eu fosse seu último fôlego. Meu corpo explodiu assim que meus lábios tocaram os seus, o jeito que se encaixava em mim, moldada para ser minha. *Carajo*. Laura chupou a pontinha da minha língua e abriu espaço para que eu me afundasse nela.

Nossas línguas se encontraram.

Álcool, chocolate, morango e pecado.

O calor dançou em cada veia e cada terminação nervosa, meu pau roçando no tecido de algodão, me fazendo pressionar a ereção contra Laura. *Mierda*, que beijo. Minha língua dançou languidamente em volta da dela, circulando com vontade, perdida no tesão, provando uma boca que eu sempre imaginei como seria. *Tão melhor do que qualquer noite em que secretamente me masturbei pensando nela.* Laura angulou mais o rosto, sem nunca parar de me saborear, e suas unhas entraram entre a calça e minha pele, bem na fivela do cinto, e os dedos gelados contra a pele quente me fizeram escorregar os lábios pelos dela e morder seu inferior. Fui beijando seu queixo, encontrando seu pescoço, deixando uma marca ali. Voltei para sua boca e Laura me empurrou contra uma cadeira, me fazendo sentar. Suas pernas vieram para cada lado, e acho que batemos em um vaso e quase o deixamos cair, mas, naquela escuridão, nada importava.

Porra, nunca pare de me beijar.

Com uma das mãos, ergui seu vestido. Não senti a lateral da calcinha e percebi que Laura estava sem. *Carajo*, eu queria que ela me cavalgasse no escuro, sem ninguém vendo. Seria tão fácil abrir o cinto, colocar meu pau para fora e me afundar naquela boceta molhada. Laura gemeu como se estivesse ouvindo meus pensamentos e começou a roçar no meu pau, para a frente e para trás, por cima da calça. Levei a mão livre para seu peito, abaixando um pouco o vestido e sentindo seu mamilo duro contra meus dedos pela primeira vez.

Tive que chupar aquele ponto doce. Saí da sua boca e suguei o bico intumescido, meu cérebro contabilizando cada putaria que eu conseguisse com essa diaba, nessa dimensão em que nada além de nós importava. Ela não parou de ir para a frente e para trás, e eu estava certo de que ela estava molhada e, se continuasse a fricção, ia gozar em mim. Apertei sua bunda, chupando gostoso seu mamilo, pressionando-o entre meus lábios, delicadamente raspando meus dentes. Laura puxou minha nuca e me beijou de novo, cavalgando, e seus dedos começaram a abrir meu cinto e descer o zíper.

Puta madre, *o que a gente está fazendo?*

Ela abaixou tudo com pressa e segurou meu pau com sua mão pequena, sem conseguir fechá-lo. Gemi com a língua dentro da sua boca, e Laura ergueu seu quadril e sentou no comprimento do meu pau.

Pulsando.

Molhada.

Febril por mim.

Eu estava sentindo aquela boceta, a um passo de deslizar para dentro dela.

Acorde, Esteban.

Chupei seu lábio inferior, acalmando o ritmo do beijo, mas Laura começou a ir e vir por todo o meu pau, me encharcando do seu prazer e vontade. Uma mulher que fica molhada assim é o tipo que implora para você chupá-la e você agradece quando ela lambuza toda a sua cara. Eu queria lamber aquela boceta e depois fodê-la até que…

Dale, hombre. *Acorde*, mierda! *É a Laura em cima de você, porra. É a Laura bêbada e sem consciência do que está fazendo. Em público. No castelo do cliente da Freedom. E se as luzes se acenderem? Não tem tanto álcool no seu sangue para você...*

Segurei o movimento do seu quadril quando Laura estava se empinando para cima, se preparando para sentar em mim.

Não é assim que os De La Vega fazem.

Não é assim, porra.

— *Hermosa* — sussurrei no seu ouvido, e ela choramingou de tesão quando parei. Ergui a alça do seu vestido e guardei meu pau na calça, o cinto ainda aberto. — *Hermosa*, não podemos fazer isso. Não assim.

— Não me chama de *hermosa*. Esteban me chama de *hermosa*.

Sorri contra sua boca.

— Vamos para o quarto.

— Não quero. Estou com tesão.

— Aqui não é lugar para isso, e não sou o cara certo.

— Você não é o cara certo, mas tem um pau gostoso.

— Laura.

— Eu não te falei o meu nome.

Ela realmente não fazia ideia de que era eu?

Ajeitei Laura até que, pelo tato, eu achasse que ela estava devidamente coberta. Minhas bolas estavam doendo, meu pau pulsando, xingando até a décima geração dos De La Vega por eu não ter ido adiante. Passei a ponta dos dedos pelos ombros de Laura, então seus mamilos intumescidos brigando com o tecido do vestido, mas cobertos. Sua cintura pequena, seus quadris largos e o vestido no comprimento certo. Ela ainda estava sentada no meu colo e se aninhou em mim, como uma criança. Seus braços passaram ao meu redor e ela deitou sua cabeça no meu ombro.

— Quero dormir — sussurrou e, em seguida, começou a roncar.

E, como se fosse o *timing* perfeito, as luzes acenderam.

Fui com Laura agarrada em mim até o primeiro funcionário do castelo que encontrei. Perguntei se havia um meio de subir para os quartos sem que ninguém nos visse. O cara nos guiou pelos corredores e, assim que cheguei em nosso quarto e fechei a porta, percebi que a diaba tinha perdido um dos sapatos, como a Cinderela. Fui rindo disso até a cama e, com meu corpo mais frio, deitei-a. Parecia uma boneca de pano, os braços jogados de qualquer jeito e as pernas espaçadas. O vestido subiu e vi que, entre suas coxas, havia um brilho. Um brilho de prazer. Gemendo, peguei o cobertor, mas, antes de apagar as luzes e ir embora, percebi que eu não poderia sair do quarto com minha noiva de mentira, porque como infernos eu explicaria isso no dia seguinte?

Eu teria que ficar ali com ela.

Mierda.

Tirei a roupa, vesti uma bermuda e me joguei no sofá desconfortável, suspirando fundo.

Meu corpo ainda estava aceso. Eu não ia conseguir dormir sem me tocar. *Carajo, que mierda.*

Foquei no tesão e abaixei o short, sabendo que, na escuridão, Laura não me veria. Respirei fundo e entreabri os lábios, segurando a base do meu pau, tomando cuidado para gemer o mais silenciosamente que podia. Comecei um vai e vem parecido com o que Laura fez comigo pouco antes, me deliciando com a lembrança.

Rebolei no sofá, fazendo-o ranger por todo o tesão que Laura estava construindo em mim sem saber.

Gozei tão forte que sujei até o pescoço de porra e precisei tomar uma ducha.

Depois que acabou, acendi o abajur rapidamente só para ver se estava tudo certo. Franzi o cenho quando percebi que Laura não tinha desfeito suas malas.

Pensei por um segundo sobre aquilo.

Eu também vi malas prontas em seu apartamento...

Por que ela sempre chegava na vida das pessoas esperando ir embora? E por que tinha malas prontas em casa?

Talvez fosse idiotice minha, ou apenas pela conversa com o Miller mais cedo.

Laura não era o tipo de mulher que se permitia ser amada.

E eu era o tipo de cara que nem sabia amar alguém.

O que a gente está fazendo, porra? Se beijando desse jeito, se entregando assim. O que estou fazendo ficando confuso com o que é verdade e o que é mentira?

Mierda, a sensação não foi boa. Porque não se tratava da minha revolta em ver as malas ainda feitas de Laura.

Era simplesmente porque perdê-la já não fazia mais parte dos meus planos.

Capítulo 18

Estou um pouco mais obcecado
Estou um pouco mais apegado
Você sabe que me pegou.
Monsta X — Tied To Your Body

Laura

Acordei completamente perdida. Fui ao banheiro e vomitei até minha alma. Com a cabeça latejando, fui tomar banho e escovar os dentes para tirar a morte de dentro de mim. Antes do banho, no entanto, percebi que ainda estava com o vestido da festa e Esteban deve ter me carregado até o quarto, porque de uma coisa eu sabia: não tinha uma fada madrinha.

Meu Deus, o que aconteceu na noite anterior?

Saí com uma toalha enrolada na cabeça e uma no corpo, desesperada por uma xícara de café, e fiquei surpresa quando meus desejos foram atendidos. Vi Esteban entrando no quarto com uma bandeja de café da manhã.

— Exceto Adam, ninguém da família acordou ainda. Adam teve que fazer algumas coisas na capital e, infelizmente, não vai poder ficar conosco hoje, mas me deu um roteiro, caso nós dois queiramos passear. — Esteban parou por um momento, sem fazer contato visual comigo. — Pedi permissão para preparar um café da manhã para nós porque, apesar de ter os funcionários dos Miller, eu não quis atrapalhar ninguém.

Esteban estava com uma calça branca e camisa azul-clara. Tão lindo que fiquei alguns segundos o observando. Mas, além disso, a sua *gentileza*.

— Obrigada, Esteban — sussurrei.

— Pelo quê?

— Por tudo, seja lá o que eu tenha feito na noite passada. E bom dia.

— Bom dia. — Respirou fundo. — Venha comer.

— Eu te dei muito trabalho ontem?

Esteban congelou. Vi suas costas ficarem tensas.

— Pouca coisa. — Apoiou a bandeja sobre a mesinha.

— É? Eu não me lembro de nada depois de ter tropeçado nos seus braços.

Ele ainda não estava me olhando.

— Realmente não se lembra de nada?

— Não. Eu fiz algo louco? Por favor, não diga que te envergonhei ou envergonhei a mim mesma. Meu vestido estava um horror de manhã.

— Não, não fez nada errado. Você dançou e se divertiu. Todos estavam se divertindo ontem, e Adam sequer lembra o que aconteceu.

— Você o está chamando pelo nome.

— É, ele me pediu isso.

Esteban não era de ficar sério pela manhã. Isso era tão estranho. Cadê as gracinhas? As piadinhas? Me levantei e fui comer. Gemi na primeira provinha que dei no café da manhã.

— Eu quero fazer amor com seus dotes culinários.

— Não só com esse tipo de *dote*.

Parei a torrada no meio do caminho.

— O que aconteceu ontem?

Esteban se virou para mim e foi ali que percebi que tinha algo extremamente errado. Seu olhar era de tesão puro e, apesar de eu já ter visto Esteban excitado... quer dizer... Eu já o vira olhar para outras mulheres assim, mas estava acostumada com o olhar de ódio mortal, não do tipo "vou te pegar de quatro e te fazer ter cinco orgasmos diferentes".

Engoli em seco.

— Esteban? — Escorreguei os olhos por suas tatuagens, porque aquelas íris verdes estavam me desmontando.

— Ontem não aconteceu nada. — Sua voz estava rouca, perigosa. — Pensei em caminhar com você pela Ilha de Skye. — Ele fez uma pausa. — O que acha?

— Me conte o que eu fiz. Passei mal e você me trouxe para o quarto?

— Te carreguei e te coloquei na cama. Só isso.

Respirei fundo.

— Tá bom, Esteban. Podemos explorar, sim. Ainda não tirei fotos do espaço externo para a festa do Jay e da Rose. Para onde mais vamos? Qual foi o roteiro do Miller?

— Dê um salto de fé comigo, Laura.

Nada de *hermosa*, apenas meu nome. Esteban estava colocando limites entre nós de novo. Do mesmo jeito que fizemos com a nossa inimizade de mentira, do mesmo jeito que fizemos com o nosso noivado de mentira.

— Que tipo de roupa eu visto?

— A mais confortável que tiver.

— Tudo bem — concordei. — Mas preciso terminar o café da manhã.

— Vamos comer, então.

Ficar em silêncio com Esteban, apreciando uma refeição, parecia o tipo de coisa impossível de se fazer. Mas agora nós estávamos ali, frente a frente, batalhando invisivelmente sobre algo que eu nem sabia do que se tratava.

Eu odiava mudanças nas estações.

E Esteban sabia ser verão e inverno ao mesmo tempo.

— Eu não esperava isso — murmurei.

— Não, né?

— Definitivamente… — Comecei a rir quando cinco cachorros pularam em cima de mim, me derrubando e me farejando inteira. Gargalhei quando um deles fungou na minha barriga. — Meu Deus do céu, estou sofrendo um ataque de amor.

— Essa é a ideia.

Levantei o rosto, enquanto um rabo enorme de um cão peludo bateu no meu nariz.

Era um abrigo para cães, e deveria ter pelo menos quinze cachorrinhos de diversas idades correndo para lá e para cá. Fiquei maravilhada por um tempo porque, apesar de eu sempre fazer doações, nunca tinha me dedicado a visitar um.

— Sejam bem-vindos à ONG Amor&Patinhas — um rapaz disse, animado. — O sr. Miller disse que havia a chance de um casal aparecer.

— Obrigado por nos receber — Esteban falou. — Posso ajudar?

— Claro, por favor, fiquem à vontade. Como hoje o tempo mudou e está sol, vamos aproveitar para dar banho neles. Se quiserem ser voluntários, tenho certeza de que vão se divertir com esses pestinhas. Eu me chamo Sam.

— Prazer, Sam. Eu sou a Laura e esse é o meu noivo, Esteban. — *Por que isso saiu tão natural?*

Esteban me lançou um olhar.

— Se precisarem de ajuda, podem me chamar, mas, se forem dar banho neles, há dois funcionários da nossa ONG e hoje está vazio.

Sam nos deixou sozinhos e a pequenininha que estava no meu colo simplesmente me traiu assim que Esteban abriu os braços. Ela pulou no colo do Esteban e ele colocou a cadelinha entre seu ombro e pescoço, mantendo a mão sobre o corpo pequeno com medo de que caísse. A cadela, no entanto, parecia ter encontrado o melhor lugar do mundo. E ela era quase do tamanho da mão do espanhol.

— Vamos, cambada. Hora do banho. — Ele fez uma pausa. — Deixa só eu descobrir onde é.

— Por aqui! — Uma senhora balançou os braços. — Tragam um cachorrinho cada e eu ajudo vocês.

Esteban veio até mim e colocou a pequena nos meus braços, enquanto pegava no colo um que parecia um Beagle Americano, sem precisar se esforçar. Percebi que as duas que escolhemos eram fêmeas. A do Esteban bem mais agitada que a minha, e combinava com a sua personalidade. Ela fungou no Esteban, que riu.

Ele me lançou um olhar sobre o ombro, a pequena aninhada em meus braços como se já me amasse.

— Quer fazer isso?

Engoli em seco.

Eu amava animais, mas não tinha adotado um porque não queria me apegar. Coloquei essa regra em relação ao Esteban, de não termos nenhum animal de estimação enquanto morássemos juntos, porque eu realmente me apaixonaria e não saberia suportar quando Esteban fosse embora e o levasse.

— Vou me apaixonar por eles.

— Eu sei que vai.

— E vou embora da Escócia amanhã de manhã — murmurei.

— Aham.

— Não posso me apegar a eles. — Minha garganta coçou.

— A vida é feita de fins e começos, *hermosa*. Se não está pronta para aceitar isso, não está valorizando a parte mais especial em estar respirando. Um dia, acaba. Mas não é assim com tudo? A beleza, a felicidade e até o tesão são efêmeros. Isso não te impede de apreciar cada segundo, né? Você está aqui e agora com eles e pode amá-los hoje. É melhor do que nunca os ter conhecido. Ao menos, eu penso assim.

Jamais pensei que Esteban me levaria a uma ONG, isso era completamente diferente. Mas o que ele disse pareceu significar ainda mais.

Chegamos perto dos dois funcionários, e me senti reflexiva, em uma área de gramado externo, com mangueira e muita espuma. Eles nos ensinaram como poderíamos ajudar com o banho. Esteban parecia saber, como se já tivesse participado e ajudado outras ONGs. Fomos apresentados para as cadelinhas. A que estava no meu colo se chamava Zelda e a do Esteban, Akira Luiza. Quando soube seus nomes, senti uma angústia repentina tomar conta de mim, porque eu já as amava. Os funcionários nos deixaram livres, mas disseram que poderíamos chamá-los para qualquer coisa.

— Você me trouxe aqui para eu me abrir? — perguntei.

Esteban ensaboou Akira, e a espuma começou a voar para todos os lados e bolhas de sabão refletiram um arco-íris através dos raios do sol. Minhas mãos estavam ocupadas com a Zelda e o cheiro de xampu parecia inebriar os meus sentidos e me fazer amá-las mais. Ela pulou em mim, me enchendo de espuma também, o que quase me fez rir, se eu não estivesse tão tensa pela resposta do meu noivo de mentira.

— As pessoas não vivem com uma mala pronta esperando o momento de irem embora.

Pensei por um instante.

— Está falando das malas desta viagem? Mas nós vamos embora em breve. Por que eu iria...

— Eu sei das malas do seu quarto.

— Esteban.

— Me deixe falar, ok? — Ele me olhou. — Você foi ensinada a voar para todos os lugares mais incríveis do mundo, e eu não acho errado, porque é uma profissão linda pra *carajo*. Mas, infelizmente, por ter voado tanto, não aprendeu a permanecer. Você tem uma empresa sólida, uma casa, e ainda não consegue entender que pode simplesmente relaxar. É por isso que teve tanto medo de que eu saísse da Freedom. É você quem está acostumada a se levantar dos lugares e ir embora. Não sabe lidar quando é o contrário. Então, não compra um maldito peixinho dourado porque sabe que ele vai te deixar um dia, e não há nada que você vai poder fazer a respeito. Não vai poder se levantar e ir embora antes dele.

— Por que você está... — Esteban terminou de ensaboar e ligou a mangueira para enxaguá-la. Ele não estava me olhando. — Por que está fazendo isso?

— Porque, se eu estivesse no seu lugar, com medo de permanecer, com medo de ter uma casa, de ter amizades sólidas ou até um cachorro, ia gostar que alguém me dissesse "que *mierda* você está fazendo com a sua vida?". — Ele fez uma pausa. — Eu não tenho relacionamentos, nem uma casa para chamar de minha. Por *Dios*, estou dormindo no seu quarto de hóspedes, mas isso não me impede de sentir que tenho raízes. A Freedom é a minha raiz, assim como Diego e Elisa, Hugo e Victoria, meus pais lá na Espanha. Independentemente de estarem longe de mim agora, sei que posso *permanecer*.

— Você quis jogar tudo para o alto quando pediu para sair da Freedom.

— Você já sabe a resposta disso.

— Sei? Se fosse só tesão, a gente... Olha, Esteban. O que poderia se tornar tão complicado em continuarmos trabalhando juntos?

Matarmos um ao outro?

— Eu me apaixonar por você.

Acho que engasguei, mas Esteban continuou falando.

— Ou você se apaixonar por mim. E nós dois teríamos que saber lidar com essa *mierda* que eu, sinceramente, não acho que estamos prontos. Você tem malas de fuga, Laura. Deve ter até um passaporte falso, tipo uma agente da CIA ou sei lá. — Ele riu, brincando, mas vi o nervosismo em cada músculo daquele corpo esculpido ficar tenso.

Fiquei em silêncio. Não sabia o que responder.

— Mas nós dois não queremos um relacionamento.

— Por isso mesmo seria complicado. — Ele se levantou. Estava completamente molhado e cheio de espuma. Usei todo o meu autocontrole para não descer os olhos para o seu peito úmido. — O que eu quero te dizer, Laura, é que vou permanecer. Do mesmo jeito que um peixinho dourado permaneceria no aquário se você desse uma chance e o comprasse. Quando inventou esse noivado falso e me implorou para ficar, você perdeu a chance de me deixar ir. Eu vou ficar, e é isso que quero que entenda. Então, pare de se levantar da mesa e deixe as pessoas que se importam com você entrarem na sua vida. Foi isso que me pediu e é exatamente isso o que vou fazer. Se complicarem as coisas entre nós, mesmo não estando prontos, a gente vai ter que lidar com isso. ¿Me *entiende?*

Encarei-o fixamente.

— Eu nunca quis que você fosse embora. Mesmo nos momentos em que mais te odiei, eu nunca quis que você deixasse a Freedom. Que me deixasse — adicionei. — Sim, tenho problema com permanências e não sei lidar com nada que eu não veja um prazo ou que não consiga ver a linha de chegada. Mas você...

— Eu o quê? — Seu maxilar ficou duro. Eu não fazia ideia de que tinha visto minhas malas, nem que isso mexeria tanto com ele.

— Você é o tipo de maratona que a gente quer percorrer mesmo que não saiba quando vai chegar ao fim. — Parei de respirar depois que percebi o que soltei. — Profissionalmente, você é o melhor funcionário da Freedom e realmente não quero te perder, mesmo que eu não saiba o verdadeiro significado disso.

— Não adianta você lutar por mim com unhas e dentes e pular fora no final, Laura.

— Eu não vou embora. As malas são só... tá bom. Não sei por que as tenho. Acho que é um lembrete de que posso ir embora se eu quiser, mas agora não quero. E não posso. Tenho a Freedom. — *Só a Freedom?* Li a pergunta em seus olhos. — E Victoria, Diego, Elisa, Hugo... você — completei.

— Se as coisas apertarem, você vai usar as malas, Laura?

— Não.

— Tudo bem. — Ele respirou fundo. — Agora traga a sua bunda gostosa para cá que você está fazendo tudo errado com a Zelda. Cuidado com os ouvidos. Tampe-os desse jeito quando for enxaguar e ensaboar...

Esteban me ajudou com a Zelda, e eu me perdi na alegria daquelas cadelinhas. Elas nos deram todo o amor do mundo sem nunca terem nos visto antes. Esteban riu, eu também, e a conversa ficou mais leve, mas alguma parte minha ainda estava desconfortável por ter um homem que me visse tão claramente.

Aquelas malas tinham um só propósito, e ele sabia. Minha válvula de escape era a fuga, e eu não hesitaria em fugir na primeira oportunidade de qualquer emoção que passasse a sentir. Mas o convite do Esteban era diferente dessa vez.

Dance comigo. Não voe. Apenas aceite o que o destino trouxer.

Talvez, quando voltasse, eu devesse tirar as roupas da mala e colocá-las no guarda-roupa que nunca usei.

Capítulo 19

Me abrace enquanto você espera
Queria ser bom o bastante
Se ao menos eu pudesse te acordar
Lewis Capaldi — Hold Me While You Wait

Esteban

Guardei num canto escuro da minha mente nosso beijo e não contei nada para Laura; ela ainda não estava pronta para isso.

Eu não entendia por que tinha me doído tanto saber que ela estava pronta para ir embora a qualquer momento, provavelmente inventando alguma desculpa sobre um contrato internacional e sumindo da minha vida num piscar de olhos por alguns meses. Eu a conhecia o suficiente para saber que, se ela sentisse algo diferente entre nós, essa seria sua primeira reação: fugir.

Caso se lembrasse do beijo, eu queria que ela tivesse uma opção ao invés de sair correndo. Queria que ela entendesse que eu não estava deixando a Freedom. Isso quer dizer que eu não a estava deixando.

Não sabia o quanto era importante frisar isso até aquele momento e não sabia o quanto me importava em ter ou não Laura na minha vida até aquele instante.

É meio foda ter emoções e não conseguir compreender o motivo de estarem ali. Ainda mais foda era querer que Laura se lembrasse do beijo, e ela meio que não se lembrasse de nada, *carajo*! Isso afetou cinquenta por cento do meu ego e cinquenta por cento de uma parte do meu ser que queria continuar de onde paramos. Eu queria que ela recordasse e se jogasse nos meus braços, e nós dois cometêssemos o maior erro da nossa vida para depois dizermos um para o outro que íamos conseguir frear tudo.

Eu queria tirar Laura da minha cabeça, já que possivelmente ia trabalhar com ela pelo resto da minha vida.

O quanto pode ser ruim uma fodinha casual com a chefe? Sério, só uma? Só para diminuir o tesão e eu conseguir me masturbar sem imaginá-la cavalgando no meu pau.

Mas não. Com ela, não dava para ser assim.

— Vocês deram uma volta na Ilha?

Porra, eu tinha que me concentrar na vida real.

— Sim, conhecemos alguns pontos turísticos — respondi a Adam. — Foi bem legal visitar a ONG também.

— Vocês precisam ir neste lugar esta noite. — Adam me entregou um cartão. — Nós vamos depois, porque preciso fazer uma pequena reunião com os Miller que estão na Ilha de Skye, mas reservei uma mesa para dois. Sinto muito por não poder jantar com vocês.

— Não tem problema, Adam. — Achei que, por essa viagem ser com a família Miller, passaríamos mais um tempo nos conhecendo, mas aparentemente ele já tinha visto o suficiente.

— Está uma noite mais fria, talvez vocês tenham sorte.

— Sorte?

— É, vou deixar descobrirem sozinhos. — Piscou para mim, me deixando sozinho para avisar a Laura que, bem, eu teria um encontro com ela.

Subi as escadas e Laura estava no telefone com a Victoria. Deixei-as conversando e fui tomar banho. Pensei no que vestiria e escolhi uma calça jeans cinza, camisa social preta e jaqueta de couro. Estava arrumando o cabelo quando Laura deu duas batidas na porta.

— Pode abrir — eu disse, ajeitando o cabelo, deixando-o solto ao lado do rosto.

— Nós vamos jantar com os Miller, já que é a nossa última noite aqui?

Lancei um olhar para ela através do espelho.

— Não.

— Não? — Ela pareceu surpresa e cruzou os braços na altura dos seios. — O que vamos fazer?

— Temos um encontro. — Sustentei seu olhar através do espelho, de um jeito que Laura não poderia escapar nem se quisesse. Minhas pálpebras se estreitaram e mordi o lábio inferior. Laura ficou completamente parada enquanto me observava. Comecei a abrir três botões da camisa, sem tirar os olhos dos dela, e sorri. — O sr. Miller organizou.

— A-a-ah — gaguejou. — Sério? Hum. É. Eu não-ão tenho uma roupa apropriada para... o que é mesmo?

— Você vai, Laura.

— Claro que vou, só que...

— É um jantar em um restaurante ao ar livre.

— Pode me emprestar um casaco?

Comecei a me despir lentamente e apoiei o casaco na ponta do indicador.

— Pegue.

— Está com o seu perfume.

— Você odeia o meu perfume? — Ergui uma sobrancelha.

— Não. — Seus olhos cintilaram.

— Vista por cima do vestido. Pegue, *hermosa*. É seu. O casaco não morde, não está infectado com um vírus zumbi, vai apenas te manter aquecida à noite.

Laura respirou fundo, prendendo uma risada.

— Tudo bem, vou só colocar o casaco em cima da cama. — Ela largou a porta aberta, saindo completamente tonta para o quarto.

— Feche, se não quiser que eu te veja nua — avisei, e ela voltou, sem o casaco nas mãos. — Mas, se quiser, eu estou bem disposto a ver sua bunda gostosa de novo.

— A-ah. É. — Riu, desconcertada. — Dá para parar de falar essas coisas?

Olhei-a novamente através do espelho.

— Que coisas, *hermosa*? — Ajeitei as mangas no meu pulso, abrindo os botões e dobrando o tecido na altura dos cotovelos, sem desconectar o olhar.

— Essas coisas aí de um De La Vega. Minha amiga é casada com um, lembra? Conheço bem o tipo de vocês.

— É, eu sou um De La Vega.

— Não comigo.

Me virei, apoiando as mãos na pia atrás de mim, relaxando meu peso e inclinando o queixo para cima.

— Interessante.

— Por que você está com essa aura sensual?

— Porque eu sou sexy pra *carajo* e você sabe disso. — Comecei a caminhar até lá. E ela, em um reflexo para escapar de mim, acabou entrando no banheiro. — Não vai tomar banho?

— Esteban. — Ela se sentiu encurralada, e eu sabia que estava entrando num jogo muito perigoso, mas estava cansado de fingir que não queria uma foda com aquela *mujer*. E se eu tivesse que seduzi-la para isso acontecer ao menos uma vez, faria exatamente isso. — O que você está...

— Estou preparando você — avisei, decidindo tirar a camisa.

O mundo parou de girar para Laura, e percebi que sua mente não estava mais no trabalho, nos contratos, nos Miller. Estava em mim, rodeando o meu corpo, a cada vez que meus dedos abriam os botões da camisa, revelando meu peito, revelando muito mais do que eu gostaria, mas não havia como escapar do jogo da sedução de um De La Vega.

Decidi que a teria, mesmo que me arrependesse depois, mesmo que aquela *mujer* partisse meu coração.

Seus olhos acompanharam minhas tatuagens e, em um movimento, já sem a camisa, me inclinei sobre ela, a boca quase encostando na sua. Abri um sorriso, enquanto me esforçava para alcançar o registro do chuveiro, e deixei a água cair lentamente atrás de Laura.

— Você vai entrar no...? — perguntou, tremendo.

— Não. — Beijei sua bochecha e pisquei. — Eu só decidi trocar de camisa porque essa não estava boa o bastante e também preparar o banho na temperatura certa para você. — Mantive meu sorriso. — Aproveite seu banho. Te vejo lá embaixo.

Ouvi as costas de Laura baterem na porta assim que saí.

Como se ela estivesse perdendo a cabeça.

Como se não estivesse conseguindo raciocinar na minha presença.

É bom né, Laura? É bom me foder e não querer ser fodida de volta.

Acontece que ela estava brincando com o cara errado.

Laura

Meu coração ainda estava batendo muito rápido, mesmo depois que saí do banho. Pela aproximação do Esteban e toda a força que precisei fazer para não gritar. Quis gritar, de verdade, porque tudo em mim se acendeu em segundos, e nunca fiquei tão molhada em tão pouco tempo em toda a minha vida.

Meu corpo deve ver no Esteban o homem perfeito para ter bebês.

Porra, meu Deus!

Eu achei que ele fosse se enfiar debaixo do chuveiro comigo. Por um mísero segundo, achei que fosse me beijar e transar comigo assim, em um estalar de dedos. Todo o meu cérebro ficou em branco; nunca tinha experimentado a antecipação de um beijo sem que nunca, de fato, acontecesse.

Esteban De La Vega me provocou!

Eu me vesti, completamente aérea, e a única coisa que pulsava em mim era o fato de que o perfume do Esteban estava em todo lugar, por causa do seu casaco. Desci as escadas sentindo meus joelhos fracos e o encontrei na sala, mas uma parte minha ainda estava revivendo a cena do chuveiro repetidas vezes.

Entrei no carro que Miller emprestou para Esteban naquela noite, e vi o meu noivo... quer dizer, o meu *funcionário* dirigir pela Ilha de Skye como se estivesse mesmo aproveitando a vida. O Porsche era rápido, mas Esteban era prudente e, quando sua mão veio para o meu joelho, percebi que mal estava respirando.

— Se você fica nervosa na minha presença, precisa aprender a relaxar. Vamos ter a reunião beneficente pouco tempo depois que voltarmos para Nova York e é tão importante fecharmos contratos lá quanto com os Miller.

Exalei fundo.

— Eu sei.

— Está nervosa, *hermosa*?

— Você está me tratando como uma das suas conquistas.

Esteban estalou a língua.

— Você é mais do que isso.

— Sou sua noiva de mentira e chefe.

— Isso também.

Lancei um olhar para ele.

— O que está acontecendo? — Fiz uma pausa. — Você foi frio comigo e agora está... *desse* jeito.

— Cheguei em um lugar que você ainda não chegou.

— Lugar?

— É. — Ele me lançou um olhar. — Vamos aproveitar a noite, Laura.

— Agora não somos noivos de mentira — murmurei.

— Não. — Parou por alguns segundos. — Agora, somos só nós dois.

Mas que merda. Como eu ia sobreviver a um encontro com esse cara?

Peguei o celular, com as mãos tremendo.

***Eu:** Victoria, como se sobrevive a um De La Vega?*

***Victoria**: Oi, amiga.*

***Eu**: É sério, amor.*

***Victoria:** Você não sobrevive, amiga. É simples.*

***Eu:** Acho que o Esteban está querendo me seduzir ou algo assim.*

***Victoria:** HAHAHAHAHA*

***Eu:** Pare de rir.*

***Victoria:** Só estou dizendo que não tem como sobreviver a isso.*

Victoria adicionou você e Natalia ao grupo:
Rendidas pelos De La Vega.

***Natalia:** Oi, garotas!*

Eu: *Natalia, como se sobrevive a um De La Vega?*

Natalia: *Laura, não tem colete à prova de balas que consiga te proteger. Se jogue. Não tem o que fazer.*

Eu: *Como assim não tem o que fazer?*

— O que você está fazendo? — Esteban perguntou, e algo em seu sorriso me disse que ele sabia bem o que era.

— Nada.

Virei a tela do celular para baixo.

Fechei os olhos e respirei fundo.

Meu coração corria a milhões de quilômetros por hora.

Queria fugir porque eu não era assim. Me sentia confiante na presença dos homens, e me senti assim com Esteban por muito tempo, mas essa viagem mudou tudo. Droga, eu queria fazer as malas e voltar para casa. Mas minha casa agora era o Esteban. Não, quer dizer, minha casa agora *tinha* o Esteban. Nem no trabalho eu conseguiria me esconder.

— *Hermosa*, chegamos.

Afastei os pensamentos quando vi que o restaurante era no alto de uma colina. Esteban me ajudou a subir os degraus e percebi que não havia ninguém, além de nós. Nossa mesa era entre a colina e o mar. Era possível ver as estrelas e, ao fundo, dentro do estabelecimento, um violino tocava bem suave.

Nunca tive um encontro assim.

— Miller caprichou — Esteban elogiou. — Boa noite, nós temos uma reserva.

— Bem, o restaurante está fechado para vocês — a hostess avisou.

— É mesmo? — perguntei, impressionada.

— Sim, Miller disse para vocês aproveitarem a noite. Não se preocupem, o cardápio foi feito exclusivamente para vocês. Sentem-se e aproveitem. A mesa é aquela.

Havia flores em cima da mesa, taças com água e guardanapos caríssimos.

Esteban puxou a cadeira para mim, e eu me sentei de frente para ele e tirei um momento para respirar e olhar a paisagem.

Como se respeitasse o meu momento, Esteban ficou em silêncio.

As estrelas carregavam esperança, e a paisagem era digna de uma fotografia profissional. À direita, a lua parecia enorme, como se estivéssemos mais perto dela. Branca, iluminada e machucada por não poder tocar o sol. Fiquei um tempo pensando na paisagem, e percebi que isso me fez respirar fundo.

Lancei um olhar para ele.

Esteban não estava olhando a paisagem, mas, sim, *me* olhando. De um jeito que as estrelas teriam inveja, se soubessem que aquele homem me admirava mais do que a elas.

Engoli em seco.

Seus olhos verdes estavam brilhando e um sorriso suave apareceu em seu rosto.

Por mais pânico que Esteban De La Vega me gerasse e por mais assustada que eu estivesse por tê-lo na minha vida e a dinâmica entre nós dois ter mudado, também me veio uma sensação de... calmaria.

Observá-lo durante os últimos dias, a atenção que ele dava a mim, me deixava inquieta e relaxada ao mesmo tempo. A forma de apoiar a mão na base das minhas costas sem que fosse desrespeitoso, ou como me dava a mão como se tivéssemos feito isso a vida inteira, era *boa*. A conexão que já tínhamos era mascarada por um ódio que nos impedia de sentir, e estava ficando mais forte sem a proteção da raiva. Mas, apesar de tudo isso, havia algo em Esteban que era como se eu pudesse me jogar de um prédio, que eu sabia que ele estaria ali para me salvar.

Sim, eu estava apavorada por me sentir tão atraída por ele, porque era mais forte do que qualquer coisa que já senti na vida e, depois da festa, algo em mim acendeu.

Como alguém pode me trazer paz e inquietude ao mesmo tempo?

— Quando chegarmos amanhã, vamos conviver oficialmente — soltei.

— É — falou, despreocupado, bebendo água. — Isso te deixa aflita?

— Aflita? Não. Eu gosto de comer a sua comida.

Ele riu, mas a risada morreu depois de alguns segundos, quando olhou para a minha boca.

— Está sendo demais, Laura? Eu brincar de ser o seu noivo?

— É, mais ou menos.

Esteban tinha feito a barba, e seu cabelo estava lindo. A camisa era em um tom de azul-petróleo que ficava surpreendentemente bem nele.

— Você vai ter que aguentar mais um pouco.

— Eu sei.

— Acho que vamos fechar o contrato com o Miller. Ele se aproximou muito de nós e preparou esse jantar. Nos saímos bem fingindo.

O que, de fato, estamos fingindo?

— É? Você acha?

— Sim. Eu acho que ele está se preparando para assinar o contrato no avião.

O garçom se aproximou e serviu um vinho tinto caríssimo. Esteban decidiu não beber, porque estava dirigindo, mas eu aceitei uma taça.

— Você quer falar de trabalho? — perguntei a ele.

— Podemos falar do quanto o seu noivo de mentira é gostoso e perfeito.

— Esteban.

Ele riu.

— Só estou falando de trabalho porque você está desconfortável perto de mim.

— Realmente estou e não estou ao mesmo tempo. Você me passa segurança, me sinto protegida e parece que posso ser eu mesma com você. Não tinha essa consciência antes, tudo o que eu pensava era no quanto você me irritava, mas, quando nos aproximamos e começamos a fingir, tudo se tornou mais tranquilo entre nós. Ao mesmo tempo, quando você começa a se comportar com mais intensidade, *isso* me confunde.

Eu, Laura, estava sendo doce. Alguém me interna?

— Achei que minhas intenções estivessem bem claras.

— Não sei se estão, Esteban.

— A questão não é essa. — Ele desviou o olhar. — Está pronta para ouvi-las?

— Não, ainda não estou.

— Então vamos apenas apreciar o jantar. — Ele me conhecia o suficiente para saber que eu não podia ouvir. Não naquele momento, não ali. — Não quero que a paisagem e esse jantar façam parecer que só estou dizendo o que quero pelo calor do momento. Eu não tinha intenção de dizer agora, de qualquer maneira.

— Por quê?

— Porque se eu te falasse o que quero aqui e agora, você voltaria para casa e passaria nove meses no país mais distante do mundo só para não ter que olhar para mim.

— É tão sério assim?

— *Mierda*, não tão sério. Mas, para você, poderia ser o fim do mundo.

— Vamos ter essa conversa depois da assinatura do Miller? — Eu realmente queria ouvi-lo.

— Combinado.

— Ok, então.

As entradas chegaram e, enquanto eu comia a salada, Esteban me observava. Decidi que queria saber mais sobre o homem que dividia a vida comigo há um ano.

— Por que você nunca se apaixonou, Esteban?

Ele ponderou por alguns segundos.

— Ah, não sei. Nunca me permiti, *hermosa*, sério mesmo. Perdi a conta de quantas vezes me relacionei, mas nunca permiti que durasse. Não queria me conectar a alguém, em parte porque desacreditava que havia essa conexão e, em parte, porque tinha medo de me perder no processo. Sou bem parecido com o Rhuan na questão de fugir dos relacionamentos e, até um tempo atrás, não sentia falta de criar um elo, mas a verdade é que essas conexões acontecem independentemente do nosso querer. E você?

— Fiquei refletindo um pouco sobre isso, o motivo de eu nunca ter me apaixonado. — Respirei fundo. — Sempre aproveitei a vida. Durante todas as viagens que fiz quando ainda era apenas uma consultora, me envolvi em muitos casos de uma noite só e nunca me permiti me apaixonar. Os conselhos que dei para Victoria sobre o amor, sobre se jogar e viver a experiência? Bem, eu nunca me apaixonei *de verdade*. Talvez, quando eu era adolescente, me iludia um pouco, mas passava depois de uma semana. Na verdade, nem consigo me lembrar da sensação. Já adulta, sempre fui livre, sempre fui do mundo e o amor nos faz criar raízes.

— As coisas mudaram, Laura.

— Sim, eu tenho uma casa e uma empresa.

— O que te assusta em permanecer?

— Provavelmente o mesmo medo que você, de me perder no processo.

Ele assentiu.

— Acho que a gente se perde de qualquer maneira. Estamos em uma constante mudança. Hoje, me sinto um cara diferente de quando vim para a Escócia com você. *Hermosa*, nós não brigamos, você consegue sentir a mudança nos ares? As relações vêm para nos modificar de alguma forma, mas não vamos deixar de sermos nós mesmos, vamos apenas...

— Nos ajustarmos ao mundo um do outro.

— É. — Esteban olhou para a paisagem. — Não me leve a mal, porra, eu vi o Hugo perder a cabeça por causa da ex, e existem, sim, relações que te deixam completamente perdido dentro de si mesmo, mas sei lá.

— Você acha que nós dois somos mais fortes do que isso.

— Não sei se é uma questão de força, é mais como... — Ele se interrompeu, pegou minha mão e virou a palma para cima. Então, pegou uma pétala de rosa que estava sobre a mesa e fechou meus dedos ao redor dela, suavemente. — Agite o máximo que puder a mão.

Eu fiz o que ele pediu. Esteban estava sorrindo.

— Abra — pediu baixinho.

A pétala parecia um pouco machucada, mas ainda estava lá.

— Pessoas que são muito seguras de si mesmas não se afetam pelas turbulências. E acho que eu e você somos assim. — Fez uma pausa. — É por isso que acredito que, quando nos relacionarmos com outras pessoas, não vamos nos perder. Não vamos perder a essência de quem somos. — Esteban pegou a pétala que antes estava na minha mão e colocou no seu copo de água. A pétala estava flutuando. — Acho que vamos boiar e permanecer intactos.

— Acho que vamos nos machucar, porque nunca nos relacionamos, e os ajustes vão ser difíceis.

— Ah, sem dúvida. Mas, quando você sentir que é o cara certo, não sei, acho que os ajustes vão ser pequenos detalhes.

— Realmente acha isso? Acha que dá para se relacionar com alguém sem sair de dentro de quem você é?

Ele sorriu.

— Temos três exemplos que nos mostram que sim. Diego e Elisa. Hugo e Victoria. Andrés e Natalia.

— Você acha que depois de ver o amor acontecer, está pronto para arriscar isso com alguém?

Esteban se recostou confortavelmente.

— Não, pronto eu nunca vou estar. — Seus olhos se fixaram nos meus. — Mas se me sentir conectado com alguém, *mierda*, talvez não pareça tão maluco assim me deixar levar.

Essa foi a conversa mais interessante que eu já tive em toda a minha vida.

— Você tem maturidade emocional, Esteban.

— Foram anos convivendo com o Rhuan. — Riu. — Experimente ficar do lado do cara sem viver uma sessão de terapia.

— Não, eu estou dizendo... você é mais maduro do que eu esperava.

— A decoração bizarra no teu escritório, o pênis pequeno e etc? Eu vou ser um eterno idiota, *hermosa*, mas não fujo das conversas difíceis. — Fez uma pausa. — Foi isso o que manteve meus pais sãos quando tudo desmoronou, as conversas difíceis. Eu sei tê-las e sei ouvir quando é necessário. Aprendi muito com a crise dos meus pais e, bem, é o que eu tenho a oferecer.

— Você é tão lindo. — E, pela primeira vez, não estava falando da sua aparência. Eu estava encantada. Meu coração acelerava como louco. Eu estava flutuando como a pétala no copo d'água de Esteban.

— Ah, *hermosa*. — Ele deu uma risada tímida, surpreendentemente envergonhada, o que me fez derreter um pouco mais. — Se eu soubesse que você gostava de papos assim, já teria mergulhado na sua mente há muito tempo.

Você está mergulhando mesmo na minha mente.

E sob a minha pele.

E eu não sei o que fazer com tantas coisas que estão crescendo dentro de mim.

— Laura. — Esteban de repente se levantou da mesa. — *Carajo! Hermosa*, olhe para o céu!

Meus olhos saíram com relutância de Esteban e foram para as estrelas. Mas era mais do que isso. Era uma aurora boreal. Eu me levantei, me sentindo tão emocionada de repente que cobri a boca com as mãos. Esteban deu a volta na mesa e me abraçou por trás. Suas mãos rodearam a minha cintura, sua cabeça se apoiou no topo da minha e, mesmo que não pudesse olhar para o seu rosto, sabia que estava sorrindo. Seu coração estava batendo rápido em algum lugar do meu corpo.

— Nunca vi uma aurora boreal — sussurrei.

— É a primeira vez para mim também. Estou te abraçando porque sei que você vai chorar.

— Eu não vou chorar. — Um soluço escapou da minha garganta, e eu não conseguia parar de olhar para as ondas cintilantes no céu, em um verde tão bonito, como a cor dos olhos do Esteban. Sequei um par de lágrimas que caiu. — Droga.

— Shh... — Ele riu. — Sabia que você iria se emocionar.

— Esteban. — Eu queria me virar para ele, mas estava tão hipnotizada pela dança luminosa no céu que não consegui olhar qualquer outra coisa. — Como sabia da aurora?

— Eu não sabia. Mas Miller disse que talvez tivéssemos sorte esta noite. Então, eu estava esperando uma queima de fogos, mas não *isso*.

— É espetacular a gente ter a chance de viver isso.

— É, acho que vamos viver ainda muitas coisas juntos, *hermosa*.

Como nos apaixonarmos?, quis perguntar, mas não tive coragem.

Olhei para a aurora e respirei fundo.

Por favor, se o sentimento surgir, me permita ter coragem o suficiente para vivê-lo, desde que seja para o meu bem e para o bem do Esteban.

Mas meu coração acelerou e as borboletas valsaram.

A aurora se despediu de nós.

E, quando Esteban me virou para ele, havia tudo para que aquele homem me beijasse. Mas ele não o fez. Seus lábios tocaram o meio da minha testa, a ponte do meu nariz, as maçãs do meu rosto e então o meu queixo, que delicadamente Esteban trouxe para cima, até ele, com seu indicador.

— Vamos jantar? — perguntou baixinho.

Sempre que observasse seus olhos, me lembraria desta noite.

— Esteban.

— Você ainda não está pronta.

Respirei fundo.

Haveria algum momento em que eu estaria pronta?

Mas eu queria beijá-lo.

Queria saber como era.

Eu queria... tocá-lo.

Eu queria... muitas coisas.

Está feliz, universo? Que inferno!

— Vamos jantar — concordei.

Capítulo 20

Eu estive lá, fiz isso, corri por aí
Depois de tudo, isso é o que eu descobri
Ninguém quer ficar sozinho.
Usher — You Got It Bad

Esteban

Foi a primeira vez que eu tive um encontro com uma mulher sem que terminasse com um beijo em que um engolia o outro e depois transava loucamente.

Que mierda *de lado romântico era esse que surgiu em mim? É um terror. Só pode ser praga da tia-avó Angelita.*

Estávamos voltando para os Estados Unidos, já no avião do sr. Miller, e eu não conseguia parar de pensar em Laura, mesmo que ela estivesse ao meu lado. Não, isso não era bom para um cara que queria propor uma foda e nada mais, e eu não sabia para aonde essas emoções novas estavam me levando.

— Esteban, pode vir aqui por favor?

— Claro. — Desafivelei o cinto. Laura estava cochilando ao meu lado e me sentei ao lado do sr. Miller. — Do que precisa?

— Estou vendo o contrato de vocês. — Ele empurrou os óculos um pouco mais alto em seu nariz. — O valor que eu propus para organizarem o casamento, bem, aquele orçamento era referente à porcentagem pelos serviços, as despesas do casamento não estão inclusas. Aquele valor é livre para a Freedom e o que for referente à organização, vocês só precisam me enviar os comprovantes.

Espera.

— Está dizendo que aquele valor é pelos serviços contratados pela Freedom e consultores, mas não para as despesas?

— Evidente. — Adam sorriu. — Vamos precisar comprar passagens para quinhentos convidados, a decoração etc.

— Sr. Miller...

— Adam.

— Adam, mas o valor oferecido é o suficiente.

— Não. — Fez uma pausa. — Os serviços de vocês são imensuráveis. Edite esta cláusula e mande para o meu escritório. Assinarei assim que chegarmos em Nova York.

Eu estava tremendo por dentro.

Por ter auxiliado a Laura nessa negociação, o valor que eu receberia... comecei a fazer as contas.

Mierda.

Carajo.

— Ah... eu...

— Mas existe algo de caráter não profissional que quero conversar com você.

Puta madre, eu mal estava respirando. Eu poderia enviar dinheiro para os meus pais, comprar um apartamento e um carro, falar com Diego e Hugo para fazer um investimento. Eu poderia ser um cara totalmente diferente.

E não haveria um precipício financeiro entre mim e Laura.

Não que isso importasse.

Por que eu estava pensando nisso?

— Sim, Adam?

— Eu sei que o relacionamento de vocês é uma mentira.

Pisquei.

— Como?

— Sei que o noivado é falso.

Meu cérebro ficou em branco enquanto eu absorvia aquelas palavras diretas, duras, mas ao mesmo tempo ternas. Adam me observou como meu pai faria, e não sei como não senti uma bomba atômica explodindo dentro de mim.

— Adam, eu...

— As razões para eu ter perguntado a você sobre seu relacionamento com a Laura, de forma hipotética, até porque eu já sabia que era uma mentira desde quando os conheci, foi apenas para levar a sua mente para um cenário em que estar com a srta. Hathaway fosse uma realidade. — Fez uma pausa. — Não se preocupe, ninguém da minha família percebeu, vocês foram ótimos. Mas sabe, Esteban, vocês só conseguiram fingir bem e parecerem realmente como um casal porque já existe sentimento.

— Não posso imaginar como o senhor se sentiu enganado por nós. Eu sinto tanto.

— Não sinta, porque fiz o mesmo com minha esposa quando abri a empresa.

Com certeza meus olhos se arregalaram.

— Desculpe, o que está dizendo?

— Na época em que abri meu negócio, não era de bom-tom um homem solteiro administrar. Então, convidei minha melhor amiga para fingir que era minha noiva. — Adam sorriu e tirou os óculos. — Acontece que nós dois acabamos nos apaixonando. Não pense que o que vocês fizeram é a coisa mais maluca do mundo, porque não é. Em um cenário empresarial, consigo ver que a Freedom Ring é o setor que mais precisa de um casal à frente do marketing, e talvez Laura ou você tenha pensado nisso e decidido assumir uma mentira, mas, veja bem, Esteban. — O sr. Miller se inclinou para mim. — O que vocês vivem não é uma mentira. Eu vejo pela maneira que ela te observa e pela forma como você a olha. Os carinhos não são para mim ou para minha família acreditar, são porque vocês se sentem confortáveis na presença um do outro. Eu só chamei vocês para essa viagem para que pudessem se aproximar.

— Está falando sério?

— Muito sério. — Sorriu. — Conseguiram parar de brigar?

— Como sabia que nós...

— Eu tenho os meus contatos. Mas responda.

— Sim, paramos de discutir e estamos confortáveis um com o outro.

— Ótimo. — Me entregou o contrato. — Edite, imprima e mande para mim, devolvo para vocês assinado ainda hoje. Volte para a sua garota agora.

— Adam.

— Vá.

Me levantei da poltrona, minha cabeça processando o dinheiro que entraria na minha conta. Mas... porra, como Adam sabia o tempo todo?

— E, Esteban? — chamou, e me virei para ele.

— Sim?

— Nunca perca quem desperta o que há de melhor em você.

— Não perderei.

Ele sorriu.

— Ótimo.

Eu e Laura fomos direto para o apartamento, porque era um dia de trabalho na Freedom, ainda que apenas meio período. Chegamos em Nova York no final da manhã. Tomamos banho e mal tivemos como dormir no avião.

Agora a realidade nos atingia.

Horas depois, estávamos trabalhando como loucos, a equipe tentando nos atualizar de todos os novos contratos fechados, e me bateu um leve desespero quando percebi que, *mierda*, quase todos os consultores estavam ocupados. Havia a festa beneficente, mas teríamos que adaptar a agenda e, talvez, eu devesse atualizar a planilha.

Porra, era muito dinheiro no mês para a Freedom. As garotas estavam decolando.

— *Hermoso*, por que o contrato com o Adam mudou? Acabei de receber na minha sala com a assinatura dele.

Hermoso.

Recostei-me confortavelmente na minha cadeira e abri um sorriso.

— Esqueci de dizer, o valor é livre para a Freedom e o consultor que for trabalhar para os Miller. Os custos com o casamento e afins serão à parte.

Laura caminhou lentamente até mim.

— O que você está dizendo?

— Estou dizendo que esse dinheiro é seu. E ele já fez a transferência.

Seus olhos se arregalaram e sua boca se abriu.

— O quê? — Ela veio correndo para o meu lado. Abri o app do banco para que Laura visse o saldo. — Meu Deus, Esteban!

— Não pule em cima de mim.

Mas ela fez exatamente isso. Laura se jogou no meu colo e as rodinhas da cadeira deslizaram pelo piso, nos fazendo bater em uma parede, enquanto eu a segurava para não cair. Sua bunda estava acomodada no meu colo quando minha chefe me abraçou como se eu fosse o salvador da pátria. Ri, envolvendo sua cintura, e ela começou a dar risada.

— Você ainda é meio maluca, Poderosa Chefinha. Que bom saber que continua a mesma.

— Vou transferir a sua parte agora mesmo. — Ainda sentada no meu colo, Laura tentou nos empurrar com a cadeira até a mesa. Gargalhei quando vi que ela não conseguiu e fiz isso por nós dois.

Imediatamente, suas mãos foram para o teclado e eu vi por cima do seu ombro Laura colocar zeros e mais zeros. Engoli em seco, subitamente nervoso, nunca tive um número assim na minha conta.

Laura apertou o ok e transferiu minha porcentagem.

— Pronto, agora você é rico.

— É, acho que sim.

— Pode alugar um lugar lindo, mas indico comprar. Posso ver os imóveis com você.

— Está me expulsando, *hermosa*?

— Não, você vai ficar na minha casa até encontrarmos o apartamento perfeito.

Mujer, você está percebendo que está falando da minha vida no plural? Tipo, eu, você… nós?

— Mas isso não importa agora. Estamos mais ricos. — Ela suspirou.

— Bem, você está mais rica, eu nunca tive tanta grana na minha conta.

— Viu? A aliança foi um investimento. Eu estava me sentindo tão mal por você ter vendido o carro. — Ela se virou novamente para mim, as mãos ao redor do meu pescoço. Seu sorriso estava imenso. Me perdi olhando para seu rosto. Aquele cabelo cacheado, os olhos oblíquos e verdes. Eu estava muito fodido. *Mierda, hermosa.* — Se conseguirmos mais contratos com a festa beneficente, então terão mais zeros na sua conta e eu vou poder deixar de ser sua *sugar mommy*. Você vai poder ser meu *sugar daddy*.

Gargalhei de novo.

— É? — Olhei para a sua boca. — O que você quer ganhar de mim?

Laura ponderou por um momento.

— Um peixinho dourado.

Sorri.

A porta se abriu e Becky quase derrubou os papéis no chão, porque, dessa vez, meu escritório estava com todas as persianas que davam para dentro da Freedom fechadas. Não tinha como ela saber o que eu e Laura estávamos fazendo.

— Desculpe interromper.

Laura não se abalou, continuou no meu colo e abriu um sorriso para a secretária.

— Sim, Becky?

— Infelizmente, vocês dois vão ficar até tarde hoje. Temos quinze consultores para serem entrevistados, e acho que vão precisar deles, e há também alguns contratos para serem vistos.

— Olha, Becky. Eu posso passar a madrugada inteira aqui e ainda assim vou ficar feliz. — Laura riu. — Coloque na minha mesa, por favor.

— Sim, claro. Vou levar para a sua sala.

Becky fechou a porta e, de repente, Laura desacelerou. Ela se deu conta de que sua bunda estava pressionada contra o meu pau, de que cabia no meu colo direitinho, de que nosso rosto estava próximo e os seus braços estavam ao meu redor. Seus olhos brilharam para mim, e o beijo que demos estava ecoando no fundo da minha mente. Uma parte minha não queria dizer, eu queria que Laura se lembrasse de que foi mais do que isso, de que ela quase cavalgou no meu pau em meio segundo. Eu queria que, se ela sentisse minha boca de novo, seria para se lembrar do quanto estava livre das suas próprias amarras quando quase se entregou para mim. E, se fosse para ter essa *mujer* na minha cama, eu a queria inteira. Queria Laura sóbria e apaixonada. Mesmo que fosse uma paixão breve que duraria apenas uma noite.

— Não parece estranho estar tão perto de você — ela não perguntou, e sim afirmou.

— Se sente confortável assim? — Passei a ponta dos dedos por suas costas. A camiseta que Laura vestia tinha as costas nuas, então minhas unhas curtas rasparam levemente sua pele, fazendo-a se arrepiar. — Colada comigo?

— Parece que já fizemos isso. — O nariz de Laura se conectou ao meu, e ela respirou fundo. Não, eu não ia beijá-la, a menos que ela colasse a boca na minha. — É gostoso, mas é familiar.

— Hum. Por que pensa assim?

— Não sei. — Seus olhos se fecharam. — Temos o contrato e...

— Você disse que não está pronta para me ouvir.

— Talvez eu esteja.

Meu telefone tocou alto e Laura pulou do meu colo, como se o feitiço tivesse sido quebrado.

— Temos tanto trabalho.

— Eu sei — respondi. — Vá, *hermosa*. Depois a gente conversa.

— Não sei se consigo conversar com você.

— O quê? — indaguei, provocando.

— Preciso do meu vibrador.

Gargalhei.

— Trouxe na sua bolsa?

— Eu me masturbei no chuveiro com o Thor.

Mierda. Mierda. Mierda.

— Vá trabalhar, Laura.

Aqui não, não assim, não agora...

— Eu vou. — Mas ela continuou parada.

— Laura.

— Estou indo.

Ela saiu e eu fechei os olhos.

Eu passaria a madrugada trabalhando com aquela *mujer*.

Não sei se conseguiria aguentar por muito mais tempo.

Capítulo 21

Você acabou de me desdobrar
Me rasgue
Eu planejei minha fuga
E não há nada que ninguém possa fazer
Porque eu sou apenas viciado em você.
Beds and Beats — Addicted To You

Esteban

Duas funcionárias da Freedom suspiraram juntas quando terminei de escrever o último post-it. Colei vários na tela do computador da Laura, sobre sua mesa, na cadeira, falando que a amava. Havia uma pegadinha ou outra, mas eu sabia que só Laura seria capaz de ver quando olhasse atentamente.

— Você é tão romântico — uma das garotas murmurou.

— Não tem mais um De La Vega na sua família que ainda esteja solteiro? — a outra questionou.

Lancei um olhar para elas.

— Tem, o Rhuan. Só é difícil conquistar o coração dele, e ele está na Espanha.

— Droga — elas disseram ao mesmo tempo.

— O que é isso? — Laura entrou na sua sala como se fosse um campo minado.

— Eu me declarando para você. — Me aproximei e dei um beijo na sua testa. — Temos muito trabalho a fazer, mas ainda sou o seu noivo e estava com saudade.

— Só fui comer um sanduíche, Esteban.

As duas funcionárias voltaram a suspirar.

— Laura, ele é tão romântico. Você tem tanta sorte.

— Ah, eu tenho...

— Conte para a gente como foi a viagem para a Escócia! — uma delas pediu, animada.

Pisquei para Laura, sabendo que a estava provocando e que ela iria ficar presa às funcionárias por um tempo. Saí do seu escritório e fui para o meu. Uma hora depois, estava me dedicando a alguns contratos quando meu celular apitou.

Poderosa Chefinha enviou uma foto.

Poderosa Chefinha: *Central de Reclamações, meu noivo falso acabou de dizer que me ama, mas, ao invés da letra T, em alguns post-its, ele fez o desenho de um pênis de ponta-cabeça. Como proceder? Quero denunciá-lo.*

Gargalhei quando vi que ela me enviou uma foto do post-it e do pênis que eu fiz, com pequenas bolas cabeludas. Ah, era engraçado pra *carajo*.

Eu: *Recebi sua reclamação e a processei. Infelizmente, você não pode fazer uma devolução do seu noivo de mentira. Tendo em vista que já se passaram os dias úteis, foi a senhora que o solicitou e ainda há uma festa beneficente. Terá que suportá-lo.*

Poderosa Chefinha: *Meu noivo de mentira não apenas desenhou o pênis, como também gastou todos os meus post-its e me fez perder trinta minutos descolando-os de tudo quanto é lugar, inclusive de cima de alguns contratos. Um dos post-its que estava na cadeira ficou grudado na minha bunda.*

Eu: *Sentimos muito pelo ocorrido e queremos trabalhar para que a senhora não seja prejudicada financeiramente. Para ser justo, seu noivo de mentira poderá ter o valor referente ao gasto de material do escritório descontado do salário. Sobre o post-it colado na sua bunda, provavelmente ele não resistiu ao fato de a senhora ser tão gostosa.*

Poderosa Chefinha: *E ele ainda disse que me ama.*

Eu: *Ele não a ama, senhora. Apenas desenhou vários pênis. O Esteban, certo? Não posso me responsabilizar pelas emoções do post-it.*

Poderosa Chefinha: *Sim, o post-it claramente se apaixonou pela minha bunda, mas o Esteban não. Obrigada pelo esclarecimento.*

Eu: *Imagine, senhora. Há mais alguma reclamação ou posso fechar a ocorrência?*

Poderosa Chefinha: *Não, somente isso. Obrigada pelo atendimento e tenha uma boa tarde.*

Eu: *Não se esqueça de avaliar o atendimento. Sua opinião é muito importante para nós.*

Eu ri até que minha barriga doeu.

E então percebi que nunca deixaríamos de ser *nós*.

Eu e Laura estávamos correndo contra o tempo. A festa beneficente seria muito em breve. Eu a fiz comer alguma coisa no meio da madrugada, porque ficamos tão atolados de trabalho que, depois da brincadeira da Central de Reclamações, precisamos falar sério. Ela se deliciou com a comida, escovou os dentes junto comigo no banheiro, lavamos o rosto e trabalhamos loucamente até às 3:12.

— Não aguento mais esses contratos — confessou. — Os consultores são bons, acho que vou chamar todos.

— Faça isso.

— Quero ir para casa, *hermoso*.

— Estamos quase acabando — prometi.

— Preciso de uma pausa. E de um café. E de um profissional do sexo.

Quase cuspi a porra da água que estava bebendo.

— Você o quê?

— Confissão: Thor não vai suprir minha necessidade quando eu chegar em casa. Quero um homem rebolando dentro de mim.

— Laura.

— Eu preciso *transar* — desabafou. Ela apoiou a cabeça na mesa e choramingou, de olhos fechados. — Acho que vou morrer se não transar com alguém. Desde aquela festa no castelo, meu tesão está quintuplicado. Não sei por quê.

Talvez tenha a ver com o fato de você quase ter afundado o meu pau na sua boceta molhada e quase cavalgado em mim como uma amazona, em público?

Abri um sorriso safado.

— Será que dividir a vida com um espanhol gostoso que você *sabe* que rebolaria deliciosamente dentro de você várias vezes não tem a ver com isso?

Controle-se, Esteban.

Laura tremeu. E eu me recostei na cadeira, tranquilo.

— Será que você não imaginou como seria beijar minha boca e me ouvir gemendo baixinho no seu ouvido quando sentir meu pau pulsando na sua mão?

— Esteban — ela sussurrou.

— Ou será que não imaginou nós dois aqui, até tarde da noite? Será que não se imaginou sendo fodida por mim bem gostoso nessa mesa em que está debruçada agora?

Calma porra nenhuma.

Ela disse que estava pronta para ouvir. Estava pronta para ouvir o que eu tinha a oferecer. Eu queria uma noite com Laura, mas nada me impedia de começar isso devagar e queimar nós dois em fogo baixo.

— Fique quieto — ela tremeu.

— Como eu levantaria a sua saia social e arrastaria a calcinha para o lado até colar a boca na sua boceta e fazer você gozar na minha língua?

Ah, foda-se.

Ela ergueu o rosto. Bochechas coradas, olhar lânguido por todo o meu corpo. Eu estava com uma calça jeans branca e uma camisa preta de gola V e manga comprida. Laura me secou de cima a baixo e viu minha ereção criando vida e brigando contra o tecido. Eu estava sem cueca e o meu tesão por Laura, desde que senti sua boca na minha, parecia insuportável. As emoções também, mas a droga do tesão era inquietante.

Pelo jeito, o tesão não é tão efêmero quanto falei.

— A gente não pode se tocar — Laura sussurrou, olhando para mim.

— Eu estou te tocando agora?

— Você está me deixando molhada.

Ah, carajo. Eu estava deixando Laura molhada. Era um tipo de convite para eu foder a mente dela. Do jeitinho que os De La Vega amam fazer.

Umedeci a boca.

— Responda a minha pergunta.

— Você não está me tocando.

— Aham e, mesmo assim, você está molhada para mim. O quanto?

— Minha calcinha está pesada.

Ay, dale.

— Você tem todo esse tesão por mim, *hermosa*?

Ela não quis admitir, mas vi a resposta em seus olhos.

Me levantei e tranquei a porta da sala. Mesmo sabendo que não havia ninguém, fiquei em pé, atrás da minha cadeira estilo presidencial, olhando para Laura.

— Quer que eu te ajude?

— Esteban...

— Não vou te tocar.

— Pare com isso.

— Você quer mesmo que eu pare?

— Não.

Tirei a camisa e joguei no chão. Dei a volta na cadeira e me sentei. Laura estava de frente para mim, sem acreditar que eu estava sem camisa. Comecei a desabotoar a calça e abri o zíper. Mordi o lábio inferior e apontei com o queixo para ela.

— Um profissional do sexo? Não posso te cobrar uma foda porque não posso te tocar. Mas um vídeo pornô ao vivo? Isso eu consigo fazer. E, como não podemos transar com ninguém de fora, a gente pode só se assistir um pouco.

— Esteban — ela resfolegou. — Você vai fazer eu tirar a roupa e me masturbar enquanto te assisto?

— É. Quero que se toque olhando para mim.

— Isso é loucura.

— Já te vi nua, gostosa. — Levantei os quadris e puxei a calça para baixo, ficando completamente nu para ela. A glande raspou além do meu umbigo e eu tremi pelo ar gelado do ar-condicionado. Laura me comeu com os olhos e eu ri. — Agora, estamos quites.

— Meu Deus, você é tão gostoso. Que pau imenso e grosso. Que vontade... Esteban, não me maltrate assim.

— Maltratar? Não. Eu vou te ajudar com essa libido e esse tesão. Só dance essa comigo, *hermosa*.

— É perigoso.

— É. — Ri. — Você é um pecado que eu vou ter o prazer de cometer.

Laura, em um impulso, se levantou e começou a se despir. A camisa se foi, a saia social também. Com apenas um sutiã de renda branco e uma calcinha branca, meu pau ficou ainda maior e latejando. Eu não me toquei, porque só faria isso se ela começasse.

Laura umedeceu os lábios e tirou o sutiã, deixando-o cair lentamente no chão. Seus bicos estavam duros e eram tão deliciosos como eu me lembrava de tê-los na boca. Gemi no instante em que ela voltou a se sentar, ainda com a calcinha. Ela apenas arrastou a peça para a lateral, me fazendo olhar os lábios da boceta tão brilhantes e vermelhos para mim. Seu corpo, suas curvas, tudo em Laura Hawthorn me dava vontade de cair de boca até que eu chupasse tudo. A cintura estreita, o quadril largo, a barriga e aquele V que descia para a sua boceta lisinha, uma delícia.

Meu maxilar travou quando Laura apoiou os pés com salto alto na borda da mesa, um de cada lado, expondo a boceta para mim. Com a calcinha afastada para o lado, pude vê-la pulsar.

— Me dê um motivo para eu não enfiar a cara entre suas pernas e te fazer gozar.

— O acordo é sem toque.

Mierda, *por que eu propus isso?*

— Quero te chupar, Laura.

— Quer? — Ela levou dois dedos para o clitóris inchado e o circulou. Imediatamente, agarrei a base do meu pau, me lembrando daquelas fotos no chuveiro. — Quer chupar essa boceta e o que mais?

Senti uma veia saltar no meu pescoço.

— Você quer saber minha fantasia com você? — murmurei, perdido, querendo consumi-la com os olhos por tudo o que meu corpo não poderia sentir. — Eu sonho em te chupar tão gostoso, seu mel todo na minha língua, enquanto você goza para mim tão rápido, sem saber de onde o orgasmo surgiu. Então, enquanto ainda estiver gozando, enfio meu pau de uma só vez até o fundo. Depois começo a rebolar até atingir todos os seus pontos certos e, quando você começar a me foder de volta, eu começo a gemer no seu ouvido e dizer o quanto a sua boceta me recebe gostoso.

Laura gemeu, sem tirar os olhos de mim, e comecei a descer e subir na minha ereção. Sua boceta estava tão molhada que os dedos perdiam o ritmo ao deslizarem, e Laura começou a tensionar as coxas mais rápido do que eu esperava. Acelerei com meu pau, assistindo-a vibrar e tremer, sem nunca fechar os olhos, apenas curtir uma energia só nossa. Eu estava dando prazer a ela, sem tocá-la, sem precisar quebrar nosso contrato para isso.

Ideia genial. Ideia fodida.

Mordi meu lábio inferior quando Laura levou dois dedos para dentro e começou a bombear, rebolando contra o movimento dos dedos, me mostrando como gostava de ser fodida. Apertei a glande com mais força, acelerando o vai e vem no meu pau, nossos gemidos ecoando por cada centímetro da sala, meus olhos semiabertos, minha língua percorrendo a borda dos lábios como queria fazer com aquela boceta.

— Eu queria tanto te foder com raiva. Todas as vezes que você gritou comigo, eu queria enfiar o pau na sua boca para te calar. E eu queria te empinar e bater na sua bunda só para dizer como você foi má. Te punir, mordendo você, puxando seu cabelo até que me implorasse mais um pouco.

— Esteban... que boca suja gostosa.

— É? Você gosta da minha boca suja? Gosta do quanto eu consigo te foder sem precisar ter meu pau dentro dessa boceta?

— Esteban, eu... — ela gritou. — Eu estou tão perto. Continue. Não pare.

— Eu queria encher sua boceta até que você não soubesse o que era o seu orgasmo e o que era o meu. Então, vai, Laura. Se fode gostoso como sabe que eu faria. Assume que quer esse pau te fodendo. Assuma que quer gozar na minha boca.

— Esteban, eu quero.

Me levantei em um rompante, empurrei a porra da mesa até que se chocasse contra a única parede que não era de vidro. O estrondo assustou Laura, mas não o suficiente para ela parar. Seus pés, que estavam apoiados na borda da mesa, vieram para as minhas costas. A cabeça do meu pau roçou na calça que estava arreada nas minhas coxas no mesmo segundo em que coloquei a língua naquela boceta. Laura agarrou meu cabelo, e comecei a me roçar no jeans, enfiando a língua na sua entrada apertada e no seu clitóris, acelerando tudo até que Laura tremesse a parte de trás das coxas nos meus ombros.

— Sabor de pecado, gostosa pra *carajo*. — Enfiei a língua, estocando como faria com o meu pau. Um dos meus polegares começou a circular seu clitóris enquanto fazia isso. — Rebole gostoso na minha boca.

— Esteban... preciso de você... dentro... dentro...

— Só minha língua — falei, fazendo um oito por seus lábios, provocando cada terminação nervosa que a faria gozar. Acelerei a ponta da língua bem no ponto durinho. Meu pau começou a latejar com a fricção da calça, e gemi quando a gota do pré-gozo saiu. — Assim, bem assim. Faça essa boceta vir de encontro a minha boca.

Deixei a língua para fora e Laura começou a se esfregar de baixo para cima, roçando-se em todo o comprimento da minha língua, como fez com meu pau no castelo. Me agarrei e comecei a me tocar com força, grunhindo quando vi que Laura estava lúcida, mas cheia de tesão, os bicos duros implorando para gozar e sua barriga deliciosa tremendo a cada convulsão. Ela estava tão perto que isso me empurrou para o limite também. Sua boceta começou a tremer e o meu pau pulsou, quando uma onda maluca a fez estagnar no lugar, e afundei dois dedos nela enquanto tocava no ponto exato do seu prazer que prolongaria seu orgasmo.

O prazer saiu em jatos do meu pau, lambuzando minha calça e o chão, mas não me importei nem um pouco. Era Laura ali, gozando na minha língua e nos meus dedos, completamente nua e vulnerável pela primeira vez na vida.

Comigo.

Seus olhos se fecharam, e ela relaxou as coxas nos meus ombros, o último resquício do seu prazer a fazendo tremer mais uma vez.

Delicadamente, afastei sua calcinha para cobri-la, acariciando cada parte da sua coxa. Guardei meu pau antes de me levantar. Laura estava esparramada na cadeira e eu podia jurar que estava quase dormindo quando beijei sua coxa.

— Satisfeita?

— Como nunca.

Puxei a mesa de volta e a minha cadeira. Percebi que ficou uma marca horrível na parede pela força com que empurrei.

Depois eu pensaria sobre isso, mas estávamos por um fio, com um tesão absurdo e completamente perdidos no desejo um pelo outro.

Aconteceu só um beijinho em um lugar diferente. Só isso.

— Precisa conversar sobre isso?

Laura ponderou.

— Não sei.

— Ok.

Ela me encarou.

— Esteban, se quiser conversar…

— Achei que você estivesse pronta para me ouvir — rebati.

— Eu estou.

— Certeza?

Por favor. Porra. Me deixe foder você até que me implore que essa brincadeirinha vire verdade. Eu quero você, Laura. Realmente quero. E não sei o que fazer com essa mierda *de sentimento.*

— Diga para mim o que quer — sussurrou.

— Quero uma noite com você. O tipo de noite que não dura três horas, dura várias, até o sol nascer. Quero te foder com vontade e, então, fazer amor e ir num ritmo lento. Quero te ouvir dizer meu nome e olhar dentro dos meus olhos enquanto faz isso. Quero que sejamos vulneráveis pra *carajo* juntos como nunca fomos com outras pessoas.

Laura piscou.

— Mas não sei se consigo te oferecer nada além disso, porque me relacionar não está nos planos e nem sei fazer esse *carajo* como Diego, Hugo e Andrés, mas essa é a minha emoção agora, essa é uma vontade antiga também, e pode ser que mude, mas eu queria viver isso com você, rasgar a *mierda* do contrato e te foder até que a gente sinta o corpo um do outro bem gostoso. — Me aproximei e fiquei aos seus pés. Beijei um dos seus joelhos e depois o outro. — Não sei fazer nada além de foder bem, e poderia te propor um relacionamento mais sério, mas ainda não sei ser o cara que você merece. Talvez eu não seja o cara que te faça desfazer as malas e ficar. Até porque eu também quis fazer as malas e ir embora por sua causa por um bom tempo.

— Esteban...

— Vou te dar até a festa beneficente para pensar e então, caso diga não, vou entender. Sei que a nossa relação de chefe e funcionário é complicada. Mas, *hermosa*, até que ponto a gente vai continuar fingindo um para o outro que esse tesão todo não está rolando? Olha o que acabamos de fazer!

— Não vou negar que te quero muito também, mas a Escócia mudou tudo. Você entende que isso não vai ser só uma noite? Entende que vamos nos ver todos os dias com emoções que nem processamos, e talvez transar apenas inflame mais o que já estamos sentindo?

— Estou ciente disso tudo.

— E mesmo assim você quer?

— Mesmo assim eu *te* quero.

As bochechas da Laura ficaram vermelhas.

— Vai arriscar as nossas emoções?

— A gente não vive sem risco, *hermosa*. — Me levantei e comecei a me vestir. — Pense nisso com calma e depois me fale.

— Vai me dar tempo para pensar?

— Sim, em uma semana teremos a festa. Estou morando com você e vamos conviver, mas não vou tocá-la e não vou avançar. — Observei-a. — Eu vou pular, Laura, mas não posso fazer isso sem você.

— Olha, eu...

— Pense. — Pisquei para ela. — É tudo o que te peço agora.

Capítulo 22

Não sei como te superar
Me diga como não pensar em você?
Maria Becerra — Mi Debilidad

Laura

Dias se passaram desde que Esteban se abrira para mim. Eu nunca, em toda a minha vida, tinha escutado um homem ser tão honesto depois de, *você sabe*, o que aconteceu. Era bonito, era vulnerável, e eu não estava acostumada com essa sensibilidade. Ele não sabia se poderíamos *ter* um relacionamento, e talvez não conseguíssemos ter por sermos quem somos, mas Esteban queria arriscar uma noite.

Uma noite com ele. Uma noite com um homem que não ia embora da minha vida.

Eu poderia lidar com isso, certo?

E como ficam as emoções, Laura?, meu cérebro me cobrou. Como eu saberia? Como eu saberia *sem* viver? Eu queria dizer "sim" imediatamente, não havia o que pensar. Queria viver isso com o Esteban nem que fosse uma vez.

Mas então ele disse para esperarmos a festa beneficente.

Eu esperei.

E tinha chegado o dia em que, se aquele homem me quisesse de verdade, ele me teria.

Estava cansada de fingir, ainda mais depois de tudo o que tinha acontecido no escritório. Eu nunca tive um sexo oral como aquele, e nem era por sua língua gostosa e como gozamos juntos, era por termos soltado nosso controle naquela noite.

Estivemos a um passo de transarmos e nem tínhamos nos beijado ainda.

A vida é uma só.

Joguei o contrato no lixo e desfiz as malas. Comecei a colocar todas as roupas no armário, organizando por cor, como sempre sonhei.

Não por Esteban, mas por mim.

Eu precisava entender que a Freedom era uma realidade, que Victoria era minha sócia e estaria comigo em algumas horas, que tudo a respeito da empresa agora era sólido. Que eu poderia ter relacionamentos no futuro se quisesse arriscar meu coração.

— Você desfez as malas? — Ouvi a voz de Esteban na porta do meu quarto.

— Sim. — Me afastei e olhei para as peças organizadas, meus sapatos combinando com as bolsas. Estava tudo tão lindo. — Gostou?

Quando me virei para ele, seus olhos, seus lábios, seu rosto inteiro estava sorrindo. Esteban cruzou os braços na altura do peito e me observou fixamente.

— Posso desembalar as caixas com os itens de cozinha?

Senti um friozinho na barriga por ter alguém que queria participar desse processo comigo.

— Você quer fazer isso?

Ele olhou para o relógio em seu pulso.

— Temos algumas horas. Vai buscar a Vick no aeroporto, né? Sei que você quer ter um momento com ela, e até Hugo sabe, já que vai deixá-la buscar a Vick sozinha.

— Sinto falta da minha melhor amiga.

— Eu sei, *hermosa*. Bem, estou fazendo o almoço, mas consigo arrumar a cozinha antes de tomarmos banho e nos trocarmos. Já que Vick vai chegar em cima da hora para a festa beneficente, temos tempo.

— Obrigada por me ajudar com isso. — Comecei a sair do quarto e dei um beijo no ombro de Esteban quando passei por ele. Andei pela sala e puxei a fita rosa do chão. — Eu vou tirar isso aqui também.

O som da fita descolando do chão pareceu o som da liberdade. Eu tinha feito essa divisão física entre nós, mas a verdade é que não se tratava de colocar uma parede entre mim e Esteban, mas, sim, da tentativa de me manter emocionalmente afastada.

Se fôssemos viver isso, eu não queria essa fita entre nós. Não queria minhas malas entre nós e nem as caixas.

— Você está realmente tirando as fitas.

— Estou.

— Acho que agora você está pronta. — Ele deu alguns passos até mim.

Pisquei assim que puxei a última fita.

— Pronta para quê?

— Espere aqui. — Esteban entrou no seu quarto e deixou a porta aberta. Eu quis espiar, mas não consegui ver nada, até ele aparecer com algo nas mãos. — Conheça Gold, *hermosa*.

Era um aquário e o peixinho dourado estava nadando para lá e para cá, brincando na vegetação falsa. Meu coração imediatamente derreteu assim que o peixinho pareceu parar por um segundo, como se estivesse me vendo. Me aproximei e observei as nadadeiras balançando, as guelras se movimentando e os olhos curiosos.

Ele se lembrou do que eu disse no escritório...

Esteban caminhou lentamente enquanto eu o acompanhava e colocou o aquário na sala, sobre a mesa de canto, próximo ao abajur.

— Vamos ter que limpar o aquário sempre e colocar comida. — Esteban me observou. — Você vai ter que cuidar do Gold, Poderosa Chefinha.

— Eu... — Pulei nos braços do Esteban, e ele riu enquanto me abraçava. — É o presente mais doce que você já me deu.

— Por *Dios*, tire aquele pênis de cima da sua mesa.

— Vou fazer isso na segunda-feira. — Ri e me afastei. Esteban desceu o rosto em minha direção.

Meu coração alcançou o céu quando nossa respiração se misturou. Seu cheiro, sua pele, seu calor. Eu queria me fundir àquele corpo e me perder em Esteban como nunca me permiti fazer com ninguém. Apesar de nossa explosão no escritório ter sido mais sexual do que emocional, eu sabia que, quando tirasse a roupa para aquele homem, nosso coração estaria despido.

Me beije, Esteban. Por favor.

Raspei a boca na sua, convidando-o me beijar, mas ele desviou os lábios e tocou minha testa.

— É a segunda vez que temos um momento para nos beijarmos e você desvia — sussurrei contra seu queixo, dando um beijo ali. Suas mãos ficaram firmes na minha camiseta, me agarrando com força. — Por que não me beija? — soltei, antes que pudesse pensar no porquê isso me machucava tanto. Passei as mãos por seu cabelo, me lembrando da textura do fios entre meus dedos quando o tive entre minhas pernas.

— Eu vou te beijar, *hermosa*. Mas, quando fizer isso, não vai ser o tipo de beijo que você vai esquecer.

— Esquecer?

— Sim. — Afastou-se de mim e beliscou meu queixo. — Preciso voltar para as panelas. Namore um pouco o Gold enquanto faço isso. Só não se case com ele, já estamos noivos. Basta um post-it amando a sua bunda. Porra, é muita concorrência.

Eu ri enquanto ele ia para a cozinha.

— Acho que vou levar um pouco de comida para a Angel — adicionou.

Pisquei, enquanto estava admirando Gold.

— Quem é Angel?

— A sua vizinha, esqueceu? Ela foi bem legal comigo quando me encontrou no corredor. Andei conversando com ela desde que voltamos para Nova York. Eu a ajudei com algumas coisas, instalei umas prateleiras em sua cozinha e consertei a torneira do banheiro, que estava pingando.

Uma pontada atingiu meu coração.

— Ah. — Suspirei. Percebi que Esteban tinha participado de muitas coisas nos últimos dias. Bem, ele foi à reunião do condomínio que nunca fui e me passou um panfleto com as mudanças. Mas não sabia que ele estava fazendo amizade com a minha vizinha. — Acho carinhoso da sua parte levar comida para uma amiga.

— Ela é maravilhosa, *hermosa*. Você precisa conhecê-la.

Com esse nome sexy, deve ser maravilhosa mesmo.

— Claro.

Ele se virou para mim enquanto desligava as panelas. Havia feito carne com legumes, *farfalle* ao molho vermelho e salada de folhas. O cheiro estava divino, e esse era o meu primeiro fim de semana com Esteban na minha casa. Foi tão íntimo acordar com ele fazendo o café da manhã para mim, então arrumamos a casa juntos ouvindo música. O jeito que Esteban dançava enquanto limpava a varanda e sorria cada vez que me via era algo com que eu poderia me acostumar.

Eu poderia me acostumar com isso.

E Gold...

No que estou pensando? Quando Esteban entrou debaixo da minha pele assim?

— Venha comigo — ele pediu. Fez uma pequena trouxa com um pano de prato e vários potes pequenos de vidro com a comida que tinha acabado de cozinhar.

— Eu...

— Você está pensando que a Angel é uma garota de vinte e dois anos que faz vídeos dançando, não está?

— Eu não disse nada.

— Seus olhos disseram.

Ele saiu de casa de mãos dadas comigo e bateu à porta da vizinha. Eu estava tremendo, sem nem entender o porquê, quando Angel finalmente abriu.

— Esteban, querido! Que bom te ver e... Laura!

Era uma senhora com uma aparência adorável. As inseguranças que eu nunca tive em toda a minha vida desceram até os meus pés e fiquei subitamente gelada. Nunca me preocupei com um homem tendo amizade com mulheres. Na verdade, nunca tive um homem para chamar de *meu*. E Esteban não era *meu*.

— Senhora.

— Me chame de Angel — ela disse. — Entrem, entrem! Ah, querido.

Você me trouxe comida de novo? Não faça isso ou vou ficar mal-acostumada. Sabe, Laura, meus filhos me visitam sempre, mas Esteban é tão amável.

— Ele é mesmo — confirmei e observei seu sorriso e o olhar carinhoso para Angel. — Não acredito que nós nunca nos cruzamos, Angel.

— Você é uma garota ocupada. — Ela sorriu.

— Angel, não vamos poder entrar, porque estamos com o tempo curto hoje. Laura vai precisar buscar a melhor amiga no aeroporto, e eu tenho algumas coisas do trabalho para resolver antes de irmos a uma festa.

— Ah, tudo bem. — Ela pegou a comida. — É muito doce da sua parte me trazer almoço no fim de semana. Eu estava mesmo com preguiça de cozinhar só para mim.

Esteban a abraçou.

— Nos vemos depois. Eu apenas quis apresentá-la a Laura. — Me lançou um olhar de lado. — Minha noiva achou estranho eu passar tanto tempo com alguém chamada Angel.

A senhora gargalhou.

— Espere. Vocês estão noivos? — Ela pegou na minha mão delicadamente. — Que alianças lindas! Estava na hora de você arrumar um homem, Laura.

Noivos. Não estávamos, certo? Não de verdade. Né?

Engoli em seco.

— Ah, eu... como a senhora...

— As paredes falam — respondeu. — Eu sabia que vocês iam encontrar o caminho um para o outro. Bem, aproveitem a festa. E obrigada novamente, Esteban. A maneira como você tempera a comida é absolutamente divina.

— Não é? — concordei. — Eu nunca comi algo assim.

Angel sorriu.

— Não me deixem tímido.

— Isso é impossível, *hermoso*. — Olhei para Angel. — Vemos a senhora em breve.

— Tchau, queridos. — Ela fechou delicadamente a porta.

O olhar de Esteban estava divertido.

— O ciúme passou?

— Eu não senti ciúme.

— Sentiu, sim.

— Não senti.

— Está com ciúme do seu noivinho gostoso, não está? Estava com medo de me perder para uma vizinha gostosa.

Eu ri.

— Fique quietinho, ok?

Ele foi gargalhando até em casa.

Almoçamos juntos como se fôssemos fazer isso para sempre.

Eu precisava da Victoria para colocar juízo na minha cabeça.

Chorei quando busquei Victoria no aeroporto e a abracei como se estivesse há uma década sem vê-la, mas não tivemos tempo de respirar porque, como uma noiva, Victoria De La Vega chegou em cima da hora e precisávamos nos arrumar para a festa beneficente, que era tão importante para a Freedom.

— Nós vimos Andrés e Rhuan na Espanha! Acredita nisso? Ai, amiga. Foi tão bom! Queria que você pudesse ir com a gente para a cidade dos garotos um dia.

— Ah, sim. Aham. É.

— Você parece tão diferente — Vick percebeu. — O que está acontecendo?

— Depois da viagem à Escócia, as coisas mudaram. Mal me reconheço.

Victoria ficou em silêncio.

— O que mais não está me contando? — perguntou.

— Esteban fez sexo oral em mim enquanto se masturbava. No escritório. E me ofereceu uma noite e nada mais.

Victoria piscou umas cem vezes.

— Vocês o *quê*?

— É.

Então, minha melhor amiga, que era para ser o meu porto seguro, começou a rir da minha cara.

— Vocês nem se beijaram e já pularam as etapas?

— Eu sei, é estranho, mas com Esteban você sabe que nada é normal. E eu gostei, Vick. Gostei, amor. De verdade. Eu quero mais.

— Então, você deve viver isso.

— Eu sei, mas minhas emoções estão confusas. Vick, estou falando sério. Eu e Esteban não somos como você e Hugo, Andrés e Natalia, Diego e Elisa. Nós não queremos um compromisso e nem sabemos fazer isso. Mas estamos nos encaminhando para algo. Quer saber? Dane-se, ok? Eu vou viver isso.

Vick respirou fundo enquanto colocava o vestido.

— Você sabe que com o Esteban é um peso diferente?

— Eu sei. Ele vai permanecer.

— É, ele vai.

— E se eu transasse com outro homem aleatório? — Meu coração imediatamente gritou. *Você não quer outro.* — Eu poderia ser feliz, certo? Com outro homem.

Odeio emoções. Por que elas existem?

— Você ia ser *feliz*? — Vick me olhou pelo espelho, colocando os brincos. — Ia mesmo ficar feliz com qualquer carinha da balada que conhecer e transar?

— Não.

— Eles não são o Esteban.

— Mas eu não estou apaixonada.

Victoria se virou para mim.

— Pare de controlar todo o ambiente ao seu redor, amiga. E se estiver? E se houver sentimento? E se não houver? Eventualmente tudo se encaixa.

— Tenho medo.

— Eu também tive, e agora estou vivendo o melhor momento da minha vida. Somos opostos, mas somos tão parecidas. — Ela se aproximou de mim e segurou meus ombros. — Você está atraída, sabe tudo sobre o Esteban, e ele sabe tudo sobre você. Só dê uma chance de viverem isso.

— Ainda não sei o que podemos viver.

— Mas nunca vai saber. Vocês dois nunca tiveram um relacionamento, por isso estão achando tudo tão complexo. Mas a verdade é que o amor é simples, amiga. Ou é ou não é. Não existe meio-termo.

— O que quer dizer?

— Nunca parou para pensar que todo o ódio que sente por Esteban, na verdade, é o amor conversando com vocês em uma língua que ambos possam entender?

Pisquei.

— *O quê?*

— Só odiamos atitudes de pessoas que estão à nossa volta se nos preocupamos com elas. Só inventamos um noivado falso com quem sentimos total confiança de que a pessoa irá bancar a mentira. Só apontamos os defeitos e enaltecemos as qualidades de quem nos orgulhamos. Tudo isso é amor, Laura. O sentimento, com vocês, só está falando em latim, pelo jeito.

— Não é... — Engasguei. — Não é *amor.*

— Você se importa com ele.

— Sim.

— Você pensa nele quando acorda?

— Mas é só porque ele faz o café da manhã.

— Você pensa nele antes de dormir?

— Droga, Victoria.

— Você quer que ele transe com você olhando dentro dos seus olhos?

Eu quero.

Mas fiquei em silêncio.

— É amor. Mas cada um no seu tempo para descobrir. Vamos para a festa. — Ela se jogou nos meus braços. — Senti tanto a sua falta, amiga.

— Eu te odeio.

— Porque você me ama. — Me deu um beijo na testa antes de eu ouvir a porta do quarto se abrindo.

Não, eu não estava apaixonada por Esteban De La Vega. Mas eu ia, ãh, averiguar essa emoção. Só queria sentar nele, meu Deus. Não era para amar, não. Só que as emoções estavam sussurrando dentro de mim, em coro, me dizendo que eu não poderia empurrá-las mais para longe.

Capítulo 23

Mal posso esperar para te ver
Espero que esta noite dure.
Ss.hh.a.n.a — Mental

Esteban

A decoração da festa era *jodida*. Uma banda estava tocando jazz de qualidade e a alta sociedade norte-americana e até internacional estava em peso. Comprei com meu próprio dinheiro um smoking da Dior e foi a coisa mais ousada que fiz por mim desde que me mudara para Nova York. Os zeros na minha conta ainda me enlouqueciam, mas tive uma conversa com meus primos e já sabia o que fazer.

— Você parece nervoso — Diego observou.

— Estou mesmo. Se eu conseguir mais contratos, Victoria e Laura vão poder tirar férias. Eu também.

— Relaxe, *hermano* — Hugo disse.

— Eu quero que dê certo.

— Vai dar. Nossas mulheres logo vão chegar. Elas só foram buscar Elisa.

— Nossas mulheres… — murmurei.

Mierda.

Laura, Victoria e Elisa, a esposa do Diego, decidiram chegar depois de nós porque, bem, só tínhamos que vestir um smoking, aparar a barba e passar uma pomada no cabelo. Elas tinham maquiagem e acessórios para colocar.

— Vou começar a socializar e fazer o que sei de melhor: encantar pessoas. — Entreguei minha taça de champanhe para Hugo. — Fiquem aqui, quero saber com quem estamos lidando. Apesar de que parece ter uma placa em neon sobre a minha cabeça desde que fechamos o casamento dos Miller.

— Ok — Hugo disse, e Diego piscou para mim.

Andei no imenso salão de festas do maior hotel de Nova York. A vista era de tirar o fôlego, e o jogo de luzes e a decoração davam a sensação de que eu estava em uma festa de casamento. A música parecia um *setlist* perfeito, mas

Hugo me contou que, só para entrar na festa, era necessário pagar duzentos e cinquenta mil dólares, sendo essa a primeira doação para as causas. Imaginar que minha cadeira valia um carro esportivo era meio foda de lidar, mas se tratava de investimento, não gasto.

Observei os casais primeiro, muitos estavam com uma aliança de noivado, e tentei caçar na memória e na lista de convidados quem era quem. Havia um sheik dono de uma indústria de petróleo da Arábia Saudita, que poderia aceitar fazer parte da Freedom Business. Então, havia um casal do império de diamantes, que ainda não havia avançado para o casamento. Herdeiros de fortunas na faixa dos trinta anos. CEOs de tecnologia que, sem dúvida, adorariam ter uma empresa responsável pelas viagens internacionais. A festa, claro, tinha uma causa importante — ajudar pessoas com dependência química e crianças carentes —, mas era uma lista de convidados de respeito. Se fechássemos cinco contratos, bateríamos o valor dos Miller e duplicaríamos o saldo absurdo que alcançamos após a assinatura desse contrato.

Conversei com três casais e consegui entregar meu cartão. O último casal pareceu realmente interessado na Freedom.

O segredo de conversar com gente podre de rica é nunca mostrar as suas intenções, mas simplesmente deixar claro sua função e o profissionalismo, nas entrelinhas. Você elogia o brinco e pergunta onde o cara comprou o sapato, diz que a noite está adorável e que a música parece impecável. Você fala sobre algum artigo que enalteceu o ego de um deles e concorda com tudo o que foi publicado. Em seguida, quando estiverem curiosos para saber quem diabos você é, apresente o seu trabalho como se fosse a coisa mais imprescindível do mundo.

Acho que quase consegui fechar dois contratos só circulando pelo ambiente. Meu sorriso estava gigante quando a banda tocou uma música que eu conhecia. Foi só quando olhei para a banda que vi, além, a porta de entrada da festa.

Meu sorriso, que já estava grande, triplicou de tamanho quando a vi. Meu coração bateu como louco na garganta e fiquei um pouco tonto porque, *mierda*, Laura Ingrid em um vestido de festa era para matar.

O lilás abraçava sua pele levemente bronzeada, colado em cada centímetro daquele corpo impecável, com uma fenda sexy na coxa. Seu cabelo estava preso em um coque no alto da cabeça, mas os cachos estavam levemente soltos ao redor do rosto, como se Laura não precisasse se esforçar. Havia um diamante no seu pescoço que valia a minha alma e, quando desci os olhos e vi a aliança de noivado, me senti um idiota.

Pare, Esteban. Vai ser só uma noite, se ela aceitar. Só isso.

A pequena bolsa prateada combinava com o sapato sexy. Ela pareceu buscar entre a infinidade de cabeças e, assim que me achou, suas íris verdes cintilaram e um sorriso lindo se abriu na sua boca.

Mierda*, a gente está fodido, Laura.*

— *Cariño* está perfeita, *Dios* — Hugo disse, e nem me dei conta de que ele e Diego tinham se aproximado.

Não consegui ver Victoria, por mais que eu estivesse com saudade dela, e nem Elisa. Meus olhos estavam em Laura e em como ela caminhava em minha direção como se estivesse em câmera lenta, o movimento dos seus quadris e como seus braços balançavam, mas além do seu corpo, que tive sob meus beijos dias antes, era aquele sorriso de diaba e os olhos com afeto que, porra, eu nunca a tinha visto olhar assim para mim.

Deu um curto-circuito no meu cérebro assim que Laura passou os braços ao redor da minha cintura e me abraçou. Fiquei com as mãos soltas ao lado do corpo, completamente petrificado por alguns instantes, até abraçá-la de volta.

— Você nasceu para usar smoking. Está lindo, Esteban.

— *Hermosa.* — Ergui seu queixo e observei a maquiagem. — Você quer fechar contratos ou ser pedida em casamento?

— Acho que isso já aconteceu, porque estou noiva.

— É, você me pediu em casamento.

Ela riu e me abraçou de novo.

— Posso abraçar o Esteban ou você vai ficar agarrada a ele a noite inteira? — Vick brincou. Laura se afastou e eu abracei Victoria carinhosamente. — Me desculpe por todo o caos.

— Não foi nada. A gente só não se matou porque *Dios* não permitiu. — Beijei sua testa. — Você está linda e senti sua falta.

— Também senti.

— Está bom já, né? Solte-a — Hugo resmungou.

Puxei Elisa e a abracei e beijei. Todo mundo se cumprimentou e, quando acabou, Laura veio para o meu lado e dei o meu braço para que ela se apoiasse. Ela respirou fundo e pareceu tremer quando avistou as pessoas.

— A gente consegue — sussurrei para ela. — Fecharemos vários contratos, vamos só esperar a rodada de doações, então, nos aproximaremos das mesas.

— Você vai querer fazer como? Dividir e conquistar? — perguntou, como se estivéssemos prontos para a guerra.

Gargalhei.

— Contratos da Freedom Business, sim, mas a Freedom Ring precisa da nossa carinha de pombinhos apaixonados.

— Talvez você tenha que me beijar esta noite para ser crível.

Hugo e Diego tossiram.

Lancei um olhar para Laura, o calor dançando na minha pele, me deixando fervendo sob o smoking.

— Está falando sério?

— É, todo mundo parece apaixonado aqui. Talvez devêssemos dançar, nos beijar e aproveitar a noite.

— Não vou te beijar em público, *hermosa* — sussurrei no seu ouvido. — Eu te disse que o próximo beijo você nunca vai esquecer. E sabe o porquê?

Ela estremeceu quando virou seus lindos olhos para mim.

— Por quê?

— Porque vou tirar esse vestido e te fazer gozar como nunca.

Laura corou. Nunca pensei que fosse ver a mulher mais safada que já conheci ficar corada. Ela abriu a boca e fechou várias vezes, então, empinou o queixo.

— É, faz sentido. Vamos dançar.

Ela me empurrou para a pista de dança quando *The Way You Look*

Tonight começou a tocar. Coloquei a mão em sua cintura, observando nossos amigos também dançando a certa distância. A música era suave, um para lá e um para cá. Colei a boca na orelha de Laura e suspirei fundo.

— Acho que seria interessante eu abordar Faruk Al Hassan, mas você viu o convidado ilustre da noite?

— Quem? — ela respondeu baixinho.

— Shane D'Auvray está aqui com sua noiva, Roxanne Taylor. Fiquei sabendo que o noivado será longo, mas ele conhece o Hugo. Meu primo já advogou para a banda The M's e talvez seja interessante você ir com Victoria quando falar com ele.

Laura parou de dançar.

— Shane está aqui?

— Sim.

— Shane D'Auvray, o baixista da The M's?

— Laura, não surte.

Ela tremeu.

— Eu não vou conseguir falar com ele.

— Ah, vai. Um contrato com ele pela Freedom Ring e você pode tirar dez anos sabáticos se quiser.

— Esteban.

— Eu vou com você. Vamos deixá-lo por último. Hugo, Victoria, eu e você... vamos conversar com ele com calma. Só não desmaie.

Laura pareceu respirar fundo.

— Tudo bem, porque não poderia fazer isso sozinha. — Ela parou. — Como sabe que gosto da banda The M's?

Abri um sorriso.

— Você coloca músicas deles para tocar junto com a sua playlist de adolescente.

Ela gargalhou.

— Ah, eu faço isso.

— Você faz mesmo.

Continuei dançando com ela, meu rosto colado na sua têmpora. Para lá, para cá. *The Way You Look Tonight* mudou para *Hungry Eyes*, de Eric Carmen.

— Meu Deus, eu amo essa música.

— Eu sei. Está na sua playlist também.

— Como você sabe toda a minha playlist?

— Porque limpamos a casa juntos e você rebola a sua linda bunda com uma trilha sonora. Como poderia esquecer?

Ela sorriu.

— Acho que minha bunda é inesquecível mesmo.

— Eu e o post-it a adoramos.

Rebolei um pouquinho contra Laura, enquanto ela ria. Dei voltas e voltas nela em torno de si mesma, dançando comportado como nunca tinha feito, mas pude sentir os olhos de algumas pessoas em nós.

Quem olhava de fora dizia que havia sentimento ali, e eu não sabia o que pensar sobre nós dois.

— Acho que vai começar a rodada de doações. Vamos nos sentar?

— Sim. — Beijei sua testa. — Temos trabalho a fazer. Vamos colocar esses ricaços para viajar.

— Vamos, *hermoso.*

— Adoro quando você me chama assim. — Ri.

— Falei certo?

— Foi perfeito.

Você é perfeita.

Hugo, Diego e Elisa foram comer algo assim que a rodada de doações acabou. Eu, Victoria e Laura, no entanto, fomos para uma missão. Nós separamos a lista dos convidados e, como já tínhamos selecionado os alvos em potencial, primeiro nos dividimos para falarmos sobre a Freedom Business. Faruk Al Hassan realmente pareceu interessado e prometeu me ligar no dia seguinte de manhã. Consegui mais seis pessoas e não estava acreditando no quanto parecia fácil, mas a verdade é que ninguém tinha um serviço como o nosso. Não ali.

— Consegui oito contatos — Victoria disse quando passou por mim, piscando.

— Oito?

— Seis dígitos cada.

— Sra. De La Vega! Caramba, está mais rápida do que eu.

Ela riu.

— Depois vamos até o Shane. Ele está se divertindo na pista de dança.

— Ok, me avise quando for a hora.

Continuei a conversar com as pessoas, e vi que Laura estava sentada a uma mesa com homens mais velhos. A conversa parecia tranquila à distância, mas captei, em meio segundo, a maneira que um dos caras a olhou. Não foi com desejo, mas com desdém. Isso me fez franzir a testa e ir em direção a eles.

— A questão é a credibilidade, entende?

— Apesar de sermos uma empresa relativamente nova no mercado, temos um grande potencial. Nossos consultores... — Laura argumentou.

— E são todas mulheres? — o mesmo babaca interrompeu, rindo, o que surpreendeu Laura. — Como pode ser uma empresa com duas mulheres no comando, seres tão emotivos, sem nenhum homem para controlá-las?

A mesa inteira gargalhou. Certamente passavam dos setenta e cinco anos, mas meu sangue ferveu, embora Laura parecesse bem tranquila.

— Bom, se o senhor duvida da credibilidade da minha empresa apenas pelo fato de serem duas mulheres, é uma pena. Se quiser olhar minhas previsões, a quantidade de contratos que fechamos e a satisfação dos nossos clientes, perceberá que os seres tão "emotivos" dão conta do recado.

— Garotinha, quando houver um homem na sua empresa que possa conversar comigo de forma direta e sem rodeios, por favor, o chame.

Isso me fez avançar a passos longos e imediatamente me sentar ao lado de Laura.

Ela deu um pulo quando me viu, e eu abri um sorriso.

— Quer dizer que precisa ter um pau para falar com o senhor? Eu tenho. Um bem grande, por sinal. E funciona sem Viagra, olha que maravilha.

— Esteban...

— Não, eu quero falar.

— Mas que moleque insolente! — o velhote disse.

— A Freedom é uma empresa formada pelo coração e força de duas mulheres destemidas. E, apesar de haver homens trabalhando para elas, assim como eu, essas duas não precisam deles nem de mim. Sou literalmente o subordinado da Laura e da Victoria e não há nada mais prazeroso do que isso porque elas têm intuição, sensibilidade, carisma e inteligência. Elas são mais capazes do que qualquer homem que está sentado nesta mesa. Só o fato de ela não ter batido na sua cara com a bolsa e não ter insultado o senhor quando foi um idiota, acho que já prova isso. Eu, no entanto, não tenho a mesma classe. — Me levantei. — Você vem, *hermosa*?

— Ora, seu...

— Da próxima vez que for insultar uma mulher — Laura respirou fundo, tremendo —, escolha ficar calado. Eu tenho dois advogados nesta festa e eles podem abrir um processo contra o senhor em um piscar de olhos.

O velho ficou vermelho, e puxei Laura dali.

— Pelo jeito, a indústria automobilística está fora.

— Não vai me dar sermão pelas coisas que eu disse?

Ela sorriu.

— Eu gostei. Foi sexy.

Parei-a no meio do caminho.

— Eu sou sexy. Mas você está bem?

— Não é o primeiro machista que encontro.

— Eu sei. Sinto muito, *hermosa*.

— Não sinta. Isso só me dá mais vontade de estampar a capa da Forbes com a Victoria e esfregar na cara da sociedade o poder que as mulheres têm.

— Quer ir para casa? — Tracei seu maxilar com o polegar.

— Nem pensar, eu quero fechar um contrato com o Shane D'Auvray.

— Tudo o que você quiser, *hermosa*.

Tudo mesmo.

Capítulo 24

Tudo o que realmente importa no final é você, você e eu.

James Arthur — Always

Laura

Esteban era o melhor homem do mundo. E, se alguém não achava isso, era porque ainda não o conhecia. *Droga.* Meus pensamentos estavam indo até ele, mesmo com Esteban ao meu lado. A todo segundo, meu cérebro relacionava coisas a Esteban De La Vega, mas agora não era hora de pensar nisso porque estávamos indo em direção a Shane D'Auvray.

Meu coração estava batendo a mil e quinhentos quilômetros por hora, e pedi para Victoria fazer as honras, porque eu não ia conseguir dizer um A. Só minha existência ali já seria o suficiente. Shane estava com um smoking impecável, sua noiva lindíssima ao lado, rindo de algo que estavam compartilhando. Assim que nos aproximamos, Shane olhou para mim e sorriu.

Pronto, Deus. Pode me levar. Cumpri minha missão nesta vida.

— Hugo! — ele cumprimentou e o abraçou. — Porra! E aí, cara? Tudo tranquilo?

— Sim, e com vocês?

— Ah, tudo em paz. Essa é a minha noiva, Roxy.

— Prazer em conhecê-la. — Hugo fez uma pausa. — Essa é minha esposa, Victoria. E este é meu primo, Esteban. Laura é a melhor amiga da minha esposa e sócia da Freedom.

— Ah, tô ligado. Vocês prestam consultoria para viagens, né?

— Sim, estamos agora abrindo um novo segmento para casamentos também — Victoria respondeu.

Isso fez os olhos do baixista da The M's brilharem.

Não consegui dizer uma palavra enquanto Victoria explicava o objetivo da Freedom Ring. A única coisa que eu conseguia fazer era respirar e continuar existindo. Shane e Roxy pareceram interessados quando Vick falou sobre casamentos internacionais e todo o pacote para os convidados.

— Cara, isso é tão foda. Nós queremos nos casar no Rio de Janeiro, mas estávamos ficando loucos com toda a burocracia.

— Vocês não teriam que se preocupar com nada — consegui dizer, minha voz falhando. Shane me olhou de novo. Senti a mão do Esteban na base das minhas costas, me apoiando emocionalmente. — Nossos consultores cuidariam de tudo. Eu e Victoria ficaríamos acompanhando a organização e faríamos tudo da maneira que vocês sonham.

— Tigrão, parece perfeito — Roxy sussurrou.

— Na boa, nem me importo de quanto seria o investimento. Eu quero o melhor lugar, o melhor hotel, as coisas mais fodas possíveis. — Shane pareceu animado. — Posso ligar para vocês esta semana?

— Claro — Victoria concordou, entregando o cartão. — Vamos esperar sua ligação.

— Pode crer, vai ser do caralho. — Ele beijou a noiva na boca.

Estávamos quase indo embora, eu já estava de costas, quando Shane falou:

— Laura?

Parei.

Ele falou meu nome. Ele falou meu nome!

Me virei lentamente.

Ele estava sorrindo, com os piercings e o olhar afiado.

— Reconheço uma fã quando vejo. Venha tirar uma foto comigo.

Ah, Deus!

Fiquei nas nuvens quando me aproximei e ele me abraçou de lado. Esteban pegou seu celular e começou a sorrir para mim quando me viu tremer no abraço do baixista. Ai, eu não ia dormir naquela noite. Eu jamais ia lavar aquele vestido. E o perfume do Shane era um absurdo de tão bom.

Ele me roubou um beijo na bochecha e eu quase desmaiei.

— Falo com vocês esta semana — prometeu.

Assim que saí de perto dele, Esteban me puxou para fora do salão. Respirei ar puro e comecei a pular, a surtar, a dançar, tudo ao mesmo tempo.

— Sabia que você ia ter um ataque de doideira. — Esteban riu quando me viu fazer uma dancinha da vitória. — *Dios, eres completamente loca.*

— Ele me abraçou, você viu? — gritei. — Eu tenho fotos com Shane! Me deixe ver. Você tirou direito?

— Olhe. — Esteban me mostrou a tela do seu celular. Ele tirou uma sequência de fotos. Shane me abraçando e eu com uma cara de bobona. Depois, eu sorrindo com ele. Shane me dando um beijo na bochecha! — Ficaram boas, né?

— Ele é tão bonito, Esteban. Como um homem pode ser tão bonito?

— Não sei te responder porque eu também não sei o motivo de ser tão gostoso.

Gargalhei. E me esqueci completamente do idiota machista.

Ao menos uma vez na semana, eu ouvia uma gracinha de algum cliente. Escondia muito bem isso do Esteban porque, bom, não queria que ele explodisse com todo mundo.

Por um momento, fiquei só ao lado dele, encarando aquelas fotos que pareciam um sonho. Ele virou o rosto para mim e abriu os lábios.

— Laura, eu...

Um temporal começou a cair. Literalmente, o céu desabou sobre nossa cabeça sem aviso prévio. Comecei a correr, rindo, enquanto Esteban corria atrás de mim. Achamos uma área coberta, longe da festa, quando já estávamos completamente ensopados. O cabelo do Esteban se desfez e caiu ao redor do rosto, os fios longos e escuros emoldurando o semblante sexy e o sorriso perigoso, contrastando com os olhos verdes. O smoking, que já parecia apertado nele, se colou ainda mais, e ele tirou o paletó, ficando apenas com a gravata-borboleta, a camisa branca, o colete e a calça. Ele me cobriu com o paletó, cuja parte interna, surpreendentemente, estava quente e seca.

Nossas risadas foram se acalmando até que só existisse um sorriso nos lábios. Esteban, no entanto, foi deixando sua boca relaxar até que apenas seus olhos demonstrassem uma faísca. Deu um passo à frente.

— Você pensou sobre nós? — Ele virou o rosto para o lado. — Sobre termos uma noite? Quero muito ouvir o que tem a dizer.

Eu tentei afogar o orgasmo que Esteban me deu em um canto no fundo da minha mente, mas não consegui. Ainda reverberava em mim e foi a coisa mais intensa que já tinha sentido na vida. Foi a onda do prazer e tudo o que veio com ela. O rosto do Esteban entre minhas pernas e o seu olhar faminto enquanto se dedicava primeiro ao meu prazer. Mas ouvi-lo tocar no assunto fez voltar aquela erupção no meu peito, uma sensação de que foi mais do que isso, de que *nós* éramos mais do que isso.

Toquei seu peito e me aproximei.

— Pensei muito sobre nós dois. Sobre essa chama que não passa nem com o tempo e sobre tudo o que vivemos até aqui. O noivado de mentira foi uma má ideia, né?

Ele umedeceu os lábios e fechou os olhos.

— Foi, *hermosa*. Uma bela armadilha essa em que você me colocou.

Eu ri.

— Não fiz para te prender.

— É, eu sei. — Seus olhos abriram. — Mas tem me mantido preso a você mesmo assim.

Parei de respirar.

— Eu quero você. Estou cansada de sangrar pela vontade que só cresce e por toda a loucura que você faz surgir dentro de mim. — Encarei-o dentro dos olhos. — A gente vai viver isso mesmo se um dos dois tiver o coração partido no final.

Ele me puxou pela cintura e me abraçou.

— Porra, finalmente, *hermosa*.

Quando dei um passo para o lado assim que ele se afastou, senti meu pé virar. Não doeu, porque o momento com o Esteban estava amolecendo cada músculo e nervo do meu corpo. Era como se eu pudesse levitar. Realmente estava sentindo todas as borboletas que tentei matar voando no meu estômago.

— Seu salto quebrou. — Ele se aproximou e me pegou no colo como uma noiva. — *Mierda.*

— Não precisa.

— Shh.

Esteban me levou até meu carro e dirigiu pelas ruas de Nova York. Mandei uma mensagem para Victoria avisando que saímos da festa, e ela disse que estava conseguindo ainda mais contatos e que era para eu aproveitar a noite.

Eu ainda estava pingando quando chegamos ao meu prédio. Esteban estacionou e me pegou no colo de novo, mesmo sem precisar. Era só tirar os dois sapatos que eu era perfeitamente capaz de andar. Mas ele não parecia me ouvir.

Assim que chegamos na sala, Esteban me sentou no sofá, tirou os meus sapatos e foi direto para a geladeira. Pegou um saco de ervilhas congeladas e colocou no meu tornozelo.

— *Carajo*, a parte de trás do seu pé está sangrando.

— O meu sapato era novo, geralmente fica machucado mesmo.

— Vou pegar um curativo.

Ele desinfetou o machucado e colocou o curativo. Parecia que eu estava em uma eterna pausa, apenas respirando e me concentrando em permanecer viva. Toda a energia tinha saído de mim, ido para o meu cérebro e decidido dançar nas palavras doces de Esteban De La Vega. Eu o vi ali, ajoelhado aos meus pés, segurando o pacote de ervilhas congeladas depois de ter feito o curativo.

Me inclinei para a frente e toquei sua mão sobre o saco gelado. Seus dedos estavam cruelmente frios.

— Talvez devêssemos ir ao hospital para ver se a torção foi grave.

— Estou bem — prometi.

— Certeza?

— Sim, nem está doendo.

— Ok. — Ele respirou fundo.

Toquei seu rosto, a barba espetando a ponta dos meus dedos, meus olhos traçando sua feição absurdamente linda.

— Esteban, por que não está fazendo nada? — sussurrei.

— O que você quer?

— Você.

Seus olhos cintilaram como mil estrelas.

— Eu quero dormir com você. Quero provar você e me perder, e não sei mais o que posso te dizer, Esteban. Tudo o que eu tenho, tudo o que estou sentindo, me leva até você.

— Tem certeza de que me quer?

— Desesperadamente.

Ele se levantou, tirou a ervilha do meu pé a guardou no congelador. Fiquei um tempo o observando, molhado da chuva. Foi até a porta da sala e apagou a luz do hall.

— Naquela noite, no castelo...

Esteban desligou outra luz, a da sala.

— Estávamos em completa escuridão e você tinha bebido.

Prendi a respiração. Esteban caminhou até a cozinha e pairou o dedo sobre o último interruptor, como se quisesse nos deixar em completa escuridão. Ele pegou o controle e ligou uma música.

— Feche os olhos.

— Esteban...

— Feche-os.

A música soou quando a escuridão reinou. A batida suave começou a tocar, então busquei em minha mente o que ele queria me dizer. Esteban de repente estava perto de mim de novo. Senti cheiro de chocolate e morangos.

— Abra os lábios para mim.

Eu fiz o que ele pediu.

No breu, senti o sabor do chocolate e do morango na minha língua. Abri os olhos. Esteban estava no escuro, mas eu ainda conseguia vê-lo por causa da luz da lua que espreitava pelas janelas. Umedeci a boca, subitamente sentindo um gosto além do chocolate e do morango... um gosto que achei que nunca tivesse sentido. *Ele.*

Lembranças dos seus lábios contra os meus. Seu corpo quente. Sua pele.

Achei que tivesse sonhado.

— Nós nos beijamos? — Minha voz falhou, e engoli o morango e o chocolate com dificuldade.

— Sim.

— Não foi um sonho?

— Não, *hermosa*.

Eu me sentando no colo dele e segurando seu pau com as mãos trêmulas, sua língua na minha boca e todas as loucuras que fizemos no castelo dos Miller. Poderia ficar aterrorizada, mas eu só queria mais daquilo. Fomos longe, tão longe duas vezes. *Como eu não sabia que isso não era um maldito sonho?*

— Você ficou chateado porque eu não lembrei?

— Um pouco. Você sabe, como alguém pode esquecer o beijo de um De La Veja? — Ele começou a desfazer a gravata-borboleta. — Mas quero que se lembre em detalhes porque o que vou fazer com você é bem pior do que aquilo. E do que fizemos no escritório. Vai ser meu corpo enterrado no seu, Laura. E nada vai me parar até que você goze.

Meu corpo começou a responder a Esteban. Eu não podia enxergar direito seus olhos, mas estava certa de que pareciam famintos.

A gravata saiu voando.

— Depois que me sentir, não tem volta.

— Eu sei disso.

Ele estalou a língua.

— Vamos fazer esta noite ser inesquecível, então.

Esteban começou a desabotoar o colete.

Apertei uma coxa na outra.

— Nós realmente vamos fazer isso?

— Quer que eu pare?

— Por favor, não.

— Então, nós vamos fazer isso pra *carajo*.

Respirei fundo.

Esta noite eu teria o diabo na minha cama.

Quando aceitei aquilo, não fazia ideia do "sim" que eu estava oferecendo. Não apenas o meu corpo, mas o meu coração também.

É, cupido. *Está feliz?*

Capítulo 25

O seu corpo leve fala comigo
Eu não sei o que você fez.
Chris Brown — Under The Influence

Esteban

O colete caiu no chão, então comecei a trabalhar nos botões da camisa. Laura estava completamente vestida, mas, para tê-la nua, não precisaria de muito. Um zíper, a lingerie e finalmente eu poderia ter Laura embaixo do meu corpo quente. A música suave foi substituída por uma mais sensual, e meus olhos se fixaram em Laura, como se eu pudesse ler sua expressão.

Ela estava com medo, mas com tesão. Era como eu me sentia também. Para dormir com Laura, eu estava jogando para o alto a última coisa que me segurava. E eu não sabia e não conhecia o sentimento da paixão, mas parecia estar sorrateiramente embaixo de mim, só aguardando o momento em que a faria minha.

Uma noite. Era tudo o que eu tinha.

Laura me surpreendeu quando ficou em pé. Ela caminhou normalmente até mim, me provando que estava bem e, a cada passo que dava, meus batimentos ficavam mais insanos. Assim que tocou no último botão que faltava soltar, Laura ergueu o rosto para mim.

— Eu quero despir você.

Umedeci minha boca.

— Quer?

— Uhum — disse, observando minhas tatuagens. Mas não só isso. Laura tocou-as com a ponta dos dedos. Travei o maxilar. — Quero tocar em você calmamente e te aproveitar a noite inteira. Já que vamos fazer isso, que seja do jeito certo.

Segurei seu pulso e senti o quanto o batimento estava acelerado.

Engoli em seco. Eu não era de entregar o controle assim, mas, se ela quisesse me tocar, porra, me teria por inteiro.

Laura abriu o último botão e tirou lentamente a camisa dos meus ombros. Seus olhos, sob o reflexo da lua, me fizeram estremecer em todos os lugares certos. *Porra de mulher. Tão linda*. Seus dedos foram para a calça e o cinto.

— Laura, vou mergulhar em você de uma forma que não importa se eu nunca mais for respirar.

Tomei seu rosto entre as mãos e colei meus lábios nos seus. Laura gemeu assim que sentiu a minha boca, e eu grunhi do fundo da garganta quando ela deu um pequeno espaço para me receber.

Eu me lembrava exatamente de como era beijar minha chefe, o quanto era gostoso sentir aquela língua, mas eu queria que Laura tivesse um beijo que nunca fosse esquecer e eu queria me perder naquela boca.

Beijei-a com tudo o que tinha. Encaixei os lábios entre os seus, brincando de sugar seu inferior e superior, até colocar a língua na abertura que me ofereceu. A maneira que seu beijo construía dentro de mim uma fome era surreal. Eu estava faminto, como se meu corpo precisasse do dela para viver, tudo virando fogo e um calor insuportável.

Porra, o tanto que esperei para tê-la, todas as vezes em que me toquei sonhando com essa entrega, todas as emoções que calei com piadas e raiva.

Por tudo o que a gente nunca tinha se permitido.

Meu corpo se colou ao dela, sentindo o tesão sendo construído a cada rodar da minha língua dentro da sua boca molhada. Sentir suas curvas, porra, como ela era gostosa.

O jeito que você me beija como se quisesse ser minha...

Ela agarrou o cinto e começou a tirá-lo enquanto eu fodia sua boca como queria fazer com a sua boceta. Minha língua traçou a borda dos seus lábios, desenhando para nós dois o pecado. O cinto serpenteou no ar, e nós entramos em uma sincronia que eu nunca queria perder.

Quebramos o beijo quando ela abaixou minha calça com a cueca, e me livrei de tudo com os pés, incluindo os sapatos. Peguei Laura pela bunda e a coloquei em cima da bancada da cozinha. *Dale*. Ela gemeu assim que busquei sua boca, quando minhas mãos dançaram por seu vestido querendo achar o zíper e, ao encontrar, o som foi música para os meus ouvidos, descendo e descendo, enquanto a ponta dos meu dedos raspava em sua pele por todo o caminho, a arrepiando. Suas mãos se enredaram no meu cabelo, sem parar de girar a língua languidamente na minha boca, alcançando o céu e o inferno a cada giro.

Laura estava brincando com meu coração, e não fazia ideia do quanto.

Seu beijo era uma delícia, mas era a rendição dela que me quebrava; a forma como me ajudou a tirar o vestido até que escorregasse por seus quadris assim que os ergueu. Levei a boca até sua orelha, mordendo levemente o lóbulo, respirando em seu ouvido e fazendo-a tremer. Minhas mãos foram para o fecho do sutiã e o abri em meio segundo.

— Preciso estar dentro de você — sussurrei em seu pescoço, fazendo uma viagem com a ponta da língua por sua pele doce. Por mais que eu quisesse vê-la, meus olhos estavam fechados. A razão lutava contra uma emoção que eu sequer entendia. — Preciso de cada parte sua, *hermosa*.

— Você fala as coisas certas.

— Nunca dormiu com um espanhol?

Ela tremeu.

— Não.

— Bem. — Sorri contra seu pescoço e fui até sua boca, segurando seu rosto e me obrigando a olhá-la. — Você vai descobrir que fodemos com amor. E é bem gostoso.

Mordi o lóbulo da sua orelha quando me inclinei, beijando seu pescoço em seguida, viajando com a língua enquanto suas unhas agarravam alguma parte da minha pele. Laura estava se perdendo, e eu estava deixando, porque cada pedaço de mim estava arrepiado por ela. Meu pau estava latejando, completamente duro, as bolas me obrigando a fodê-la depressa.

Mas eu não ia. Não faria isso correndo se tudo o que eu poderia aproveitar era aquela noite.

Calei qualquer parte da minha mente quando a peguei no colo. Esbarramos na prateleira dos seus funkos e alguns caíram, mas Laura não pareceu se importar enquanto sua língua brincava com a minha boca novamente. Acho que quebramos um vaso e eu derrubei alguns itens de decoração, perdido por causa do que ela arrancava de mim — uma sensação muito parecida com flutuar. Meu tesão era insuportável, mas, porra, aquilo era mais do que isso.

Chegamos no seu quarto, e quase chutei a porta para abri-la, o que a fez rir. Deitei-a de costas na cama e Laura ficou surpresa quando sentiu pétalas de flores embaixo de si.

— O que é isso? — perguntou, confusa.

— Pétalas de rosas.

Laura piscou.

— Por quê?

Sorri.

— Eu tinha fé de que você ia dizer sim para mim.

— Eu não poderia dizer outra coisa.

Sorrindo, tirei um instante para olhá-la.

Laura tinha curvas, e eu amava cada parte do seu corpo. Porque ela era real, tão real que me assustava. As mulheres com mil procedimentos estéticos que me perdoassem, mas, porra, Laura era completa. Seus seios eram macios e os bicos, tão pequenos. Sua barriga era tão suave e suas coxas eram grossas, os quadris largos. Era a *mujer* mais bonita que eu já tinha visto.

Seus cachos tinham se soltado do penteado, caindo no lençol branco como se pertencessem ao tecido, misturando-se com as flores. Laura balançou as coxas de um lado a outro, me secando também.

Ela admirou lentamente meu pau assim que o segurei na base.

— Eu imaginei como seria ter você nesta cama — confessou baixinho.

— Thor me substituiu bem? — Sorri, me ajoelhando no chão. Puxei Laura pelas coxas para que sua boceta ficasse na altura perfeita da minha boca.

Laura abriu as coxas quando pairei meu rosto entre suas pernas. Sem medo, só se permitindo ser minha à meia-luz do seu quarto.

— Bom, não, porque você é de carne e osso.

Lambi suavemente os lábios já molhados da sua boceta e os espacei, fazendo-a gemer assim que atingi o clitóris.

— Eu sou de carne e osso, *hermosa*. E estou bem aqui. Pronto para te foder. Pronto para te tomar. *Carajo*, nem acredito que você vai me deixar te sentir. A gente lutou tanto.

Ela tocou meu rosto, o dedo indicador deslizando pela minha bochecha e o maxilar. Arqueou a coluna quando lambi e tremi bem no ponto túrgido uma segunda vez.

— *Esteban*.

— Gosto quando você geme o meu nome.

Laura rebolou na minha boca e dançou contra minha língua assim que apertei sua bunda com força. Ela apoiou a parte de trás das coxas nos meus ombros, e o jeito que nos encaixamos me trazia uma falsa sensação de que pertencíamos um ao outro. Esse tipo de pensamento nunca me passou durante uma foda, era só o que era: sexo.

Mas por que com Laura tinha gosto de carinho? Por que com ela parecia ser mais profundo e sacudia a porra da minha alma?

A cada vez que ela gemia, meu pau pulsava. E a cada vez que ela se remexia nos lençóis, meu corpo queria acolher o seu tesão. Era como se meu prazer se construísse junto ao dela, emaranhado em uma rede de emoções da qual eu não conseguia me livrar.

Pare, Esteban. Pare agora com essa mierda.

Chupei sua boceta e os lábios com toda a calma do mundo; o tempo deixou de existir. Na verdade, ficamos presos no tempo-espaço um do outro. O ritmo rápido em que ela rebolava ficou lento, suave. Laura agarrou meus cabelos e foi se entregando, pingando minha saliva e o seu tesão na cama, seu cheiro e sabor, toda a rendição que ela estava me oferecendo, era o tipo de coisa da qual eu nunca ia me esquecer.

Senti uma agonia misturada ao tesão que não ia me fazer parar nem se o mundo explodisse. Nem se uma bomba atômica me levasse, minha alma ainda estaria fundida à dela. Fui beijando seu corpo e não deixei que Laura gozasse na minha boca, porque eu queria senti-la com meu pau e com meu corpo.

— Esteban — gemeu quando alcancei seus seios, chupando-os com cuidado, raspando de leve os dentes ao redor deles, deixando-a se remexer sob mim. Meu pau encontrou o meio úmido de suas coxas e Laura começou a se esfregar com vontade. O desespero em sua voz era muito parecido com o que eu estava sentindo. — Preciso de você.

— Eu sei, *hermosa*. Eu sei.

Ela agarrou meus ombros e me beijou.

Sua língua encontrou a minha em um ritmo delicioso, meus quadris encontrando os dela no mesmo movimento. Estávamos quase lá, tão perto de sentirmos o corpo um do outro que grunhi enquanto a beijava. Laura passou as mãos pelo meu tórax, me arrepiando quando a ponta de suas unhas foi traçando meu peito, minha barriga e, quando encontrou a glande, quebrei o beijo e mordi seu lábio inferior. Ela me encaixou entre os lábios da sua boceta e parou, arfando. Porra, tudo em mim estava pulsando. Eu queria fodê-la, mas queria fazer isso como merecíamos.

— Camisinha.

— Sim. — Tremi e congelei no lugar. — Você tem?

— Na gaveta ao lado.

Tateei a cabeceira e consegui pegar o pacote metálico. Rasguei a pontinha com os dentes e cobri meu pau. Laura me tocou, de baixo até em cima, e eu pulsei na sua palma. A fricção, mesmo com a camisinha, me fez gemer de tão bom que era. Rebolei contra a sua mão, circulando os quadris, deixando-a sentir como seria quando entrasse. Ela gemeu só de experimentar o movimento dos meus quadris, e me beijou como se não quisesse pensar em mais nada.

Sexo com Laura era diferente de tudo que imaginei. Quando fantasiava com ela, era a porra de um caos. Imaginei que nos pegaríamos com força, mas, depois de hoje, nós desaceleramos. Toda a raiva reprimida deu vez ao afeto. Eu não sabia que isso era possível, nunca imaginei um sexo calmo assim, mas, quando ela passou a glande para cima e para baixo nos lábios da boceta, eu só soube que essa noite ia me ferrar emocionalmente.

— Eu preciso que você me foda, Esteban. Realmente preciso disso agora. Por que está se segurando tanto?

Porque estou me apaixonando por você, Laura.

— Olhe nos meus olhos — pedi, quando encaixei a glande entre seus lábios. Laura tremeu e me observou. — Eu quero que saiba o homem que está com você nesta cama. Não é a foda da vez, não o carinha da balada, não o aleatório do Tinder. Sou eu. — Peguei sua mão e a fiz tocar meu peito, sobre o coração. Batia como um louco, mas era como eu me sentia. Louco por ela. — Esteban De La Vega.

Seus olhos ficaram marejados, ou eu estava vendo coisas, quando afundei meus quadris lentamente no seu calor. A boceta de Laura foi sendo preenchida por mim, cada centímetro mais longe.

Que delícia estar dentro de uma mujer *que nasceu para ser minha.*

Laura me arranhou quando alcancei o fundo, cada parte do meu pau vibrando apenas por senti-la. Era loucura o quanto meu corpo pareceu amá-la, eu estava no melhor lugar do mundo. Ela envolveu meus quadris com as coxas e, com um movimento, senti meu coração estourar no peito.

Eu realmente fui daquela mujer *antes de ser.*

O jeito que sua boceta me abraçava, a fricção molhada e deliciosa. Meu pau cabia em Laura como se eu fosse feito para ela. *Carajo*, tão gostosa. Minhas veias estavam pulsando, meu corpo estava febril.

— Estou desesperado por você.

— Então mata essa vontade, Esteban.

Peguei seu rosto enquanto ela ainda me admirava nos olhos, afundei meus quadris e recuei com pressa. Não foi calmo, não do jeito que começamos. Eu bati e me afoguei em Laura com rapidez e força, uma força que ela pareceu acompanhar e me ajudar nos movimentos deliciosos. Eu ia construir o nosso orgasmo juntos e eu ia fazer isso muito bem-feito, porque conheci o seu coração antes de conhecer seu corpo.

— *Maldita sea, eres tan caliente* — gemi contra sua boca e enfiei a língua, rodeando por toda a volta, sentindo-a tremer debaixo de mim. — *Laura, me destruyes.*

Senti sua boceta pulsar enquanto eu falava em espanhol e isso me fez sorrir, quebrando o beijo. Circulei os quadris e movimentei ainda mais depressa, o colchão gemendo conosco pela força. Dancei com Laura na cama, um tipo de dança que não tem volta, minhas bolas se encolhendo e pulsando pela força do tesão que ela estava construindo em mim.

— Esteban, me dê o que eu quero.

— O que você quer?

— Quero gozar para você.

— Ah, é? — Ri baixinho contra seu queixo. — E como você goza, Laura? Mostre para mim. Me fale o que te faz tremer inteira.

— Quero que me pegue de quatro.

— Assim?

Saí do seu corpo de repente, colocando-a de quatro no colchão. Minha mão foi até a base da sua coluna, empinando-a até que seu rosto colasse no travesseiro. Lancei um olhar para sua bunda, a boceta aberta e receptiva latejando a olhos vistos. Trinquei o maxilar quando enfiei meu pau devagarzinho, mas ela me acomodou todo.

— Assim — gemeu.

Apertei cada parte da sua bunda com as duas mãos, com força, afundando os dedos na sua carne e a moldando para mim. Laura se empinou mais, se arqueando toda, quando comecei um vai e vem. Foi meu nome que ela gemeu quando tirei uma mão de sua bunda e me inclinei sobre ela, para alcançar seu clitóris. Sorri contra sua pele quando acelerei aquele ponto aveludado e molhado, sem parar de fodê-la.

— Esteban, por favor.

— Por favor o quê, *hermosa*?

— Me faça chegar lá, pare de me maltratar.

— Não estou te maltratando. Estou te fodendo.

— Me foda.

— É, bem gostoso, *hermosa*.

Laura se abriu toda, esparramando mais as coxas como se me quisesse ainda mais fundo. Suor lambeu minha pele e a dela, e eu tremi quando ela começou a gozar em volta do meu pau. Apertando e soltando, rápido e com vontade, como se quisesse beber cada gota da minha porra. Ela gritou meu nome deliciosamente, e dei a ela o que queria, mas não ia ser o seu primeiro e único orgasmo daquela noite.

Eu precisava de mais.

Fechei os olhos e tirei Laura da cama, pegando-a como uma boneca. Coloquei-a contra a porta do quarto, agarrando suas coxas e olhando-a fixamente enquanto a mantinha no meu colo. A parte de trás das suas coxas estavam nos meus antebraços, fazendo-a balançar no ritmo que eu quisesse.

— Você vai gozar para mim pelo menos três vezes, *mi amor* — sussurrei quando entrei na sua boceta devagarzinho. — Fale para mim que quer gozar de novo.

— Esteban. — Ela segurou meus ombros e tremeu quando circulei os quadris. — Preciso gozar de novo e nem sei como, mas eu quero.

Ri contra a sua boca.

— *Ay*, Laura. Você nunca foi fodida por um *hombre* de verdade.

— Talvez não. E olha que rodei o mundo.

Sorri contra a sua boca.

— Rodou o mundo e veio parar bem aqui, nos meus braços.

— Esteban — ela sussurrou contra mim, um pedido que eu parasse de dizer as coisas certas. Mas eu não conseguia parar.

Acelerei os quadris e o som da porta batendo contra Laura foi uma delícia, juntou com nossos gemidos e gerou a sinfonia perfeita. Laura gozou e tremeu inteira, dos pés à cabeça, na sua segunda onda, que quase me levou com ela. Mas não. Eu ainda aguentaria mais, e me perderia naquele corpo por todas as horas que fossem fisicamente possíveis.

Fui para a cama, e Laura me cavalgou por longos e deliciosos minutos. Ela chegou no terceiro orgasmo bem assim, montada em mim, encarando meus olhos. Segurei seus peitos e deixei que rodasse os quadris e me tivesse todo dentro.

Eu não sabia o quanto mais podíamos tirar um do outro naquela noite. Só sabia que queria entregar tudo o que Laura me pedisse.

Você me quer? Então me tome.

Virei-a na cama e chupei-a até que seu clitóris estalasse em mais um suave orgasmo. Laura parecia uma bagunça deliciosa, suada e arfante, vermelha em todos os pontos certos, quando gozou na minha língua.

Mas foi quando seu último orgasmo chegou e eu ainda estava duro... foi nesse momento que eu soube que Laura Hawthorn me tinha completamente.

O sol estava nascendo quando ela guiou nossa noite a partir dali. Me deitou de costas na cama e beijou minha boca como quem está no controle, como quem tem afeto para dar, como quem também quisesse fazer amor comigo. Sua mão veio para o meu maxilar, e ela apenas me segurou ali, me mostrando o ritmo do nosso beijo, me guiando. Sua boca desceu pelo meu maxilar e pescoço. Eu estava por um fio quando ela lambeu minha pele, e pensei que fosse gozar sem que ela estivesse me tocando onde eu mais precisava.

Me rendi para Laura desse jeitinho.

Seus beijos desceram para o meu peito. Ela chupou meus mamilos e foi descendo pela barriga, lambendo até alcançar o V da minha pélvis. Porra, inclinei a cabeça para poder vê-la assim, o rosto entre minhas pernas e meu pau coberto pela camisinha. Laura colocou a glande na boca, me observando com seus olhos cheios de calor.

Ela me chupou sem tirar a atenção de mim, me fazendo ver naquelas íris verdes a vulnerabilidade e o tesão. Me chupou como se quisesse me arrancar o orgasmo do século, e eu rebolei na sua boca, agarrando os lençóis, inclinando a cabeça para trás para gemer.

Era imprudente me entregar tanto assim no sexo, mas Laura...

Rebolei em sua boca, fui sugado e chupado, lambido até que o sangue desesperadamente bombeasse para o meu caralho. Era gostosa a boca da Laura. Mesmo com a proteção, eu sentia cada sucção e seu calor. Fodi-a desse jeito, com o pau entre seus lábios deliciosos e a sucção que ela fazia para me levar lá.

Eu ia explodir a qualquer segundo, então, ela lentamente se sentou no meu pau.

De costas.

Para que eu visse o movimento e sua linda boceta e bunda quando eu gozasse.

Substituí os lençóis por sua bunda quando a agarrei, vendo-a de costas com os cabelos cacheados balançando suavemente. Dancei as mãos por sua coluna, parando em cada lado da bunda e ajudando-a a descer e subir. Laura gemeu quando eu gemi, e foi quando ela começou a pulsar de novo, sem acreditar que poderia gozar mais uma vez, que sua boceta me levou.

A cama tremeu quando a gente gozou junto, e eu tive que me sentar, agarrando os peitos dela e o que encontrasse, sem parar de fodê-la, enquanto meu pau latejava a cada onda do orgasmo. Senti o prazer dilacerar cada centímetro, latejando e pulsando até que não houvesse nada além do movimento dos nossos quadris e nenhum pensamento coerente. Beijei as costas de Laura, lambendo-a devagarzinho, conforme me afundava mais, gozando tão forte e por um tempo que eu nem sabia ser possível.

Foi o orgasmo mais longo da minha vida, e eu mal estava respirando quando ela se inclinou e relaxou seu corpo. Ainda sentada em mim, ainda entregue, ainda... um pouco minha.

Respirei centenas de vezes e, quando abri os olhos, eu mal podia enxergar. Meu coração batia tão forte que mal estava conseguindo ouvir o som da chuva lá fora e nossa respiração desregulada. Laura começou uma carícia nas minhas coxas, passeando a ponta dos dedos por minha pele, como se esperasse eu voltar à vida.

Me deitei e a trouxe para mim. Suas costas coladas no meu peito, o cheiro do seu xampu na ponta do meu nariz. Laura pôde sentir os batimentos fodidos do meu coração contra suas costas e inspirou fundo quando a abracei.

Envolvi sua cintura, encaixando meu rosto ao lado do seu, a ponta do meu queixo no vão entre seu pescoço e ombro.

Não dissemos nada, nem uma palavra. Só ficamos abraçados assim, na verdade eu a abraçando, com aquela linda mulher em cima de mim, carregando tão mais do que aquela noite, tão mais do que eu poderia medir.

— Foi intenso — disse baixinho.

— Já que você só quer uma noite comigo, pelo menos valeu a pena.

Ela riu, mas não senti um traço de humor naquela risada.

— Obrigada, Esteban.

— Você me agradecer é estranho, *hermosa*.

— Por ter me defendido daquele idiota na festa hoje, pela foto com o Shane, por ter dançado comigo, por ter me pegado no colo, por correr na chuva como se fôssemos adolescentes. Mas, além disso, obrigada por ter me mostrado como é fazer amor. Eu nunca saberia o que é, se não fosse por você.

Congelei.

— Eu disse que os espanhóis são passionais.

— Eu sei — ela murmurou. — Acho que quero chorar.

— Você quer chorar?

— Sim.

Não conseguia ver seu rosto, mas, pelo balançar do seu corpo, eu soube que Laura estava chorando. Eu a virei na cama, tirando meu membro de dentro dela delicadamente. Fiquei de conchinha com Laura e não sabia o que fazer, porque nenhuma mulher já tinha chorado depois de gozar comigo. Beijei seu pescoço, seu ombro, sua bochecha. Eu queria olhá-la nos olhos, mas sabia que isso, *sim*, seria demais.

— Você está bem?

— Sim. — Ela soluçou. — Acho que nunca fiz sexo com carinho. E isso está me destruindo um pouco. Eu não sabia o que era, até agora. É avassalador, Esteban.

— Ei. — Eu a virei para mim, segurando as laterais do seu rosto. *Mierda*, ver Laura chorar não era bom. Não era bom para a porra do coração molenga de um De La Vega. — O que tivemos aqui foi especial porque a gente se conhece, temos intimidade e, apesar das brigas, sabe que sempre gostei de você, *hermosa*.

— É assustador transar com você.

— *Ay*, amor, é a primeira vez que durmo com uma mulher que conheço. Também nunca vivi algo parecido. Sempre transei com desconhecidas. Mas nós estamos bem.

— Não me chame de amor, isso só piora.

Sorri contra sua boca e a beijei.

— Sou eu, Laura.

— É ser *você* que é o problema. Não pensei que seria assim. Achei que você fosse me jogar contra uma parede e bater na minha bunda.

Gargalhei.

— Foi com carinho, mas foi o que foi. Você gostou?

Seus olhos vulneráveis piscaram para mim.

— Foi mais do que gostar e você sabe disso.

— Foi uma perda de virgindade para nós dois.

Isso a fez rir.

— Qual é, você sabe que é verdade — brinquei, beijando seu queixo. — Olhe para mim.

Ela olhou.

— Estou com medo.

— Eu também — confessei.

— Me abrace, Esteban.

Minha resposta foi envolvê-la até que ela parasse de chorar. Quando estava mais calma, respirou contra meu peito.

— O que estamos fazendo, *hermoso*?

Fechei os olhos.

— Não sei.

Capítulo 26

Estou no inferno, seu gosto, seu cheiro, eu te conheço muito bem
É um feitiço.
Isak Danielson — Love Me Wrong

Laura

Eu não conseguia parar de pensar no Esteban. Seu corpo no meu, seus olhos fixos em mim, o modo como fizemos amor e os meus sentimentos estavam lutando como se enfrentassem a Terceira Guerra Mundial. Victoria estava me observando de manhã, enquanto eu me sentia completamente destruída, depois da chuva emocional que caiu sobre mim. Não tínhamos dormido, passamos a noite inteira perdidos no corpo um do outro.

— Você entende que eu tive uma crise de choro depois de transar com ele?

Victoria sorriu.

— Vocês estão apaixonados.

— Nós só fizemos amor. Foi um lapso momentâneo de tempo em que as estrelas se alinharam e a paz se instalou na humanidade. Eu tenho certeza de que até o ditador da Coreia do Norte se sentiu bem naquela noite. Bianca não te disse nada sobre os astros?

Victoria me analisou.

— Fizeram amor e você quer culpar o universo?

Esteban tinha ido para a Freedom, e eu estava em casa com Victoria, que veio me visitar assim que mandei uma mensagem de SOS. A verdade é que ele se levantou quando deu o horário de trabalhar e foi tomar banho. Eu estava tão exausta que mal tinha como sair da cama. Então, Esteban deixou o café da manhã no quarto e, gentilmente, deu um beijo na minha testa, murmurando "bom dia".

Trocamos esse diálogo curto e constrangedor, apenas "bom dia", e eu odiei o fato de não termos conversado sobre o que aconteceu e sobre o que íamos fazer agora.

— Estou cansada de fingir.

— Então pare. — Victoria sorriu.

— Quero mais do que só uma noite.

— Você deve dizer isso a ele.

— Qual é a regra, Vick? Preciso esperar Esteban dizer primeiro?

— Não existe regra quando se trata do coração. Apenas viva a experiência e seja feliz pelo tempo que vocês se permitirem ser.

— Você está muito apaixonada, amiga — resmunguei.

Ela riu.

— Você também.

Esteban me pegou de guarda baixa. Nem em mil séculos imaginei aquele homem sendo carinhoso na cama comigo. E saber que ele foi o *primeiro* foi assustador. Já tive todo tipo de sexo na vida. Até fui presa por um dominador em uma cama na Itália. Estava acostumada com sexo duro e homens que só queriam um orgasmo de mim.

Esteban não. E eu queria mais.

— Bom, se você não vai trabalhar, eu vou. — Victoria se levantou. — Vocês precisam conversar.

— Eu sei.

— Sabe que não dá para fugir dele, né? Sabe que ele está morando embaixo do seu teto?

— Não vou fugir.

— Não vai?

Neguei com a cabeça.

Victoria suspirou e me abraçou.

— Eu só quero te ver feliz — ela disse.

— Vou descobrir como fazer isso.

Vick riu.

— Você vai trabalhar?

— Vou. Só preciso de mais cinco minutos.

— Estamos cheias de contratos e o Esteban está louco lá sozinho. — Vick parou. — Não é justo, amiga.

— Não é mesmo. Vou tomar banho.

— Isso, vamos para o trabalho.

Respirei fundo e decidi encarar a vida.

Da minha sala, eu conseguia ver Esteban perfeitamente bem. Ele tinha se vestido como de costume, mas parecia *mais* depois que eu tive aquele homem rebolando dentro do meu corpo.

Quer dizer, quando aqueles bíceps ficaram tão sexy? E que tara eu tinha por ver o músculo flexionando quando ele puxava a cadeira? Ou como seus dedos se afundavam no encosto como fizeram com o meu corpo na noite anterior. As tatuagens eram realmente tão deliciosas assim? Ele estava parado atrás da sua cadeira, movendo-a para um lado e para outro, distraído enquanto falava com um cliente ao telefone.

Esteban me lançou um olhar sobre o ombro e sorriu ao me pegar observando-o.

Dei um pulo da cadeira quando meu ramal tocou. Era Victoria.

— Amiga, você está sentada?

— Estou. — Procurei Victoria com os olhos. — Caramba, amor. É só você me olhar aqui.

— Eu sei, mas quero confirmar se você não vai desmaiar.

— Não vou.

— Nós vamos fazer o casamento do Shane e da Roxanne, mas ele pediu que ocorresse em alguns anos, porque não estão com pressa.

Parei de respirar.

— O quê? Nós vamos o *quê*?

— Nós vamos casar um rockstar, amiga.

Meu coração estava maluco, eu não podia acreditar. Me levantei da cadeira e tremi quando Victoria continuou falando.

— Além do Shane, fechamos contrato com Faruk Al Hassan. Esteban está falando com ele neste momento. E há mais figurões que nos ligaram esta tarde. Laura, acho que está na hora de começarmos a pensar em ações para a Freedom, ter sócios. É muito dinheiro e nós estamos decolando. Vou ter que falar com a Elisa e o meu marido. Precisamos pensar a longo prazo.

— Mais consultores, sem dúvida. Talvez tenhamos que montar um centro de capacitação, formar os consultores do início. Vamos precisar de mais gente. — Parei para respirar. — Vick, eu preciso de alguns minutos.

— Conversaremos no jantar.

Me recostei na cadeira e fechei os olhos, precisando processar aquilo tudo, mas não tive tempo porque Becky bateu à minha porta e anunciou um cliente que tinha uma reunião marcada comigo.

— Laura Hawthorn? — O homem se sentou na minha frente assim que assenti e estendi a mão. — Sou Jack Green e estou empolgado para trabalhar com vocês. Marquei essa reunião para adicionarmos algumas coisas ao contrato. Você está com a cópia?

Procurei no computador e achei o contrato dele. Jack ia para a Grécia com seus funcionários, ver uma rede de resorts por lá e comandá-la. Meus olhos saltaram quando vi o preço do contrato. Era realmente alto por dois fatores: ele queria a Freedom Business e a consultoria da Victoria sobre a rede de resorts.

— Sim. O que está pensando em adicionar?

Jack me contou sobre as mudanças e a reunião seguiu. Observei Esteban finalizando a reunião com Faruk. Ele deu duas batidas suaves na minha porta e entrou.

Tudo estava indo bem, Esteban sabia encantar os clientes como ninguém e Jack pareceu adorá-lo, até que...

— Se me perdoar a indiscrição, Laura — Jack disse, suavemente e sorrindo. — Gostaria de saber se aceitaria jantar comigo no fim de semana.

— Ah. — Congelei e olhei para Esteban. Ele encarou Jack como se pudesse matá-lo em segundos e eu coloquei a mão com a aliança sobre a mesa. Mesmo assim, Jack não percebeu a deixa. — Agradeço e me sinto lisonjeada, Jack. Mas estou noiva.

— Noiva? — Ele riu. Então, olhou para o meu dedo. — Parabéns, acho que devo dizer. Quem é o sortudo?

— Eu. — Esteban sorriu como um gato que comeu o canário. — Muita sorte mesmo. Laura é perfeita, preciosa e a *mujer* mais linda que já tive o prazer de ter.

Meu Deus.

— Realmente, é linda. — Jack me observou com um sorriso no olhar. — Acho que errei o *timing*.

— Mas nós dois adoraríamos jantar com você, a Victoria e o Hugo, o marido dela, caso queira a nossa presença qualquer dia — adicionei, educadamente.

— Claro, nós vamos marcar. Obrigado por tudo. — Jack saiu.

Depois da reunião com Jack, eu e Esteban saímos da Freedom juntos e fomos para mais três reuniões. No intervalo em que ele dirigia o meu carro, Esteban não disse uma palavra sobre a noite anterior. Ele queria fingir que não aconteceu? Eu tinha coisas para falar. Meu Deus, como se inicia um assunto assim?

Quando finalmente nos encontramos com o último cliente do dia, o homem me puxou para dar um beijo no rosto e Esteban pareceu enciumado, percebi que nossa noite o tinha afetado tanto quanto a mim.

— Todos os homens resolveram dar em cima de você hoje — ele sussurrou no meu ouvido assim que Giuseppe desceu os olhos por meu corpo. E essa foi a primeira troca de palavras nossa depois de ele sussurrar bom dia quando beijou minha testa.

Giuseppe Napoli era um italiano na faixa dos quarenta anos que estava planejando um tour com sua esposa por toda a Europa. Casado, com um histórico de flertar com Victoria, Bianca, Becky e todas as funcionárias da Freedom, eu sabia o que esperar quando ele marcou uma reunião comigo fora do escritório, em um dos hotéis de sua rede.

— Sabe — Giuseppe olhou para nós dois —, eu adoro falar de negócios, mas há coisas que valem a pena ser ditas porque a vida é muito curta, mesmo que pareça inapropriado.

Esteban ficou como uma pedra ao meu lado.

— Laura, você é *belíssima*.

Senti um calor subir para o meu rosto, porque Giuseppe era realmente um homem lindo, exceto por ser um completo canalha.

— Eu agradeço.

— Você ficaria ótima na minha cama.

Esteban se inclinou para a frente.

— O que foi que você disse? — Sua voz parecia um grunhido, muito semelhante ao som que ele fazia quando transava comigo. *Posse*. Era posse aquilo, certo?

— Sou um homem livre que não acredita em monogamia. Vocês deveriam pensar assim também, se vão se casar em breve.

Fiquei completamente parada e só voltei a mim quando senti Esteban se mover ao meu lado. Toquei em sua coxa e o parei.

— Por mais que seja encantador o convite, sr. Napoli, vou ter que recusar. A Freedom é uma agência de viagens, não de casos de uma noite.

— Sonhar não paga imposto, até onde sei. E o convite permanece. — Ele deslizou sobre a mesa do café uma passagem de avião, de primeira classe para Milão. — Estarei lá esta noite se estiver interessada. Hotel Four Seasons.

— Ela não está — Esteban respondeu, trincando o maxilar.

— Bem, sua noiva pegou a passagem. — Giuseppe piscou para Esteban. — Envio o contrato assinado por e-mail antes do amanhecer.

Giuseppe tinha saído quando Esteban encarou a passagem nas minhas mãos.

— Você está cogitando ir?

— Eu peguei para jogar fora, Esteban.

— Por que não o cortou direto?

— Eu cortei.

— Não. Você foi *educada*.

— Ele é um cliente importante para a Freedom. Eu e Victoria já o dispensamos com maestria antes, e eu fiz igual agora.

— Tudo o que vi foi você sorrindo e pegando a maldita passagem.

— Esteban.

Ele se levantou e começou a caminhar para fora. Eu o segui, sentindo meu coração bater com força no peito, porque aquilo era ciúme, e eu nunca, em toda a minha vida, tive que lidar com algo parecido. Segurei-o pela camisa, fazendo-o parar. Esteban estava de costas para mim, respirando forte, perdido em sua própria raiva descabida.

— Dá para você parar e me ouvir? — pedi.

— Eu ouvi muito bem.

— Olhe para mim, Esteban.

Havia dor em suas íris. Nunca o vira reagindo assim. A noite e tudo o que vivemos, tudo o que estava confuso, todas as palavras não ditas.

— Não quero conversar com você agora enquanto me sinto irracional. — Ele me entregou a chave do carro. — Vou dar uma volta e te encontro à noite.

— Não vou estar em casa, marquei de jantar com a Victoria porque precisamos nos atualizar sobre a Freedom. Só volto depois das onze, provavelmente.

— Tudo bem, amanhã a gente conversa.

Ele virou as costas e saiu antes que eu tivesse a chance de rebater.

As coisas estavam começando a ficar confusas e toda a paz que começamos a construir parecia estar por um fio.

Relacionamentos, sejam eles de qual natureza for, realmente demandam esforço.

Um esforço com o qual nós dois nunca tivemos que lidar.

Mas eu estava pronta.

Esteban estava também?

Capítulo 27

Veja, eu estou apenas tentando ser alguém
Você me pegou em um amor tão profundo
Não, eu não costumo fazer essas coisas
Mas você me faz...
Você me faz querer ser romântico.
Stanaj — Romantic

Esteban

Acordado, ainda me corroendo por ter visto Laura receber atenção de tantos homens em um só dia, olhei para o relógio. Onze da noite. Sim, eu sabia que, racionalmente, ela tinha sido educada porque eram clientes importantes para a Freedom. Eu estava processando essa emoção, tentando entender, como o Rhuan me ensinou.

Dios, eu ainda precisava amadurecer algumas coisas em mim. A notícia boa é que eu já estava a caminho de me tornar um cara melhor, de evoluir e ser quem Laura precisava, se ela me quisesse. Eu sabia o que queria, e faria com que Laura tivesse tempo para processar seus desejos e sentimentos por mim também.

Eu não estava apaixonado.

Eu amava aquela *mujer*.

Laura abriu a porta e pensei que ela estaria alta de vinho ou qualquer coisa, mas estava completamente sóbria quando me viu sentado na sala, o tipo de coisa que um marido faria.

— Você não foi dormir?

— Não consegui. — Fiz uma pausa. — Como foi a sua noite?

— Cansativa, mas consegui atualizar a Victoria de tudo o que mais importava, assim como ela me atualizou de todos os contratos internacionais. — Ela foi até a cozinha e pegou um copo d'água. — Você quer conversar?

— Na verdade, sim, eu quero.

— Eu nunca fiz isso. — Laura riu. — E acho que nem você, então, vamos descobrir juntos.

Ela se sentou na minha frente, na sala de TV. Seus olhos pareciam temer o que eu ia dizer a seguir. Então, me levantei e sentei ao lado dela. Peguei suas mãos e respirei fundo.

— Para mim, foi mais do que uma noite, Laura. E acho que você sabe disso. *Mierda*, olhei dentro dos seus olhos e fiz amor com você. Sei que eu disse que os espanhóis são sempre passionais assim, mas estava mentindo.

Ela umedeceu os lábios.

— Bem, se isso te tranquiliza, eu chorei. Então...

Eu ri.

— É, *hermosa*. — Toquei seu rosto e acariciei sua bochecha com o polegar. — Posso continuar falando?

Laura assentiu.

— Eu estava mentindo durante todas as nossas brigas e implicâncias. Estava mentindo quando fingia não me importar quando você dormia com vários caras, querendo que fosse no meu pau que você pudesse sent...

Ela arregalou os olhos.

— Desculpe. Nunca fiz isso. — Ri. — Sim, eu queria que você aliviasse o seu desejo comigo e tinha inveja de todos os idiotas que te viram nua e te tocaram. *Mierda*, passei um ano tocando várias mulheres e esperando que alguma delas causasse a centelha que você criava em mim. Mas era em vão. Sei lá, ninguém nunca me despertou nada, ninguém além de você. Eu sentia saudade do seu corpo, uma dor quase física, como se já tivesse te provado tanto na minha imaginação que, de alguma forma, eu precisava de você. É, *hermosa*. Menti esse tempo todo e esse noivado falso foi a coisa mais real e sincera que vivi com você, porque finalmente pude ser o cara que eu sempre quis ser.

Os olhos de Laura brilharam, mesmo à meia-luz, e eu engoli em seco.

Carajo, eu queria beijá-la.

Mas não, não se tratava disso. Concentre-se, Esteban.

— Peço desculpas se hoje exagerei por causa dos clientes, isso não vai mais acontecer. Tem a minha palavra, *hermosa*.

— Eu sei, eu sei que ainda estamos nos ajustando um ao outro, mas...

Cobri seus lábios delicadamente com meu dedo em riste, parando-a.

— Apesar de eu sentir isso tudo, e estar morrendo para ouvir o que você tem a dizer, preciso de trinta dias, *hermosa*. Trinta dias longe de você, a não ser no trabalho, para que eu organize algumas coisas. — Observei-a. — Vou continuar sendo seu noivo de mentira, com um pouco de verdade no fundo, mas não vou estar fisicamente com você.

Laura piscou.

— O quê?

— Transar inebria os nossos sentidos e nos deixa ainda mais conectados. Eu quero foder você e só pensei nisso, *carajo*, o dia inteiro. Mas não. Preciso de um espaço, e quero saber se você consegue me conceder isso.

— O quê? — Ela pareceu perdida por alguns segundos. — O que está me pedindo?

— Vou sair do seu apartamento amanhã, e nos veremos apenas no trabalho. É isso o que estou te pedindo.

Laura jamais entenderia naquele momento, mas eu precisava que ela tivesse certeza sobre nós, e eu também tinha coisas para resolver. Precisava que confiasse em mim. Se ela não pudesse fazer isso naquele momento, jamais conseguiria depois de entrar em um relacionamento de verdade comigo.

— Espere, espere. — Laura tirou minhas mãos do seu rosto e envolveu seus dedos nos meus. — Está dizendo que está apaixonado por mim, mas não me quer?

— Eu te quero.

— Então, o que está acontecendo?

Brinquei com a aliança no seu anelar, desviando meus olhos dos dela e, quando a observei de novo, um sorriso despontou na minha boca.

— Sempre impulsiva, não é, *hermosa*? Eu sou a sua calmaria. Precisamos frear isso por um tempo e então, se você ainda me quiser, se realmente me quiser, essa aliança vai se tornar uma de verdade.

Foi como se eu a tivesse atingido no peito.

— Você quer um relacionamento *real*?

— Eu quero. Sei que você ainda não está pronta. Então, durante esse um mês, promete que vai pensar?

— Você vai se afastar para me dar espaço?

— Sim, e a mim também.

— Não sei se posso ficar sem você agora.

Ay, hermosa...

— Preciso que confie em mim.

— Eu sempre confio.

— Então, me deixe fazer isso por nós dois.

Ela respirou fundo.

— Eu posso te abraçar?

Sorri e abri os braços.

Laura se jogou em mim. Ela literalmente pulou no meu colo, um joelho de cada lado dos meus quadris, toda enroscada no meu corpo, seu rosto no vão do meu pescoço. Toquei na sua bunda, apertando com força e a puxando ainda mais para mim. Laura gemeu, e eu também. Só de lembrar da sensação de estar dentro dela eu morria por dentro.

— Não quero que você vá.

— Eu não quero ir, mas precisamos disso.

— Acho que sim — confessou. — Se me pedisse um relacionamento real agora, por medo, eu diria não. Então me arrependeria disso, e nós nunca daríamos certo. Eu entendo, Esteban, também quero estar pronta para você.

— Compre umas plantas, ague elas, cuide do Gold, permita outras coisas entrarem na sua vida para que eu possa entrar também. — Subi as mãos para sua cintura e acariciei suas costas. — Eu também vou fazer isso. Preciso aceitar esse sentimento que tenho por você. Nunca pensei que me apaixonaria, mas a praga da tia-avó Angelita é foda.

Laura riu.

— Queria tê-la conhecido.

— Queria que você conhecesse a minha família.

Laura suspirou.

— É muita coisa mesmo.

— Eu sei, *hermosa*.

Ela se afastou e me deu um beijo suave nos lábios.

— Um passo de cada vez?

Sorri e toquei seu queixo.

— Um passo de cada vez.

— Posso dar uma volta? — sussurrou. — Não quero te ver fazendo as malas.

Beijei seu queixo, seu maxilar, então sua boca, com mais calma dessa vez. Meus lábios se encaixando nos seus, o amor que eu estava sentindo incendiando meu corpo e minha alma, e eu nem sabia que era capaz de sentir tanto por alguém. Mas, *carajo*, como era imenso. Não estou falando do meu pau que estava crescendo naquele segundo ao sentir a língua de Laura sendo receptiva, mas era por tudo o que ia além disso.

Me afastei de sua boca quando percebi que estávamos nos perdendo um no outro mais do que eu pretendia.

O amor, pelo visto, sabe te cobrar quando não é a hora certa de pensar com o pau.

— Não quero te machucar.

— Você não vai — garantiu. — Eu ouvi cada uma de suas palavras e guardei todas elas. Em um mês, se você conversar sobre isso comigo de novo, vou poder falar?

— Sem pausa, eu prometo.

— Tudo bem. — Ela sorriu para mim, mas senti a tristeza em seu olhar. — Vamos conseguir, *hermoso*?

— Vamos, se você saltar comigo e estiver pronta quando eu também estiver.

— É, eu acredito em nós.

Beijei sua boca uma última vez.

— Eu também, *hermosa*. Eu também.

Capítulo 28

Eu não quero te ver machucada
Não quero te ver chorando
É apenas mais uma lição aprendida
Mas eu prometo a você que estarei ao seu lado.
M22 — Can't Stop Loving You

Um mês depois...

Laura

Esteban me fez crescer.

Aprendi com ele que os relacionamentos humanos não têm uma regra, que cada um funciona de uma maneira e que era bonito saber que, com esse homem, eu podia dizer que não estava pronta para um relacionamento e que, talvez por medo, minha resposta negativa seria em um impulso. Eu o queria. Mas precisava entender como. Era lindo poder dizer isso em voz alta, assumir esse pavor, e ter Esteban do outro lado, me acolhendo, mas também dizendo que precisava de um mês para se organizar emocionalmente.

Achei que doeria esperá-lo, porque existia, sim, uma urgência imprudente, mas do outro lado da moeda ainda havia o pavor de me envolver com alguém.

Então, peguei a paixão que sentia por Esteban e comecei a entendê-la. Quando surgiu? Por que estava aqui? O que eu queria com esse homem?

Minha terapeuta disse que tive um salto quântico.

Amar Esteban era um desafio, mas, com esse amor, veio a calma.

Uma calma tão linda que me permitia vê-lo no trabalho e, sim, sentir sua falta na minha casa, sentir falta dele todos os dias mesmo vendo-o sempre, entretanto, de alguma maneira, eu estava conseguindo aceitar o inevitável.

Eu o queria apesar de não saber como me relacionar com alguém.

Meus rompantes de raiva desapareceram e percebi que disfarcei o amor por muito tempo. Eu não conseguia enxergar. Mas agora meus olhos estavam abertos e eu estava pronta para conversar com ele, quando Esteban também estivesse.

A aliança em meu anelar cintilou e eu estava distraidamente observando-a, quando Hugo De La Vega bateu à minha porta.

— Laura. — Ele se aproximou e se sentou de frente para mim. — Quer almoçar comigo hoje?

— Que convite é esse, marido compartilhado?

Ele riu.

Hugo era o melhor homem para minha amiga. Eu devia saber, depois de ver isso acontecer todos os dias, que Esteban seria tão passional quanto ele.

— Esteban me pediu para cuidar de você hoje.

— Victoria ainda está presa na reunião com o investidor?

Hugo olhou para o relógio.

— Infelizmente.

— E o Esteban?

— Está em uma reunião com Sally Trevole.

— Por isso pediu para você cuidar de mim? — Sorri. — Ele achou que eu fosse surtar.

Hugo coçou a nuca, seus olhos cor de mel incertos.

— Um pouco? — Sorriu para mim, de lado.

— Qual é o motivo da reunião, você sabe?

— Não sei. — Hugo foi sincero. — Vocês vão ter que conversar quando ele voltar.

— Tudo bem. Esta noite, eu e Vick temos uma reunião com um possível acionista.

— Só você vai poder fazer essa reunião. *Cariño* tem outra reunião com um investidor às oito da noite. Eu vou com ela. — Hugo fez uma pausa. — Tudo bem?

— Sim, estamos nos dividindo. — Suspirei fundo e me levantei. Assim que me aproximei de Hugo, ele foi cavalheiro o suficiente para dobrar o braço e me oferecer um apoio. Eu ri. — Agora entendo o motivo da minha melhor amiga ter surtado em um resort por sua causa.

Os olhos de Hugo brilharam.

— Você está apaixonada por Esteban?

Arregalei os olhos.

— Deus, como vocês são diretos.

— Eu já sei a resposta, mas quero ouvir você dizer.

— Sim, estou.

— Ah, finalmente! — Hugo sorriu, me levando para o elevador. Antes de descermos, no entanto, ele fez uma pausa. — Eu era um homem ferido por experiências anteriores que encontrou o amor da forma mais improvável. Andrés era um cara misterioso, com várias camadas que ele nunca permitiu que ninguém visse, até Natalia chegar. Esteban tem suas dores em relação à família e faz de tudo para ser o melhor filho, mas, ao mesmo tempo, é só um garoto que nunca se envolveu para saber como é. É o mais imaturo dos meus *hermanos*, mas também é o que tem o maior coração.

— Eu sei disso, Hugo. — Acariciei seu braço.

— Dê uma chance para viverem isso e descobrirem juntos como o amor pode ser.

— Acho que já sei como o amor pode ser. — Sorri. — Só quero viver isso com ele, quando Esteban estiver pronto para falar comigo.

— Ele está. — Os olhos de Hugo me garantiram que ele sabia algo sobre o primo que eu ainda não sabia. — Vamos almoçar e falar dessa paixão maluca que acomete todos os De La Vega.

— É coisa da tia-avó Angelita, né?

Hugo riu.

— É, não tem uma explicação lógica para nada do que nos acontece. Somos todos pegos pelo acaso. — Hugo fez uma pausa. — Que bom, né?

Eu estava nervosa porque a reunião do Esteban com a Sally parecia durar mais do que eu previa. Victoria estava na minha frente e percebi que minha amiga começou a sentir minhas inseguranças.

— E se ele for trabalhar para ela? — perguntei.

— Esteban disse que não vai a lugar algum.

— Eu sei. Estou sendo irracional.

Vick riu.

— São suas emoções falando.

Respirei fundo e tentei me acalmar.

— Esse sócio que vai se encontrar comigo, você confia nele?

— Confio — minha melhor amiga disse. — Ele seria um bom acionista, se quisermos começar a abrir esse segmento como conversamos. A Elisa está a par de tudo e nos apoiando nos bastidores.

— Me deixa incomodada ter alguém sendo dono da Freedom, além de nós duas.

— A empresa cresceu demais, Laura.

— Eu sei, amiga.

— Não damos mais conta sozinhas. Todas as reuniões principais somos nós duas que fazemos. Você viu quantos milhões nós acumulamos nos últimos meses? É coisa demais.

Esteban chegou e eu parei de ouvir minha melhor amiga. Nossos planos com a Freedom eram ousados, queríamos mais prédios e mais funcionários próximos a nós, não somente consultores, e também sócios, mas Esteban parecia estar tão leve assim que chegou que meus olhos o capturaram antes que pudesse me olhar de volta.

Ele abriu um sorriso assim que bateu à porta.

— Vou deixar vocês conversarem — Vick disse, e Esteban entrou assim que Vick saiu.

Respirei fundo.

Será que, para todos que se apaixonam, o coração dói um pouco e fica alegre ao mesmo tempo quando vemos a pessoa que amamos? Será que essa sensação de querer tocar e ser tocada, de querer beijar e ser beijada, vai embora e apenas fica o companheirismo e a conexão? Será que é doloroso amar, ao mesmo tempo que é delicioso? Será que todos viam a pessoa que amavam com os mesmos olhos que eu via o Esteban? Como se ele fosse o homem mais lindo do universo?

Mas ele realmente estava lindo, droga. A calça jeans parecia ser feita para o seu corpo e ele estava com uma camisa social branca com as mangas arregaçadas até os cotovelos. Seus olhos verdes pareciam carregar as águas do Caribe e o cabelo preso, os piercings, tudo nele, inclusive as tatuagens, era demais.

— Fui me encontrar com a Sally.

— Hugo me contou.

— Pensou que eu fosse embora da Freedom? — Ele deu a volta e se sentou na minha mesa, enquanto eu me mantive sentada na cadeira. Até porque, bem, meus joelhos ficavam fracos perto do Esteban.

Um mês e eu me masturbei todos os dias pensando nele.

Se esse homem me beijasse e me desse um orgasmo, eu provavelmente morreria de prazer.

Eu sentia falta do seu corpo.

Eu sentia falta *dele*.

— Por um segundo, fiquei insegura, sim.

— Só um segundo? — Sorriu.

— Um pouco mais — admiti.

Ele saiu da mesa e se ajoelhou aos meus pés. Não era a primeira vez, mas, por um momento, foi demais ver Esteban tão perto de mim. Seus antebraços nas minhas coxas, seus olhos tão carinhosos, o sorriso suave nos seus lábios. Toquei seu rosto, a barba suave contra a minha palma.

— Pensou sobre seus sentimentos? — perguntou, fechando os olhos, como se não quisesse me ver responder.

— Pensei.

— Vai estar pronta para conversar comigo?

— Sim.

— Esta noite?

Titubeei.

— Eu tenho uma reunião com um possível novo sócio da Freedom. Vick não vai poder me acompanhar. Você quer ir?

Suas pálpebras se abriram, me permitindo ver suas íris verdes.

— Não posso ir com você.

— Depois do meu jantar, acha que estará livre? — perguntei. Eu realmente queria deixar as coisas claras.

— Sim. — Esteban sorriu. Pegou a mão com que acariciei seu rosto e beijou a palma. Ele se levantou e me puxou da cadeira com ele. Em meio segundo, eu estava em seus braços. — Foi difícil ficar fisicamente longe de você. — Sua mão se encaixou na lateral do meu rosto, sua respiração bateu na minha boca e eu tremi. — *Carajo*, Laura, mas agora tudo vai se alinhar. Chegamos ao fim do nosso mês. Te ver todos os dias no trabalho sem te tocar me fez ter saudade. *Mierda*, senti tanto a sua falta.

— Nem acredito que você está me tocando agora.

— Eu estou. — Fez uma pausa. — Se disser que me quer esta noite, não vou mais me segurar. Vou desmoronar por você. Mas não quero que diga nada agora, só me beije. Por favor, *hermosa*. Só me beije — murmurou, e então seus lábios me encontraram.

Graças a Deus.

Eu, que já tive as relações sexuais mais superficiais, nunca me acostumaria com a maneira como Esteban fazia amor com a minha boca.

Esse homem sabe amar uma mulher.

A língua dele espaçou meus lábios e foi lá no fundo, com tanta calma, como a areia que cai lentamente em uma ampulheta, a sensação de que o tempo passa mais devagar.

Como eu senti falta do sabor dele.

Agarrei sua camisa e abri ainda mais a boca, permitindo que Esteban fosse fundo, entregando tudo de mim, sendo tão vulnerável pela primeira vez para um homem. Foi delicioso soltar o controle e deixar que ele me levasse.

Um sorriso do Esteban quebrou nosso beijo, sentindo minhas emoções com ele, e então ele afundou novamente sua língua na minha boca, mordendo meu lábio inferior depois de nos perdermos um no outro, me puxando contra seu corpo, me consumindo.

Meus dedos foram para os botões da sua camisa e Esteban gemeu quando senti seu peito quente e o coração acelerado por mim. Ele sugou minha língua, depois brincou com a dele ao redor da minha. Senti a calcinha completamente escorregadia pelo meu prazer, eu queria me esfregar naquele homem até gozar, precisava tanto dele.

Esteban quebrou o beijo e abriu os olhos, enquanto eu arfava, mas não em busca de ar, em busca *dele*.

— Esta noite, ok?

— Ok — respondi, tonta.

— Boa reunião para você, *hermosa*.

Antes de ele ir, toquei em sua mão e o parei.

— O que houve na reunião com a Sally?

— Apenas quis encerrar isso de um jeito certo.

— Ah, sim.

— Não estou indo embora, Laura.

Pisquei.

— Ah, eu sei.

— Ótimo. — Ele piscou para mim.

E quando a porta se fechou, sem bater, sem brigas, e sem nenhum tipo de discussão, percebi que não fui só eu que amadureci.

Nós dois tínhamos crescido juntos.

Capítulo 29

Nós seguramos tanto os nossos corações
Mas precisamos deixá-los soltos às vezes.
Peter Katz — Take Mine

Algumas horas antes...

Esteban

Sally marcou uma reunião comigo e eu fui, em respeito a ela ter me oferecido uma saída, quando acreditei que precisava de uma, e ao que ela viu em mim, meu talento como administrador, minha garra profissional.

Eu precisava agradecê-la pessoalmente.

Sally abriu um sorriso assim que me sentei à mesa designada a nós. Achei que ela fosse com o marido, mas estava sozinha. Sally era uma mulher ambiciosa, ela ficava observando os concorrentes e havia, sim, roubado algumas ideias e alguns clientes da Freedom. Mas, na verdade, as pessoas que roubam coisas dos outros, ideias e projetos, são apenas seres desesperados por uma criatividade que, para nós, da Freedom, era fonte inesgotável.

Não tinha medo da Sally como Laura teve. E, se eu tivesse ido trabalhar para ela, minha condição no contrato seria nunca invadir o espaço de qualquer outra empresa.

Então, sim, havia coisas para dizer a ela.

E eu sabia que Sally tinha coisas a me dizer também.

— Que bom que aceitou essa reunião, Esteban. Pensei que nunca mais fosse querer me ver.

— Por quê?

— Bem, eu te ofereci um emprego e você negou.

— Cogitei sair da Freedom por um período.

— Imagino que seria delicado, tendo em vista que está noivo da Laura. — Sally tomou um gole d'água. — Você fez a Freedom decolar. Seria uma perda e tanto e Laura se sentiria traída, entendo. Eu queria que você *me* fizesse decolar, que fizesse a Trevole decolar, mas acho que estou satisfeita em ter encontrado um profissional como você. Mesmo à distância, aprendi muito te observando.

— Sally. — Inclinei-me na mesa e apoiei os cotovelos. — Eu preciso dizer algumas coisas. Sou muito grato pela oportunidade que você me ofereceu. Quando vim para os Estados Unidos, só tinha uma coisa em mente: ajudar a esposa do meu *hermano*. Nunca pensei que conseguiria administrar uma empresa tão grande como a Freedom e crescer junto com ela. Mas tive as pessoas certas ao meu lado, pessoas criativas e que sonharam alto juntas. Nós demos um salto de fé quando fechamos o casamento dos Miller e tantos outros contratos importantes, mas você precisa buscar pessoas que saiam da zona de conforto. Seu marido e seu pai são pessoas ótimas, mas está faltando mais mulher na sua equipe.

Sally ficou surpresa.

— Está me dando conselhos?

Dei de ombros.

— Não vejo por que não. — Abri um sorriso. — Mulheres são criativas, ousadas, elas ponderam as coisas emocionalmente e não pensam apenas na provisão. Mulheres têm alma, Sally. Acho que você precisa de consultoras que sonhem como você sonha. — Fiz uma pausa. — Mas pare de observar a empresa dos outros e comece a se concentrar em você. Tenho certeza de que a Trevole vai funcionar, se pensar fora do óbvio.

— Você é realmente um achado. Sua visão, sua mente, era isso o que eu queria na Trevole. Vou ter que me contentar com perder, mas ainda é difícil saber que um talento como você caminha por aí.

— Obrigado, Sally, estou apenas sendo sincero. — Ri. — Me desculpe dizer essas coisas.

— Não, não, não. — Sally acenou, dispensando as desculpas. — Eu gosto de sinceridade e vou levar seus conselhos para a minha vida. — Ela fez uma pausa. — Está feliz na Freedom?

— Sim, estou. Realmente sou feliz lá.

E sou feliz com a Laura. Mesmo que ainda não estivéssemos juntos de verdade, eu a tinha carregado no meu coração por todos aqueles malditos trinta dias.

Passei o último mês correndo atrás de muitas coisas que precisava compartilhar com a Laura. Se isso entre nós dois fosse tão real para ela quanto era para mim, eu teria que pedir desculpas ao Rhuan e falar que ele foi o último De La Vega a cair, porque eu seria o *hombre* de uma só *mujer*.

Rhuan ficaria irritado. Mas eu ainda tinha fé de que o cara encontraria o amor.

— Sabe, por um tempo, achei que o relacionamento de vocês fosse uma jogada de marketing. — Sally riu.

— É mesmo?

— Sim, é que ouvi boatos de que vocês dois brigavam o tempo todo.

— Sou realmente apaixonado pela Laura. O noivado é bem real.

Ou eu esperava que se tornasse.

— É. — Sally sorriu. — Consigo ver em seus olhos o quanto a ama. O olhar nunca mente. — Ela fez uma pausa. — Bem, obrigada por concordar em me encontrar e por todos os conselhos que me deu, Esteban. Não vou te perturbar mais e nem a Freedom.

— Sei que não, Sally. Não foi para isso que vim. Eu só queria que soubesse o quanto fui grato, e também te dar alguns conselhos.

— Eu realmente preciso de todos os conselhos que alguém puder me dar.

— Quer ouvir mais? — Levantei a mão e chamei o garçom. — Posso passar mais tempo com você aqui e podemos discutir sobre a Trevole.

— Você faria isso? — Seus olhos se arregalaram.

— Considere meu presente de despedida. — Pisquei para ela.

Capítulo 30

Eu realmente preciso de você, amor.
Porque você é a minha obsessão.
Beds and Beats — Obsession

Agora...

Laura

Eu estava nervosa, me sentindo não receptiva à ideia de ter um sócio na Freedom. Nós não precisávamos de dinheiro, porque, além dos contratos multimilionários, agora tínhamos alguns investidores e, em um mês, compramos mais dois escritórios para separar a Freedom e seus setores. Ou seja, estávamos nos preparando para sermos muito *mais*.

Mas realmente estava se tornando difícil administrar só com a Vick.

Esteban era impecável, e nos ajudava mais do que eu poderia sonhar que um funcionário seria capaz de fazer, mas ainda havia assuntos que ele não poderia decidir e a palavra final sempre competia a nós duas.

Eu queria oferecer a ele a Freedom Business, e eu e Victoria até tivemos uma conversa com Esteban sobre isso na última semana, mas ele negou veementemente.

Saber que outra pessoa cuidaria da Freedom ao meu lado e da Victoria, ainda que ela confiasse nessa pessoa, me deixava desconfortável.

Me sentei à mesa e esperei.

O lugar era bem elegante, com poucas mesas e todas bem afastadas umas das outras. As luzes eram mais baixas do que eu gostaria, mas havia um conjunto de velas sobre a mesa, que me permitia ver lá fora.

Era em um arranha-céu e a vista de Nova York sempre tirava meu fôlego.

É verdade que os filmes faziam a cidade ser mais bonita do que era, havia muitos problemas estruturais e o trânsito era impossível, sem contar a poluição, mas eu amava a minha Nova York e, quando estava ao alto assim, em um restaurante com estrelas Michelin, parecia que todo o trabalho e a loucura valiam a pena. Os prédios e suas luzes acesas me lembravam das estrelas, as estrelas que vi com o Esteban na Escócia e o jeito como ele me abraçou quando assistimos à aurora boreal.

— Senhorita, gostaria de uma segunda taça de vinho?

— Por favor.

— Tudo bem — o garçom me serviu.

Victoria me enviou uma mensagem pedindo para eu ser educada e não surtar antes de ouvir a proposta. Eu a estava respondendo e rindo, quando a cadeira em frente a mim arrastou suavemente no chão.

Abandonei o celular e olhei quem havia chegado.

Os olhos lindos do Esteban me encaravam de volta, e meu coração começou a bater loucamente. Primeiro, percebi que Esteban estava *all black*. O terno era impecável, com uma camisa social preta de seda sob o paletó, e três generosos botões abertos. Seu cabelo longo e escuro estava amarrado em um coque, como se, apesar do look impecável, ele não precisasse se esforçar para ser lindo. A barba estava por fazer e, assim que se sentou, pediu ao garçom mais uma garrafa de vinho. Então, percebi que seu rosto parecia divertido, a expressão de um moleque travesso, e tentei afastar minhas emoções para saber o que dizer.

Homens bonitos demais não deveriam existir, viu, universo?

— Victoria te mandou com medo de que eu fosse matar o futuro-possível-sócio da Freedom?

— Quase isso. — Esteban umedeceu os lábios e me estendeu uma pasta. — Você quer ler ou prefere que eu diga?

Observei a pasta. Estava escrito "proposta de sociedade". Meu sangue ficou gelado e meu coração, que estava tentando se manter inteiro e funcional, começou a enlouquecer. Senti uma emoção tomar minha garganta.

Eu estava entendendo certo?

— Ninguém está vindo? — sussurrei.

Os olhos de Esteban sorriram antes de sua boca.

— Ninguém, além de mim.

— E-está di-dizendo que você quer finalmente ser sócio da Freedom?

Esteban se recostou na cadeira.

— Não dava para eu ser o seu *sugar baby* para o resto da vida.

A risada saiu de mim completamente descompensada, quase por impulso.

— Esteban, eu preciso...

— Vou te explicar. — Ele recolheu a pasta. — Me avise quando estiver pronta para ler. Acho que agora você quer me ouvir.

— Eu quero.

Eu preciso.

— Pedi um mês para você por duas razões e vou detalhá-las no decorrer desta conversa. — Seus olhos estavam tão intensos em mim que eu mal podia respirar. Meu coração estava lutando para se acalmar enquanto minha mente implorava para entender. — Primeiro, para você sentir minha falta e ver como é difícil viver sem mim.

— Esteban!

— Estou brincando. — Sorriu. — Eu quis receber tudo referente aos contratos que fechamos, especialmente aos rendimentos da festa beneficente, e sabia que dobraria um dinheiro que já era mais do que suficiente por causa dos Miller, mas eu queria *mais*.

— O que está dizendo?

— Estou dizendo que, com o dinheiro que ganhei na Freedom, comprei um apartamento que eu queria muito e um carro novo. Mas ainda havia sobrado dinheiro, muito dinheiro. Uma parte, dei aos meus pais, e a outra, eu queria investir. *Mierda*, trabalho como administrador da Freedom e sei mais do que ninguém o salto que a empresa deu em meses, fiz as previsões e acredito que, em um ano ou dois, no caminho certo, a Freedom poderá ser internacional e atingir a marca de uma empresa multinacional.

— Esteban...

— Sei no que estou investindo boa parte do dinheiro que me resta, e queria que você soubesse a razão de eu pedir um mês. Sim, amor, eu queria ter todo esse dinheiro porque acredito em você e na Victoria, em nós, acredito na Freedom. Mas também sei que o trabalho está insustentável para vocês duas, e quero ajudar mais, porém não queria ser o sócio da Freedom porque vocês me deram isso, queria ser porque conquistei o meu lugar. — Ele respirou fundo, emocionado. — Quis ser um homem digno de você.

— Você sempre... — Tive uma vontade incontrolável de me levantar da cadeira e abraçá-lo, mas sabia que precisava explicar para Esteban algo que eu nunca disse em voz alta. — *Hermoso*, você sempre foi digno de mim. Sempre. Nunca pensei na nossa diferença financeira, isso jamais seria um empecilho para eu estar com você. Gostei de você muito antes de fecharmos esses contratos. Está fazendo isso só para ser o homem certo para mim?

— Estou fazendo isso porque meu dinheiro vai se multiplicar muito, porque me preocupo com você e com a Victoria e, sim, também porque não aguento mais você mandando em mim. — Ele estendeu a pasta enquanto eu ria. — Eu só posso comprar uma parte, é até relativamente irrisório perto do que você e Victoria têm, mas já me permitiria assinar contratos, trabalhar mais livremente e alcançar outro patamar na minha carreira profissional, o suficiente para você desfilar comigo sendo gostoso e rico.

— Você sabe... o que está fazendo?

— É mais do que dizer que estou apaixonado por você, né? Quer correr? Não corra, Poderosa Chefinha. Não de mim.

— Não, eu não quero correr. — Fui sincera. — Só estou preocupada. — Abri a pasta. — Esteban, é muito dinheiro.

— No mês que vem terei mais, depois de fechar o contrato com o Faruk. — Ele bebeu o vinho. — Assustada com a intensidade e a determinação de um De La Vega?

— Eu quero beijar você, mas não vou fazer isso agora, porque precisa me ouvir.

— Preciso, né? — Ele riu e se recostou, confortável e confiante. — Não vai me chutar da sua cama? Ou me chamar de lindinho?

— Você não está na minha cama para eu te chutar.

— É, realmente.

— Eu estou apaixonada por você — soltei de uma vez. — Não, não estou apaixonada. Eu amo você. E sabe como sei disso? Porque essa atitude sua tinha tudo para me deixar maluca, se fosse qualquer outro homem. Não confio em mais ninguém além de você para estar ao meu lado na Freedom e além dela. Fiquei muito ofendida quando você negou a Freedom Business, mas consigo entender o motivo de querer investir com seu dinheiro, pois eu faria igual. Eu amo você porque te entendo. Sim, sou imatura na arte dos relacionamentos, mas esse salto de fé que você deu pela Freedom, essa sua *permanência*, me faz querer pertencer a *você*.

Senti a emoção ameaçar sair dos meus olhos quando Esteban se levantou e me puxou até ele. Eu estava completamente sem fôlego, assim como ele, quando suas mãos me rodearam, carregando minhas emoções, minhas ansiedades, acalmando o meu mundo, para que ele pudesse entrar sem restrições.

— Não sei o que faria sem você na minha vida e é esse o tipo de coisa que me faz te amar. Não entendo, mas quero descobrir com você.

Suas mãos seguraram meu rosto quando se afastou. Seus olhos estavam tão carinhosos.

— Fiz isso por amor, não por orgulho.

— Eu sei.

— Fiz isso porque *yo te amo*, Laura. E seja para qual nuvem você queira saltar, os meus sonhos irão te acompanhar. Vou sonhar com você, estar ao seu lado, acompanhar os seus medos e tornar isso tudo nossa garantia e confiança. *Carajo*, a gente se apaixonou estando apavorados, e nós conseguimos. Estou ansioso para o que virá.

— Você quer viver isso de verdade comigo?

— Agora, sendo o homem certo para você, sim, quero transformar essa aliança em uma de verdade.

— Somos sócios — murmurei contra sua boca.

— Somos mais do que isso. — Ele riu e me beijou rápido na boca, antes de se afastar. — Sim para mim e sim para nós?

— Sim para tudo — garanti.

— A aliança é de verdade, então? — perguntou baixinho.

— Não quero me casar, mas podemos ser noivos para sempre.

Esteban riu.

— Vamos enrolar nossas famílias assim como Andrés e Natalia?

— Ah, sim. Deus me livre colocar um vestido de noiva.

Ele gargalhou e me beijou, mas, enquanto sentia a emoção de me entregar para aquele homem, e para seus beijos, percebi que ainda havia uma coisa que Esteban não tinha dito.

— Qual é o segundo motivo para você ter me pedido um mês?

— Ah — ele gemeu na minha boca. — Porra, sim. Mas preciso que a gente saia daqui. Vamos jantar primeiro e parar de nos beijarmos na frente de todo mundo como se fôssemos adolescentes.

— Realmente precisamos jantar.

Minha cabeça ainda estava girando quando Esteban puxou minha cadeira e eu me sentei. Ainda o sentia tão perto de mim, mesmo depois de ter quebrado o beijo. Era como se a sensação do seu toque permanecesse na minha pele.

Observei aquele homem lindo, o quanto ele estava levando a sério nós dois, e o quanto isso deixava meu coração quentinho.

— Sei que você precisou soltar muita coisa dos seus conceitos para dizer sim para nós, Esteban.

Ele me admirou de volta.

— Não tanto quanto você. — Esteban fez uma pausa. — Eu não queria um relacionamento, mas não tinha medo de pertencer a um lugar, Laura. Você tinha.

— Gold ainda está vivo e as plantas que comprei estão lindas.

Ele sorriu.

— Eu fico feliz pra *carajo*.

— Foi você que me mudou, Esteban.

Ele estalou a língua.

— A capacidade de sentir é só sua, eu que te despertei essa emoção. Mas fico feliz que, dentre sete bilhões de pessoas no mundo, eu seja o cara de sorte.

— Você teve paciência comigo.

— Sim.

— E é bom de cama.

— Aham. — Riu.

— E quero transar com você todos os dias e jogar o Thor fora.

— Não, eu quero brincar com o Thor em você.

Esfreguei uma perna na outra.

— Quer, é?

— E quero beijar cada parte do seu corpo que ainda não beijei e te fazer entender que estar em terra firme é bom, se você tiver alguém para te causar um pequeno terremoto.

— Vai causar um terremoto em mim, Esteban?

— Todos os dias, desde que me queira. — Sua voz estava tão sedutora.

— Eu te amo — sussurrei.

— *Ay, hermosa.* — O sorriso escapou da sua boca. — Te ouvir dizer isso é a coisa mais preciosa. Eu te amo também. Em inglês, espanhol e todas as línguas que eu souber.

— Estamos bregas como Hugo e Vick.

— Como todos os casais ficam — confessou. — É ridículo.

— Vamos comer — pedi. — Ou vou abrir um chamado na Central de Reclamações porque meu noivo não me deixa jantar.

— O que vai querer? — Ele ainda estava rindo.

— Qualquer coisa que você pedir. Confio no seu bom gosto, afinal, de todas as mulheres, você me escolheu.

— Foram os nudes.

— Foi todo o resto.

Esteban sorriu.

— Foi. — Seu olhar ficou suave. — Foi, sim.

Saímos do restaurante tarde da noite, parecendo bêbados de paixão, mas era algo que eu não podia explicar. A felicidade de estar com o Esteban era arrebatadora. No carro, ainda no estacionamento, não esperei chegar aonde quer que ele fosse me levar para reivindicá-lo, e Esteban estava tão desesperado quanto eu, porque, assim que nos beijamos, ele empurrou o banco para trás e me colocou no seu colo.

Embaçamos os vidros, minhas mãos escorregando pela transpiração dos nossos corpos, e quando beijei Esteban de novo, ele tirou minhas roupas como pôde, e eu sabia que não conseguiríamos viver uma vida em que o outro não estivesse ali.

Me sentei no seu pau, tão molhada e arfante que achei que fosse desmaiar em seus braços, cavalgando com força. Esteban beijou meu pescoço, agarrou minha bunda e me fez descer no seu corpo como se o mundo devesse parar por nós dois, embora tudo entre nós estivesse na velocidade mais rápida possível. A sensação que ele me dava, ao simplesmente espaçar os lábios da minha boceta e se fazer caber dentro de mim, era a coisa mais deliciosa do mundo. A coisa mais urgente do mundo. Eu precisava dele. Como nunca precisei de mais ninguém.

O sexo naquele carro foi quase punitivo, como se a saudade tivesse nos machucado tanto que agora queríamos arrancar algo um do outro. Arranhei seu tórax quando alcancei sua pele sob as roupas, e Esteban me deixou marcá-lo. Ele mordeu meu ombro e chupou meu pescoço, me deixando roxa e vermelha, querendo que eu lembrasse que era a ele que pertencia.

— Vou te foder muito forte e fazer amor com você. Vou ser tudo o que você precisa, amor. Porra, Laura. Senti falta da sua boceta.

— Senti falta do seu pau e da sua boca suja.

— Então senta em mim com mais força e se entrega. Goza gostoso em volta do meu pau, amor. Foda-se o carro. Rebole e me tome, *hermosa*.

Me agarrei a ele, suas mãos apertando minha bunda e me ajudando no vai e vem. Esteban me deixou tremer em seus braços quando derramou seu prazer dentro de mim. Meu orgasmo veio forte e rápido, rasgando cada senso de direção que eu tinha, a ponto de ouvir Esteban dizendo que me ama, enquanto seus quadris se chocavam com força contra os meus, mas sequer entendendo onde eu estava.

Era a minha libido me culpando pelos trinta dias infernais em que me masturbei fantasiando com ele.

Que agora era meu. E sempre seria.

Arfando, ele respirou contra a minha boca e fechou os olhos.

— *Carajo*, achei que você quisesse ouvir o meu segundo motivo.

— Eu quero — gemi. — Mas precisava muito de você. Precisava de você agora.

— Em meia hora, vamos de novo.

— É mais do que a bateria do Thor aguenta.

Esteban gargalhou.

— Precisa ficar recarregando? Que *mierda, hermosa*. — Respirou fundo. — Vamos, eu preciso te contar o segundo motivo.

Fechei os olhos.

— Só me abrace por mais alguns segundos.

— Sempre, Laura. Eu quero te abraçar para sempre, amor.

Capítulo 31

Mas sou eu quem vai ser devorada
Oh, quando você faz o que faz, fico empoderada
Você me dá superpoderes
Muni Long — Hrs And Hrs

Laura

Não me sentia caminhando, mas, sim, flutuando. Andar de mãos dadas com Esteban enquanto estávamos indo para o apartamento da Vick, rindo de qualquer bobagem que ele dizia, parecia certo. Assim que eu encontrasse Victoria, ia dizer para aquela safada que ela me traiu ao não me contar nada.

— Pronta? — perguntou, assim que entramos no elevador.

— O que vamos fazer na casa do Hugo e da Vick?

Esteban ergueu uma sobrancelha.

— Você também reformou a casa deles? Colocou pênis em todos os lugares? — continuei.

— E quem disse que estamos indo para a casa deles? — Ele apontou para o botão que havia apertado. Era outro andar, não o da Vick.

As portas do elevador se abriram. Caminhamos um pouco e Esteban parou em frente a uma porta, colocando a chave e me deixando novamente gelada dos pés à cabeça.

— Esteban?

— Eu comprei um apartamento neste prédio. — Assim que abriu a porta e acendeu as luzes, percebi que ele realmente estava morando ali. A decoração parecia ter saído de uma revista e o apartamento era enorme. Pisquei centenas de vezes enquanto absorvia um pouco de tudo. Meu coração estava tão acelerado que eu mal conseguia pensar. — Dei uma boa entrada, mais de cinquenta por cento do valor, e financiei o restante. É meu, Laura. Finalmente tenho um lugar. Mas quero que você olhe ao redor. A verdadeira surpresa não é o fato de estar morando perto do meu *hermano* e da Vick.

Comecei a andar pelo ambiente, observando o piso de madeira lindíssimo, a varanda após a sala, a cozinha e havia uma estante enorme na sala de leitura, próxima à estante de livros do Esteban, escrito "Funkos da Laura". Era toda de madeira, feita sob encomenda, com vidro na parte da frente. Olhei-o sobre o ombro e vi que Esteban estava me acompanhando com seus olhos, enquanto os meus ficavam marejados.

Deus, o que eu fiz para merecer esse homem?

Sentindo as emoções conflitarem o suficiente para que eu perdesse a fala, achei que fosse perder também a força dos joelhos quando encontrei uma foto nossa. A primeira que tiramos no aeroporto. Enorme, na parede atrás do sofá da sala de estar. A foto era linda, nós parecíamos tão inocentes, sem imaginarmos o que ia acontecer.

Senti os braços do Esteban ao redor da minha cintura, sua altura se sobrepondo à minha, seu calor me atingindo em todos os lugares certos.

— Há coisas minhas aqui?

— Sim, e há mais pela casa — garantiu. — Eu quero que você se sinta bem para ir e vir sempre que quiser, quero que entenda que, ao meu lado, só cabe você. Quero que deixe suas coisas aqui e os seus funkos, quando se sentir pronta para permanecer de verdade. Sei que você disse sobre sermos noivos para sempre, mas não estou brincando. Eu quero você. E quero que saiba que parei com a putaria.

Dei risada e me virei para ele.

— Você organizou isso antes de saber minha resposta?

— Eu já sabia. — Ele sorriu de lado.

— Não quero que você pare com a putaria, só espero que faça isso apenas *comigo*.

Seus olhos percorreram devagar meu rosto, até que parou nos meus olhos.

— Laura, é real para nós dois?

— É.

— Real a ponto de eu poder te beijar e comer você de todos os jeitos safados que imaginei? De novo e de novo?

Suas mãos desceram para minha bunda e apertaram, me deixando arrepiada. Meus mamilos começaram a acender, e eu quase gemi.

— Muito real. Mas você já está pronto para outra?

— *Carajo*, sempre pronto. — Sorriu contra os meus lábios. — Vamos estrear a casa nova. — Sua boca se colou à minha.

Eu tinha beijado tão pouco o Esteban, perto de todo o desejo que eu sentia por ele, que, quando meu noivo me beijou de volta, parecia que eu ia explodir a qualquer momento. Beijar entre quatro paredes, e não presa dentro de um carro, era tudo do que eu precisava.

Estava morrendo de amor, de tesão, de vontade de ser fodida por ele e amada ao mesmo tempo. Queríamos tanto isso, queríamos tanto estar juntos, que aquela rapidinha não foi o suficiente.

Meu vestido foi rasgado e não erguido dessa vez, mas não me importei. Eu já tinha tirado o paletó do Esteban no carro e aberto o colete e a camisa, então apenas arranquei tudo o que eu podia. Eu queria ver o corpo dele, senti-lo ali. Meus olhos caíram para seu pescoço, o olho de Hórus me convidando a tocá-lo, então a palavra Fé em seus bíceps, o nome de sua mãe no peito. Substituí os dedos pela boca, e Esteban segurou minha nuca delicadamente, me guiando por onde queria ser beijado. Fui descendo os beijos e o corpo, até ficar de joelhos.

— *Hermosa*.

— Me deixe te provar.

— Quer sentir esse pau de novo, é? *Dale* — grunhiu, me ajudando com o cinto e a calça, sem cueca alguma. Seu pau grande e grosso saltou para mim, batendo entre meus lábios, e senti seu calor e o pulsar assim que o coloquei na boca. — Amo sentir como você é molhada e quente em todos os lugares — gemeu. — Porra, Laura.

— Eu fico surpresa o quanto é grande e o quanto cresce na minha boca.

— Vai crescer mais um pouco — prometeu. — Continue fazendo isso.

Lambi a glande, sentindo meus mamilos responderem aos gemidos do Esteban. Ele arrancava do fundo da sua garganta, tão rouco e grave, e isso vibrava em mim, lá no meu clitóris. Todo o meu corpo respondia ao Esteban, mesmo sem que ele estivesse me tocando. Enfiei-o o mais fundo que pude, tocando suavemente suas bolas, e foi a hora do Esteban me tirar gentilmente do seu pau quando a sucção ficou mais forte.

Ao invés de me levantar, ele se abaixou a ponto de ficar de cócoras na minha frente, pegou-me pela cintura e nos levantou juntos. Me jogou no seu sofá e tirou minha calcinha, pairando a boca entre minhas pernas, seu olhar faminto fixo no meu. Em seguida, encarou minha vagina, umedecendo os lábios enquanto fazia isso.

— Se eu te foder com força aqui, você vai correr? — Passou o dedo indicador de cima a baixo em mim, me fazendo tremer.

— Eu estou implorando por isso.

Ele colocou dois dedos dentro de mim, minha boceta já preparada para recebê-lo. Ainda precisando dele. Gemi e abri ainda mais as pernas, o máximo que consegui, enquanto ele mexia em todos os nervos mais deliciosos dentro de mim. Rebolei suavemente assim que Esteban colocou a língua quente e áspera no meu clitóris, me molhando com sua vontade, enquanto eu respondia com o meu prazer. Gemeu assim que me sentiu, e eu segurei seus cabelos, perdida na sensação porque ninguém fazia sexo oral como aquele homem. Sua língua ia em todos os pontos certos, então seus dedos mágicos me atiçavam a ponto de me deixar mole, mas especialmente quando substituía os dedos pela língua.

Eu estava tão perto que minha barriga começou a tremer e minhas coxas vibraram ao redor de Esteban. Ele me levou ao limite, mas parou a um passo do meu orgasmo.

— Esteban! — choraminguei quando ele se levantou.

— Quero sentir essa boceta pulsando em volta do meu pau enquanto goza. Nunca é o suficiente, Laura. Nunca fico saciado de você. — Sorriu e me puxou, colocando minha bunda no braço do sofá, meus quadris suspensos, enquanto minhas costas descansavam no encosto.

Mordi o lábio inferior quando Esteban se posicionou em frente à lateral do sofá, colocando-se entre minhas pernas, agarrando meus quadris para nos acomodar. Soltei um gemido quando ele levou a mão até minha vagina totalmente molhada e sensível.

Agarrei meus peitos e, em meio segundo, Esteban entrou em mim. Devagar, mais devagar ainda. Ele quase causava aquela sensação agonizante, uma suave ardência, mas depois que ele entrava até o fundo e começava a balançar os quadris em mim... eu mal podia esperar. Senti meus mamilos duros, e decidi umedecê-los. Levei a ponta dos dedos até minha língua, para deixar a fricção mais suave.

Esteban me olhou, observando meu corpo, como eu me acariciava, a umidade e o brilho dos meus mamilos úmidos sob a luz, como viajava com as mãos por minha pele também.

Era muito mais do que estar nua na sua frente, era estar vulnerável e apaixonada. Eu estava amando isso.

— Você é linda demais para eu me conter, Laura.

— Esteban...

Ele gemeu do fundo da garganta e passei minha atenção pelo corpo do homem que foi criado para me derrubar. Os músculos dos seus bíceps estavam saltados, porque Esteban estava agarrando meus quadris com força, como se precisasse se segurar em mim para não se perder. Mas eu queria tanto que ele se perdesse.

— Me fode, sabendo que eu sou sua — pedi.

Foi o suficiente.

Seu pau delicioso arrematou todo dentro de mim, e o embalo dos seus quadris estalou por toda a sala. Gemi com força quando Esteban rebolou, apenas para recuar e afundar bem de novo. Parecia o som mais obsceno do mundo, sua pele se chocando contra a minha, mas a maneira que o seu pau era abraçado por cada nervo da minha vagina, pulsando, adorando-o e, querendo mais e cada vez mais rápido, era ainda mais gostosa. Eu nunca fui consumida assim por alguém, a ponto de meu corpo tremer e o orgasmo beirar a queda, mas nunca surgir, ficar sempre ali, no limite do meu prazer, apenas para que construísse com ainda mais força.

— Preciso beijar você — ele gemeu, olhando para mim, mordendo o lábio inferior enquanto circulava meu clitóris com o polegar e continuava se afundando com força. Seu pau pulsando dentro de mim foi a coisa mais erótica que já senti. Eu estava tão mole, tão trêmula, tão rendida. — Preciso te beijar enquanto te fodo.

— Suba... — pedi, arfando. — Suba em mim.

Fui para trás até que minha cabeça estivesse no outro braço do sofá. Esteban se deitou sobre o meu corpo, sua pele na minha, seu rosto tão perto, e era exatamente do que eu precisava. Toquei os dois lados da sua face, seus olhos verdes carinhosos e o sorriso safado no canto da boca, assim que ele me preencheu de novo e me fodeu depressa. Esteban era tão rápido, tão profundo, o homem mais passional que já tive.

Meus pensamentos foram calados quando sua língua invadiu a minha boca. Engoli seu gemido, sua vontade, enquanto o recebia lá no fundo a ponto de arrepios cobrirem minha pele, suor também, e toda a vontade de ter esse homem dentro de mim pelo resto dos meus dias. Esteban agarrou minha bunda com força, puxou meu cabelo com a outra mão e empinou meu queixo quando me afastou dos seus lábios, lambendo meu maxilar, beijando meu pescoço. Ele veio ao pé do meu ouvido, sem parar de ranger o sofá junto comigo, e sorriu contra a minha orelha.

— Eu amo a sua boceta pulsando, me avisando que vai gozar. Amo como você está pronta para engolir toda a minha porra. Mas sabe de uma coisa, Laura Ingrid? Fico louco de verdade por todo o amor que sinto por você — sussurrou. — Goze para mim, eu quero te foder por todo esse apartamento. Me dê esse orgasmo, *hermosa*. Rebole comigo e mostre o quanto precisa de mim.

Ele estava perdendo a cabeça, e eu também.

Segurei o rosto de Esteban, meu polegar no seu queixo, encarando seus olhos, quando o orgasmo varreu minha sanidade. Fiquei presa em seus olhos verdes, vendo-o, mas completamente cega. Cada parte minha pulsava e tremia, no orgasmo mais longo que já tive. Ele continuou afundando em mim, me levando quase à beira do segundo orgasmo, mas...

Como nós dois somos sempre uma tragédia, a porcaria do sofá virou e caímos no chão. Na verdade, eu rolei e Esteban rolou comigo, meu corpo em cima do dele, o seu amortecendo a queda.

Nós rimos na boca um do outro.

— Você está bem?

— Estou — sussurrei. — E você? Quebrei seu pênis?

Ele agarrou meus quadris e me fez descer e subir no seu pau, gemendo.

— Está tudo bem por aqui — respondeu. O tapete era felpudo e confortável, talvez... — Do chão a gente não passa, Laura.

— Não quero quebrar mais nada.

— Por favor. — Ele riu, ainda duro dentro de mim. — Acha que consegue quicar no meu pau bem gostoso?

— Acho que sim. — Me sentei, com ele ainda dentro de mim. Apoiei as mãos no seu peito e subi meu corpo suavemente, meus quadris, até descer. — Esteban, seu pau é uma delícia.

— É, né? — Ele sorriu e agarrou meus peitos. — Sua boceta é bem gostosa também. Me pergunto quantos orgasmos você aguenta.

Como se suas palavras ativassem meu lado mais safado, afundei as unhas no seu peito e balancei os quadris depressa. Ele mordeu o lábio inferior, segurando-se, seu corpo começando a tremer por mim, e eu não ia parar. Apoiei todo o meu peso nas mãos, o suficiente para minhas pernas estarem livres para abrir e fechar, enquanto meus quadris desciam e rebolavam em Esteban. Ele olhou para nós, cada vez que eu recuava, o quanto ele estava úmido do meu prazer, a forma como seu pau entrava nos lábios da minha vagina, a maneira que eu o recebia inteiro e o quanto eu estava aberta. Esteban começou a encontrar o meu ritmo em algum momento, me fodendo de volta, e foi aí que minhas coxas começaram a vibrar e eu tremi inteira. Parei de me movimentar porque minhas pernas se fecharam em Esteban, todo o meu corpo congelado em um orgasmo forte, cada centímetro vibrando. Ele me puxou para um beijo e, quando sua língua terminou de atiçar a minha e o meu orgasmo acabou, Esteban nos virou.

— *Mierda*, vai ser uma delícia te foder assim.

Ele inverteu nossas posições, mas, ao invés de me colocar deitada de costas no tapete, ele me virou um pouco mais de lado e se encaixou entre as minhas pernas. Pegou uma delas e colocou no seu ombro, agarrando minha panturrilha, meu pé na lateral do seu rosto. Deu um beijo ali e eu olhei para os nossos corpos. A maneira que ele suavemente se sentou na minha perna que se encontrava abaixo do seu corpo, como seus joelhos estavam espaçados em pontos extremos da sala, e como seu pau angulava direitinho na minha boceta bem aberta para ele, quando entrou em mim. Sua outra mão foi para o meu clitóris e ele sorriu, bem safado, quando umedeceu os lábios.

— Vai me sentir todo dentro, Laura. — Foi para a frente e para trás, me fazendo pensar se eu sobreviveria. — Vai derramar todo o seu mel de novo.

Foi tão bom tê-lo assim e a maneira que seus dedos brincavam com o meu clitóris, teso e inchado, que já tinha sentido tanto, mas ainda queria sentir mais. Fui sentindo a bunda deliciosa do Esteban e suas bolas raspando na parte interna da minha coxa, tão perto da minha boceta, enquanto seu pau se enterrava depressa, a respiração sem se alterar, embora seu corpo inteiro estivesse suado. Ele entreabriu os lábios vermelhos dos nossos beijos, mantendo a respiração bem devagar, enquanto gemia e me observava.

Naquele momento, naquele exato momento em que ele acelerou para chegar ao seu próprio orgasmo, acelerei os dedos para que eu pudesse gozar com Esteban. Umedeci a boca, subitamente seca, sentindo os tremores involuntários entre as minhas coxas. Esteban teve que segurar minha perna que estava em seu ombro com mais força, porque tudo em mim pareceu desmoronar. E, junto a isso, o meu amor por ele só cresceu.

Ele fechou os olhos por poucos segundos, mas os abriu para mim, assim que as palavras escaparam da minha boca.

— Eu realmente te amo, *hermoso*.

Ele sorriu e acelerou.

— Te amo demais — garantiu e se afundou em mim. — Goze com seu noivo. Goze comigo.

A onda nos atingiu no mesmo milésimo de segundo. Esteban gozou por um longo tempo, e achei que meu orgasmo não o acompanharia, mas fui com ele, sentindo meu corpo flutuar enquanto o prazer beijava cada músculo. Me movi para ajudá-lo a prolongar esse prazer, a prolongar nós dois e, enquanto eu fazia isso, todo o meu corpo se entregava à intimidade.

Não era apenas transar, era doar o meu desejo para alguém que me entendia, que me amava de verdade, que sabia dos meus defeitos e ainda assim me quis.

Ele simplesmente escorregou minha perna do seu corpo, sentindo o momento do final do orgasmo pesar sobre si e, quando Esteban deitou sobre mim, finalmente sem fôlego, entendi o motivo de o amor existir.

Não era por temer a solidão, era pela capacidade de unir dois mundos e dançar pela gravidade com alguém. Era porque era bom amar e ser amada. Era porque encontrar isso se tratava de um milagre.

— Você me renova e me faz ser o tipo de homem que eu nunca pensei que fosse capaz de ser.

— Esteban...

Ele me olhou com carinho e arrumou meus cachos bagunçados, tirando-os da minha testa, do rosto e da boca.

— Nunca achei uma conexão que valesse a pena tentar. — Fez uma pausa. — Acho que estava te esperando. Meu coração é imaturo e novo nisso tudo, mas realmente vou dar o melhor de mim.

— Você já é o melhor de si mesmo — prometi. — É tudo o que achei que sequer existisse. Vou estar com você e, se somos o acaso do acaso, que bom que o destino achou um jeito de encontrarmos um ao outro.

— Somos um acaso ou somos inevitáveis?

— Somos o que quisermos ser.

Ele beijou minha boca.

— O destino gosta de brincar com os De La Vega.

Eu sorri.

— Acho ótimo, porque agora eu tenho um desses gostosos só para mim.

Esteban beijou a ponta do meu nariz.

— É, uma pena para as outras mulheres. Um De La Vega a menos na jogada.

— Só falta o Rhuan. — Sorri.

— É, aquele cara... eu acho difícil.

Beijei seu queixo.

— Você acha que o amor é difícil?

— Não. — Esteban sorriu. — Amar você foi mais fácil do que eu esperava. Tirando todas as vezes que te empurrei para longe.

— Pelo menos não nos matamos.

— É. — Riu. — Não fizemos isso. Escolhemos o lado oposto do ódio.

— Que bom que atravessamos tudo.

Seus olhos carregaram mil emoções.

— Que bom que estou com você.

O amor não se tratava de tirar sua independência, de controlar sua vida, de limitar. O amor vinha de um lugar em que tudo sobre você passa a ser melhor com o outro, inclusive sua própria personalidade. Você evolui, cresce e se expande. Flutua por outro alguém e com alguém. É possível, sim, ser desafiador, mas, quando atravessamos todas as emoções que conflitam, entendemos que o amor te absorve, te adora e te faz mais.

Eu era *mais* com o Esteban.

Não mudaria uma vírgula da nossa história, se pudéssemos estar assim, nos braços um do outro.

Capítulo 32

Eu tenho você ao meu lado, falando sobre amor e vida
Oh, quão sortudo sou, quando olho nos seus olhos?
Ed Sheeran — One Life

Um tempo depois...

Esteban

Meu apartamento estava cheio. Havia alguns dos principais funcionários da Freedom e meus *hermanos*, com exceção de Andrés e Rhuan, que moravam na Espanha. Angel também estava na festa, inclusive trouxe seus filhos, que eu e Laura adoramos conhecer. Eu disse a Angel que sempre cozinharia para ela, então, toda sexta-feira levava comida no prédio e o porteiro já sabia que era para a doce Angel. Ela estava entretida na sala, rindo com seu filho mais velho, quando Hugo e Diego se aproximaram com Victoria e Elisa. Eu estava com a mão na cintura da Laura, nossas alianças de um noivado que seria eterno cintilando em nossos anelares.

— Vocês precisam me explicar essa festa de "estamos morando juntos e em um noivado para sempre". — Hugo ergueu uma sobrancelha para mim.

— Jamais vou colocar um vestido de noiva — Laura resmungou.

— Se isso funciona para vocês, amiga, só quero que sejam felizes — Vick garantiu. — Mas a família De La Vega está ciente disso?

Eu ri. Definitivamente, nem meus pais e nem os pais do Andrés estavam felizes com a configuração de relacionamentos que adotamos. Andrés estava vivendo uma união estável com a Natalia. Eu seria noivo para sempre. Não é o tipo de coisa que a família De La Vega aceita. Eles queriam o matrimônio, mas não tínhamos essa vontade.

Meus pais e os outros De La Vega precisavam entender de uma vez por todas que somos muito gratos por tudo – eu inclusive me esforço para ser o melhor filho do mundo, amo-os mais do que a mim mesmo e o bem-estar deles vem sempre à frente do meu –, mas isso não anula o fato de que sou um cara independente, assim como Andrés. *Carajo*, sou um homem com vontades e sonhos diferentes do que eles têm para mim.

Meus pais já fizeram várias videochamadas com a Laura, e eu passei as últimas semanas indo à casa dos pais dela todos os domingos. Era lindo, mas não era o que eles queriam. Bem, as pessoas precisam entender que cada um escolhe uma maneira diferente de ser feliz. Meus pais eram apaixonados pela Laura, e eu me apaixonei pela família dela. Se todo mundo estava feliz, *carajo*, para que complicar, certo?

— Meus pais estão surtando e falaram que um dia vou me casar, mas o Andrés também correu. Enfim, estamos comprometidos, mas acho que continuamos sendo a reencarnação do Anjo Caído perante a família De La Vega.

Hugo e Diego riram.

— Não consigo entender por que nenhum dos meus primos quer se casar — Hugo ponderou.

— Estou morando com o Esteban e tem sido a melhor experiência — Laura contou. — Não preciso de um contrato dizendo que sou uma De La Vega, já me sinto uma. Viver com esse homem é muito melhor do que nos estressarmos com a cerimônia e nem eu nem ele temos essa intenção. Acho que... eu bem mais do que o Esteban. No sentido de realmente não querer me vestir de noiva, com toda aquela coisa de vestido longo etc. Desculpe, Vick, amo você e amei seu casamento, só que não é para mim.

— Ouvi dizer que seu apartamento virou escritório, Laura — Elisa mudou de assunto.

— É, sinto falta do meu prédio, mas estou usando como home office quando preciso, organizando os contratos, administrando e planejando o futuro da Freedom.

— Não é só o seu escritório, é meu também. — Roubei um beijo da sua boca.

— O melhor sócio que poderíamos ter. — Vick suspirou.

— Estou muito orgulhoso de você, Teban — Diego disse, brindando seu copo no meu. — Não há nada mais emocionante para um De La Vega do que ver o sucesso dos outros.

A Freedom estava decolando, mas as coisas se acalmaram e entraram em um ritmo maravilhoso, crescente, próspero, mas controlado. Como sócio, eu tinha uma liberdade muito maior para tomada de decisões, e minha mente combinava bem com a da minha noiva e a da Victoria. Nós três pensávamos como um, então era fácil trabalharmos juntos.

O grupo da Central de Reclamações que eu e Laura criamos ainda era usado, mas apenas para nos provocarmos.

Seus rompantes pararam, Laura agora era tão tranquila quanto a brisa da manhã. Morando com essa *mujer*, percebi que viver ao seu lado era tão fácil quanto respirar e, no trabalho, também era perfeito, mas meus momentos favoritos eram em casa. Dividíamos bem as tarefas, ela continuava gemendo cada vez que comia minha comida e a gente transava todos os dias, sem parar, mesmo quando *precisávamos* parar. Laura era meu vício, mas também a minha calmaria, assim como eu era a dela. Era bom dividir a vida com alguém com quem você sabe que passaria o resto da vida facilmente.

Eu tinha planos com a Laura. Planos que envolviam dez, vinte anos. Ela sabia de todos e queria vivê-los comigo, inclusive com alguns bebês por aí. Faríamos no nosso tempo, sem pressa, porque havia muita vida para viver com minha noiva, muitos sonhos para realizar, muito para crescer.

— Esteban! — O sr. Miller se aproximou, me cumprimentando. Eu não tinha visto que ele havia chegado. Adam e eu viramos bons amigos, e o casamento da sua filha estava sendo planejado perfeitamente. — Sei que almoçamos na semana passada, mas só consegui trazer o presente de vocês agora. — Ele arfou e deu dois beijos no rosto da Laura. — Me perdoem, estou sempre correndo. Tenho uma reunião em vinte minutos. — Riu.

— Sei o quanto é ocupado, Adam. Agradeço demais por ter vindo. Meu apartamento...

— Não venha dizer que é humilde, ou vou perder minha educação escocesa. — Ele fez uma pausa. — Você deve ser Victoria, a outra sócia. Como é bonita! Com todo respeito.

Apresentamos rapidamente Miller para meus *hermanos* e suas *mujeres*, até que ele se voltou para mim.

— Daqui a uma hora, meus presentes devem chegar. — Sorriu e se aproximou para me dar um abraço. — Esteban, Laura e Victoria, devo ligar esta semana para fecharmos um contrato com a Freedom Business. Preciso fazer uma viagem com trinta funcionários e sei que vocês podem organizar isso melhor do que eu.

— Claro, sr. Miller — Laura disse.

— Estaremos sempre à disposição — Vick prometeu.

— Foi um prazer estar aqui. Me perdoem chegar tão rápido e ir ainda mais depressa. — Sorriu. — Você tem uma família linda, filho. — Bateu suavemente no meu ombro, antes de ir embora.

— Ele é riquíssimo, não é? — Elisa perguntou assim que ele se foi.

— Sim, Adam Miller foi responsável pelo nosso maior contrato da Freedom — Vick contou.

— Ele é nosso padrinho de noivado. — Laura me abraçou mais apertado. — Esteban disse que ele sabia o tempo todo que não era de verdade.

Todos gargalharam e, em seguida, entramos em uma conversa mais profunda sobre os planos de Diego e Elisa, e de Hugo e Vick para o futuro. Conversamos por mais um longo tempo, até que eles se dispersassem para aproveitarem a festa. Laura ainda estava nos meus braços enquanto todos ao nosso redor se divertiam. Seus olhos verdes passearam pelo meu rosto e pela minha camisa social vermelha.

— Você ama azul, mas de vermelho fica um pecado.

— Estou de boxer vermelha também, Poderosa Chefinha.

Laura tremeu.

— Podemos mandar essas pessoas embora?

Eu ri.

— Quer ficar a sós comigo, *hermosa*?

— Eu quero ficar em uma ilha deserta com você, transando toda hora, vivendo de água de coco e o que der para caçar.

Gargalhei com força.

— Me quer só para você?

— Isso eu já tenho. Quero paz e férias.

— Vamos ter. — Eu ainda estava rindo.

— Por favor. — Ela gemeu assim que toquei seus lábios com a minha boca.

Eu estava prestes a beijá-la mais profundamente quando o interfone tocou, avisando que havia uma encomenda para mim e Laura; era o presente do sr. Miller, segundo o porteiro. Pedi para Hugo e Diego cuidarem da festa. Desci pelo elevador com minha noiva, beijando-a como se fosse um adolescente, sem conseguir parar de tocá-la.

As portas se abriram e fomos rindo para a portaria.

Foi quando ouvi dois latidos que parei de olhar para Laura.

Zelda correu direto para os meus braços, e Akira foi para os braços da Laura. Nós nos abaixamos e fomos farejados, então lambidos, depois amados. Meu coração estava batendo tão forte que eu mal sabia de onde havia surgido tanto amor. Laura estava chorando e Zelda pulou em seu colo, querendo atenção e choramingando.

— Achei que nunca mais veria vocês — Laura disse, abraçando as duas e beijando e sendo beijada.

— *Carajo*, mas… — Segurei Akira e a puxei para o meu colo. Ela me empurrou e caí de costas no chão. Comecei a rir quando ela mostrou que queria brincar comigo. Zelda observava a interação, feliz de estar no colo da Laura. — Nossa, nós sentimos falta de vocês.

— Não acredito que ele nos deu esses bebês. — Laura fungou, apertando Zelda. — Não acredito que elas estão aqui.

— Esteban, tem uma carta. — O porteiro se aproximou, rindo da bagunça. — Me desculpem não avisar o que era, o sr. Miller pediu que fosse assim.

Akira ainda estava tentando me empurrar quando consegui me levantar e pegar a carta. Ela tentou morder, porém consegui proteger o papel. Comecei a ler em voz alta para Laura. Meu timbre estremeceu, embora eu quisesse rir por causa da Akira.

— Fiquei sabendo que vocês se apaixonaram por essas duas garotas — li e tossi para firmar a voz. — Então, nada mais justo do que começar um lar sentindo que vocês são uma família de verdade. Elas são muito amorosas, mas são arteiras. Acho que serão as melhores companhias da vida de vocês.

Cuidem delas, como sei que cuidam um do outro. Sejam felizes. Com amor, família Miller. P.S: Esteban, obrigado por cumprir a sua promessa. Estou feliz que não tenha perdido quem despertava o melhor de você.

— Ai, meu Deus. — Laura chorou mais ainda quando Zelda lambeu seu queixo. — Vocês duas são tão lindas e o Adam...

— Não consigo acreditar, é o presente mais lindo que já recebemos.

— A mamãe de vocês treinou com o Gold — Laura conversou com as duas. — Eu sou uma ótima mamãe de garoto, o que me qualifica para ser uma ótima mãe de duas garotinhas, certo?

Akira latiu e Zelda veio correndo para os meus braços.

— Não fique com medo dela, Zelda. Laura é boazinha.

Akira foi até a Laura e deu apoio moral.

— Eu sou uma ótima mãe — Laura prometeu e seus olhos finalmente me encontraram. — Vamos cuidar delas juntos.

— É, vamos, sim — garanti. — Porra, você está com medo?

— Nem um pouco. Tipo, zero medo. Eu quero isso. Quero você, eu as quero, quero nós.

Suas roupas estavam no meu guarda-roupa, seus funkos, na estante que fiz para ela, nossas louças e itens de decoração... nada estava encaixotado. Estávamos vivendo com os riscos, mas tínhamos malas, claro, para viajarmos e aproveitarmos a vida, sabendo que os passeios seriam temporários, mas a nossa realidade poderia ser eterna.

Eu me via com a Laura dali a cem anos. Me via com aquela *mujer*, trabalhando ao seu lado e construindo o seu império, sendo o apoio de que ela precisava e o homem que ela merecia. Não me sentia mais indigno. Laura me provava todos os dias que tínhamos feito a melhor escolha ao estarmos um com o outro.

Estava perdido em minhas próprias emoções quando o celular vibrou no meu bolso. Era um pedido de videochamada de Rhuan e Andrés. Trouxe minha noiva para perto assim que as câmeras se conectaram e eu pude vê-los, Akira e Zelda brincando ao nosso redor, querendo chamar atenção.

— Cachorros! — Andrés sorriu.

— Vocês adotaram? — Rhuan se inclinou para ver melhor.

— Ganhamos de presente — expliquei. — Essas são as mais novas integrantes da família De La Vega. Akira Luiza e Zelda Maria. — Virei a câmera para que eles pudessem vê-las.

— Ai, que fofas! — Ouvi a voz da Natalia.

— Não são? — Laura concordou.

— Meu Deus, *hermano.* — Rhuan arregalou os olhos assim que virei a câmera para mim e Laura. — Mal te reconheço.

— É o amor — Andrés garantiu. — Ah, o amor.

— Eu quero desligar essa chamada — Rhuan brincou. — Sério. Sabia que eu seria o último a cair e que, na verdade, seria o único solteiro. Você sempre teve um coração grande demais para ficar sozinho, Esteban. Estou feliz por vocês.

— Obrigado, *hermano*. Estamos bem.

— Eu sei. — Rhuan sorriu.

— E como estão as coisas? — Andrés quis saber. — Quando vocês vêm para a Espanha?

— Quando ou *se* a Freedom acalmar — Laura disse. — Estamos tentando achar um momento em que não fique complicado para a Vick administrar sozinha.

— Deve ser difícil para ela — Rhuan falou. — Mas, bem, venham quando puderem. Laura vai ter que enfrentar as cem perguntas de vocês-vão-se-casar-quando das *mujeres* da família De La Vega. Imagino que não esteja tão ansiosa por isso.

— Eu já passei por isso e não recomendo — Natalia garantiu.

Andrés a beijou na boca suavemente.

— É, Laura. Esteja pronta psicologicamente — Andrés brincou.

— Eu posso te preparar psicologicamente — Rhuan flertou. — Posso preparar muito bem.

— Cale a boca, *hermano*. — Ri. — Mas fale. Como está o seu empreendimento?

Rhuan tinha aberto um negócio há algum tempo que ia além da sua profissão como psicólogo. Era um pouco contraditório, mas nada com Rhuan... bom, o cara não era muito normal. Agora, ele estava administrando as coisas sozinho.

— Conheci a ex-esposa do meu ex-investidor e ela é uma gostosa.

Revirei os olhos e Andrés riu.

— Ai, os De La Vega... — Natalia resmungou.

— Pois é, amiga. A gente precisa fofocar mais no grupo — Laura garantiu.

— É? — Observei Rhuan. Havia alguma coisa, alguma coisa que ele não estava nos contando. Ele me conhecia muito bem, mas nós também o conhecíamos da mesma forma. — Gostosa? Só isso?

— Só isso.

— Não faça besteira, *hermano* — pedi.

Rhuan sorriu diabolicamente.

— Talvez eu faça.

Nós rimos e conversamos por mais um tempo, até minha bunda doer de ficar no chão e eu desligar a chamada. Rhuan não tinha jeito, mas eu tinha fé.

Já subindo com a Laura no elevador, Akira na coleira e Zelda no seu colo, minha noiva me lançou um olhar.

— De repente, temos duas filhas e um filho.

Eu ri.

— Você disse que não estava com medo.

— E não estou. Mas, se não me ajudar, a Central de Reclamações vai ficar movimentada.

Me aproximei de Laura. Toquei seus lábios com os meus e inspirei o amor que sentia por ela.

Esse tempo todo. Amando essa *mujer*.

— Vou ser o melhor pai do mundo para todos os nossos filhos. E serei o melhor noivo que você já teve.

— Bom, não é difícil. Você foi o único — me provocou.

— E o último. — Beijei-a delicadamente mais uma vez.

— É — Laura prometeu. — Definitivamente o primeiro e, sem dúvida alguma, o último. — Suspirou, sorrindo. — Eu te amo, Esteban De La Vega.

— Eu amo você como um De La Vega ama.

— É muito. — Seus olhos ficaram subitamente marejados. As portas do elevador se abriram.

— É infinito. — Sorri.

FIM

LEIA A HISTÓRIA DO RHUAN EM

SEDUZIDO POR *Acaso*

AGRADECIMENTOS

Preciso começar agradecendo aos meus leitores incríveis que sonharam com os De La Vega junto comigo, torcendo para que esses meninos chegassem, e que se apaixonaram pelo Esteban lá na história do Hugo, querendo tanto esse livro! Espero que os momentos divertidos tenham feito vocês rirem, e as partes românticas tenham feito vocês suspirarem. Às minhas Santinhas, dedico este livro a vocês!

Agradeço a Verônica que, como em todos os livros, me aguentou falando dos personagens e do quanto eles me deixavam louca. Você sabe que minhas histórias não teriam brilho se não fosse por você. À Ingrid, que sempre me faz rir no meio do caos e me ajuda a pensar quando meu cérebro falha. À garota que me inspirou a Laura ter nome composto. E às minhas amigas, que sempre estão por perto, me ajudando com os personagens: Patrícia, Isabelle e Bruna. Obrigada, meninas! Eu amo vocês!

Às profissionais da Charme, que lapidam minha escrita e tornam minha história ainda mais perfeita. Não só às preparadoras e revisoras, a toda a equipe que lê os meus livros e pontua onde posso melhorar. Vocês são tão imprescindíveis, sou muito grata.

Então, à mamãe e à minha irmã, que sempre cuidam de mim enquanto estou escrevendo e se preocupam se eu, sei lá, não vou desmaiar na frente do computador. Especialmente quando estou enfiada no quarto sem comunicação com outro ser humano por meses. Ah, obrigada por não me acharem maluca enquanto rio sozinha das coisas que eu mesma escrevo. Amo tanto vocês. Obrigada por não me deixarem desistir quando as coisas estavam difíceis.

A Matthew, que entrou na minha vida por acaso por causa da história do Andrés, mas que continua me apoiando com todos os De La Vega e sei que estará me apoiando no futuro, me ouvindo falar sobre as cenas e rindo comigo da história dessa família que acho que nós dois adotamos em nossos corações. Matt, você sabe o quanto é precioso para mim.

Pedro, amigo tão querido, obrigada por acreditar todos os dias na minha carreira. Todos os dias mesmo! Sem o seu apoio, eu não acreditaria tanto em mim mesma. Você me incentiva tanto, sou tão grata. Espero que sempre possamos encontrar motivos para nos orgulharmos um do outro.

E a você, que leu até aqui, que viveu a história de Esteban e Laura comigo! Foi divertido, não foi?

Estão prontos para o Rhuan?

Porque eu estou pronta!

Com amor (sempre),

Editora Charme

Entre em nosso site e viaje no nosso mundo literário.
Lá você vai encontrar todos os nossos
títulos, autores, lançamentos e novidades.
Acesse www.editoracharme.com.br

Você pode adquirir os nossos livros na loja virtual:
loja.editoracharme.com.br

Além do site, você pode nos encontrar em nossas redes sociais.

https://www.facebook.com/editoracharme

https://twitter.com/editoracharme

http://instagram.com/editoracharme

@editoracharme